메풀 전산초 평전

메풀 전산초田山草 평전

초판 1쇄 발행 2009년 6월 30일
초판 2쇄 발행 2009년 9월 12일
재판 1쇄 발행 2012년 7월 31일

지은이 메풀전산초학술교육재단

펴낸인 조유현

기획 박종면

도움말씀주신 분 강명숙 구성애 권영숙 김모임 김소야자 김수지 김의숙 김조자 김정남 김화중 문희수 박대선 박웅천 박정숙 백연희 서영훈 신일희 심치선 양승두 유일영 유지수 윤남중 이계준 이근영 이금옥 이성순 이영희 이재은 이주연 이현숙 전상애 전춘영 조유현 조종남 (가나다 순)

편집 이부섭

디자인 박민희

펴낸곳 늘봄

출판등록 제1-2070 1996년 8월 8일

주소 서울시 종로구 동숭동 19-2

전화 02)743-7784 FAX. 02)743-7078

ISBN 978-89-1555-016-7 03818

책값은 뒤표지에 있습니다.

한·민·국·간·호·학·의·어·머·니

메풀 전산초 평전

메풀재단 편저

늘봄

* 일러두기

한국 근대간호는 서양의료가 도입되면서 시작되었다. 그러나 근대간호가 도입되어 간호인력이 양성되는 이 시기는 일제 강점기였다. 간호인력을 부르는 공식 명칭 또한 일제에 의해 폄하, 제도화된 용어인 **'간호부'**看護婦였다.

간호부라는 명칭은 1951년 제정된 '국민의료령'에 따라 **'간호원'**看護員으로 바뀌었다. 그러나 간호계는 간호인력의 전문성과 위상을 제고하기 위해 1970년대부터 간호원이라는 명칭을 **'간호사'**看護師로 바꾸기 위해 총력을 기울였다. 그 결과 1987년 보사부는 '간호원의 명칭을 간호사로 바꾸는 것' 등을 골자로 한 의료법 개정안을 입법 예고하기에 이른다. 이 법안은 같은 해 11월 28일 국회 본회의에서 통과되어 공포되었고, 1988년 3월 28일부터 효력이 발생되었다.

이 책에 표기된 간호사의 명칭은 일제 강점기에는 '간호부'로, 해방 이후에는 시대의 흐름에 따라 '간호원'과 '간호사'가 혼합 표기되었음을 일러둔다.

초판 서문

시대를 앞서간 20세기 최고의 여성 메풀

현대는 바른 교육과 건강한 사회를 절실히 요청하고 있습니다. 이런 시기에 인생 자체가 모범이었던 메풀 전산초 박사님의 평전을 발행하게 된 것을 무한한 기쁨으로 생각합니다.

재단법인 메풀 전산초 학술교육재단(약칭 메풀재단)은 메풀 전산초 박사님의 삶을 기리고, 또 이를 계승하기 위해 2002년 2월 16일 출범하였습니다. 비록 박사님은 10년 전 우리의 곁을 떠나셨지만 생전에 남긴 그분의 숭고한 뜻과 여러 방면의 업적은 지금도 많은 사람들의 사랑과 존경을 받고 있습니다.

메풀 전산초 박사님은 연세대학교 간호대학에서 33년간 봉직하시며 한국 간호학의 선진적인 체계와 학문적 발전을 이루는 데 결정적인 토대를 마련하셨습니다.

특히 전산초 박사님은 깊은 기독교 신앙을 바탕으로 한국 사회가 역사적으로 빚진 선교적 사명을 강조하셨습니다. 또한 우리 민족의 미래는 교육에 있다는 믿음으로 교육적 사업에 열정을 바치셨습니다. 나아가 박사님은 우리나라의 국민 보건과 건강 증진 사업에도 괄목할 만한 기여를 하셨습니다. 이러한 다방면의 공로로 전 박사님은 1978년 국민훈장 목련장 수훈을 비롯하여 1985년 서울특별시 문화상 본상(교육부문) 수상, 1987년 국민훈장 동백장을 수훈하셨습니다. 그리고 1983년에 전 세계 간호사 최고의 영예인 나이팅게일 기장, 1991년에 이화학원의 이화기장, 1999년에 대한간호협회로부터 간호대상을 수상하셨습니다.

메플 전산초 박사님의 신념과 철학은 연세대학교뿐만 아니라 학교법인 이화학원, 계명대학교, 한미교육재단, 한우리나라사랑 모임은 물론 대한간호협회를 비롯한 간호 관계의 여러 전문직 단체, 국가보건정책협의회, 대한성서공회, 한국국제기아대책기구 등에서의 적극적 활동을 통하여 시대의 영혼을 위로하는 인간 사랑으로 구현되었습니다.

이렇듯 메플 전산초 박사님은 한평생을 우리나라 간호학의 진흥과 더불어 건강하고 아름다운 사회를 건설하는 데 헌신하셨습니다.

자기보다 인간의 건강한 삶과 교육의 중요성을 먼저 생각한 메풀의 사랑과 섬김의 정신은 현재까지도 꺼지지 않는 등불이 되어 우리 사회를 밝게 비추어주고 있습니다.

『메풀 전산초 평전』 발간 사업은 이러한 배경에서 추진되었습니다. 메풀을 사랑하는 각계의 인사들이 메풀의 숭고한 사랑과 헌신의 정신을 후세에 길이 남겨 더욱 건강하고 아름다운 사회를 일구어 나가는 데 밑거름이 되도록 해야 한다는 뜻을 모아 메풀재단이 기념사업의 하나로 추진한 것입니다.

평전 발간 사업을 오래 전부터 기획하고 준비해온 본 재단 전인영 이사님께 깊은 경의와 사랑을 보냅니다. 아울러 수년간에 걸친 원고 작업과 편집에도 지치지 않고 열의를 보여주신 마이라이프플러스 박종면 이사님 등에게도 깊은 감사를 표합니다.

출간일이 다가올수록 전산초 박사님이 더욱 보고 싶어집니다. 아무쪼록 이 책이 보다 많은 사람들에게 읽혀 메풀 전산초 박사님의 정신이 더욱 많이 알려지고, 메풀의 삶이 많은 이들에게 귀감이 되기를 바랍니다.

2009년 6월

재단법인 메풀 전산초 학술교육재단 이사장 심치선

개정판 서문

전인간호의 뿌리가 더욱 곤고하기를 바라며

2009년 6월에 『메풀 전산초 평전』을 내고 3년이 지나 개정판을 냅니다. 초판이 나왔던 2009년은 메풀 전산초 박사님 타계 10주기가 되는 해였습니다.

『메풀 전산초 평전』 발간 직후 간호계 반응은 굉장히 뜨거웠습니다. 많은 이들이 "이런 책이 진작 나왔어야 했는데……." "이제라도 전산초 박사님의 정신을 다시 만나 너무 기쁘다." "이 책으로 간호대생들을 가르쳐야겠다." "간호사라면 누구라도 전 박사님을 잊어서는 안 된다." 등등의 반응을 보였습니다.

실제로 간호대학에선 교수님들이, 임상 현장에선 선배 간호사들이 후배들에게 전산초 박사님과 전인간호를 이야기하며 이 책을 권해주곤 하였습니다. 개인적으로 대량 구매해서 귀한 분과 제자들에게 선물하시는 교수님도 계셨고, 해마다 단체 구매하는 대학도 생겨났습니다.

일반인 중에도 이 책을 권유하고 추천하는 것은 물론 그분의 인간사랑과 위대한 여성상女性像에 반해 열성팬이 된 이도 있습니다. 어떤 분은 간호와 관련이 없음에도 책 홍보를 위해 명동 한복판에서 흰색 저고리에 검은 치마를 입고 퍼포먼스를 벌였으며, 자발적으로 UCC를 만들어 널리 퍼뜨리기도 했습니다.

이런 분들 덕분에 다양한 독자들이 『메풀 전산초 평전』을 접할 수 있었습니다. 이 책을 통해 진로를 선택하고 간호대학에 진학했다는 학생, 교수님 추천으로 읽었는데 이렇게 훌륭한 분이 우리나라에도 있었다는 것을 알게 되었다는 간호대생, 제2의 메풀이 되겠다는 예비간호사 등 많은 반응이 있었습니다.

포털 사이트에서도 간호사 지망생 필독서로 추천되고, 간호사에 대한 인식과 전인간호에 대한 이해가 더욱 새로워졌습니다.

이런 호응에 힘입어 메풀재단은 발간 3개월 만에 초판 2쇄를 낼 수 있었고, 나아가 더 알찬 양서를 보급하기 위해 초판 발간 3년 만에 개정판을 내게 된 것입니다. 부족한 책이 과분한 사랑을 받았음을 인정하면서 본 재단에서 오랜 시간 동안 기획하고 준비해서 예산을 투입한 보람을 느낍니다.

개정판에서는 부족한 초판의 한계를 극복하고 시대에 맞게 좀 더 세련되고 독자 요구에 더욱 충실하고자 노력하였습니다.

일찍이 전산초 박사님은 "간호란 고통의 자리를 같이하는 심오한 인간학이며 철학이다. 또 간호는 삶을 함께 나누고, 귀 기울이고, 자리를 같이하는 사랑과 봉사"라고 하셨습니다. 이 말씀과 함께 전인간호를 주창하셨고 실제 실천하려 하셨으며, 강단에서는 제자들을 그렇게 가르치려 하셨습니다.

전산초 박사님은 한평생을 우리나라 간호학의 발전과 더불어 건강하고 아름다운 사회를 건설하는데 헌신하셨습니다. 자기보다 인간의 건강한 삶과 교육의 중요성을 먼저 생각한 메풀의 섬김의 정신은 현재까지도 꺼지지 않는 등불이 되어 우리사회를 밝게 비추어 주고 있습니다.

모쪼록 이 책이 몸과 마음이 건강한 인간사회를 만드는데 일조할 수 있기를 소망합니다.

2012년 7월

재단법인 메풀 전산초 학술교육재단 이사 김 조 자

(연세대학교 명예교수, 전 대한간호협회 회장, 전 연세대학교 간호대학장)

차 례

초판 서문 - 시대를 앞서간 20세기 최고의 여성 메풀 ······ 6

재판 서문 - 전인간호의 뿌리가 더욱 곤고하기를 바라며 ······ 9

프롤로그 ······ 16

제1장 **메풀, 꽃으로 나다**

인생의 첫 번째 학교 ······ 25

속 깊은 아이 ······ 35

배부른 사람이 되는 길 ······ 43

하나님은 나를 어디에 쓰고 싶어 하실까? ······ 49

제2장 **간호사의 길**

하나님을 위해 봉사하는 삶 ······ 61

전인간호에 눈을 뜨다 ······ 69

온몸으로 극복한 시대의 고통 ······ 79

나는 사람을 이해하는 간호사다 ······ 85

제3장 **주님 뜻대로 하소서**

나는 당신의 환자가 되고 싶소 ······ 95
남과 북으로 갈린 이산가족 ······ 103
피난지의 나이팅게일 ······ 111

제4장 **다 내게로 오라**

두려움 없이 멈추지 않고 가리라 ······ 121
백만 불짜리 미소 ······ 128
기적을 낳은 사랑의 천사 ······ 134
밑지는 삶을 살아라 ······ 141
최초의 여성 장로 ······ 147
더 넓은 세상으로 ······ 152

제5장 **아름다운 도전**

미국의 '젊은 전산초' ······ 161
꺼질 줄 모르는 기숙사의 불빛 ······ 168
항상 기뻐하며 범사에 감사하라 ······ 173
지지 않는 별 '늘봄', 가슴에 묻다 ······ 181

제6장 **새로 쓴 한국 간호 역사**

인간 중심의 전인간호를 주창하다 ······ 191
한국 간호의 길을 제시한 간호학 교재 ······ 202
한국 간호학의 초석을 놓다 ······ 208
끊임없는 개혁으로 간호발전의 기틀을 다지다 ······ 218
새로운 역사를 창조한 전인간호 ······ 227
전인간호 사상을 뿌리내린 간협신보 ······ 232
간호사의 지위 향상으로 국민의 삶의 질을 높이다 ······ 240
파독간호사의 권익을 향상시키다 ······ 249

제7장 **또 다른 역사를 쓰다**

생의 마지막까지 무한한 사랑을 펼치리라 ······ 257
연세인, 그리고 새로운 동산인 ······ 264
지역사회 간호발전에 바친 숭고한 열정 ······ 269
슬픔으로 떠나보낸 하늘이 내려준 선물 ······ 275
간호사의 힘은 스스로 키워야 한다 ······ 280
꿈이 있는 생은 외롭지 않다 ······ 284

제8장 **꺼지지 않는 영원한 등불**

좋은 간호사가 되기 전에 좋은 인간이 되어라 ··············· 291

위대한 어머니 메풀 ··· 296

생명이 다하는 날까지 어둠을 밝히다 ························ 305

부록 1 **헌정시 - 영원의 약속 ·· 316**

부록 2 **메풀 전산초 어록 ·· 318**

부록 3 **메풀 전산초 연표 ·· 326**

부록 4 **메풀 전산초 박사 장례예배 순서지 ························ 328**

초판 편집자 후기 이보다 더 훌륭할 수 있을까? ······················ **329**

프롤로그

1999년 9월 12일 저녁 세브란스병원 심혈관센터 병동 1238호.

메풀은 여느 때와 다름없이 고요한 모습으로 병상에 누워 자녀들의 기도를 듣고 있었다. 기도를 드리는 자녀들의 목소리는 간간이 고조되었고, 그때마다 메풀의 입에서는 "아멘" 하고 희미한 입소리가 흘러나왔다. 기도가 끝나자 손녀인 넷째아들의 딸 정원이의 반주에 맞추어 찬송이 시작되었다. 소리는 들리지 않지만 메풀의 입술도 가늘게 떨며 움직이고 있었다.

지난 5월 대한간호협회에서 4년 주기로 수여하는 '대한민국 간호대상'과 모교인 연세대학교의 '연세를 빛낸 자랑스러운 동문상' 수여식을 마지막으로 입원한 뒤 하루도 거르지 않고 있어 온 풍경이었다.

메풀이 말기 암 선고를 받은 것은 1년 전이었다. 메풀을 검진한 주치의는 항암치료를 받아도 1년을 넘기기 어렵다고 했다. 그러나 메풀은 조금도 흔들리지 않고 평소와 다름없는 모습으로 사회활동을 계속했다. 대한간호협회와 대한간호정우회 등 간호계 행사는 물론, 이화학원 이사회, 대한성서공회 이사회, 진우회 모임, 그리고 친구들 모임에도 늘 밝은 모습으로 동참하였다. 투병 중임에도 주변을 먼저 챙기는 메풀의 의연한 모습에 가족과 지인들은 오히려 위로와 용기를 얻을 수 있었다. 사람들은 메풀이 말기 암 환자라는 것을 전혀 의식하지 못할 정도였다.

그러나 이날은 조금 달랐다. 병실에는 찬송 '나 같은 죄인 살리신'이 조용히 울리고 있었다. 「어메이징 그레이스」Amazing Grace를 번안한 이 곡은 메풀이 기쁠 때나 슬플 때나 가장 즐겨 부르며 의지하는 찬송이었다. 메풀이 입원한 뒤 매일 드리는 가족예배의 끝은 늘 이 곡이 장식했다.

메풀은 숙연한 얼굴로 찬송을 부르고 있는 가족들의 얼굴을 하나하나 쓸어보았다. 메풀의 병세가 위독해지자 이미 1주일 전부터 모든 자녀가 병실을 지키고 있었다. 당시 미국 연합감리교회의 담임목사로 재임하고 있던 장남 우영도 가족과 함께, 그리고 영국에 유학 중이던 손자 주원도 들어와 있었다. 그러나 이 시간에 우영은 잠시 미국에 들어갈 가족을 배웅하기 위해 공항에 가고 없었다. 그리고 한국자원연구소 수석연구원으로 재직하고 있던 셋째 희영도 연구소를 오래 비워둘 수 없어 잠깐 다니러 가고 없었다. 메풀이 사경을 오가는 이 시간 공교롭게도 자식으로는 둘째인 인영네와 넷째인 문영네 가족만 병실을 지키고 있었다.

메풀은 찬송가를 부르고 있는 손녀 유원과 정원의 얼굴을 가슴에 담으려는 듯 한동안 눈길을 멈춘 채 바라보았다. 그런 메풀의 얼굴에는 보일 듯 말 듯 온화한 미소가 걸려 있었다.

그리고 어느 순간, 메풀의 눈이 스르르 감기며 마주 잡은 두 손에서 힘이 풀렸다. 가족예배가 끝나갈 무렵인 7시 12분이었다. 향년 79세. 전인간호全人看護를 주창하며 한국 간호학 이론을 정립하고 평생을 간호사의 지위 확립에 헌신해온 선구자 메풀은 그렇게 하나님의 부르심을 받았다.

메풀의 영결식은 아버지인 늘봄 전영택 목사와 어머니 채혜수 장로의 장례예배가 있었던 정동제일교회에서 연세대학교 간호대학장으로 치러졌다. 대한적십자사 서영훈 총재를 비롯하여 각계각층의 인사들과 제자들이 참석한 가운데 열린 영결식에서 당시 대한간호협회 회장 김화중은 목멘 소리로 메풀을 회고하는 조사를 낭독했다.

"선생님의 삶은 언제나 간호에 대한 신념과 열정으로 가득했습니다. 그리고 간호가 얼마나 고귀한 학문이며 직업인지 깨닫게 해주셨습니다. 선생님의 말씀을 듣고 있노라면 절로 용기가 솟아나고 새로운 꿈이 생겼습니다. 하지만 이제 저희들만의 힘으로 풀어가기에는 벅차고 힘든 일에 부딪혔을 때 누가 등을 토닥이며 손을 잡아주겠습니까. 선생님의 지혜와 경험을 나누어주셔야 할 일이 너무나 많은데,

그저 아득할 뿐입니다.

선생님, 그동안 부족한 저희들을 이끄시느라 평생 두 어깨에 가득 짊어지셨던 무거운 짐들일랑 그만 내려놓으시고 부디 평안히 잠드시옵소서. 미흡하지만 저희들이 한마음 한뜻이 되어 선생님의 뜻을 이어가도록 열심히 노력하겠습니다. 선생님을 사랑하고 존경하는 모든 간호사들의 마음을 모아 삼가 명복을 비옵니다."

영결식장을 가득 메운 사람들은 저마다 메풀과 함께했던 기억을 떠올리며 뜨거운 눈물을 흘렸다. 그러나 영정 속의 메풀은 환하게 웃고 있었다. 병마와 싸우면서도 메풀은 둘째며느리 이계숙에게 마지막 순간까지 환하게 가고 싶으니 영정을 밝게 웃는 모습으로 하라고 당부하곤 했었다. 수의도 입히지 말라고 했다. 그래서 이계숙은 간호대상 수상식 때 마련한 옥색 한복을 개조해 수의를 대신했다. 어쩌면 세상에서 가장 아름다운 수의였으리라.

"사람이 들고 나는 자리는 하늘이 정해주는 것이며, 나는 순리대로 최선을 다했을 뿐이다."

영정 속 메풀은 사람들에게 이렇게 말하고 있었다.

오랜 세월을 한결같이 전인간호를 구현하며 수많은 업적에도 항상 겸허한 태도로 일관했던 모습이 영정 속에 오롯이 담겨 있었다. 그런 메풀을 회고하며 영결식에 참석한 제자들은 "진정으로 인간의 존엄성을 인식하고 무한대의 봉사를 할 수 있는 간호사가 되어야 한다"는 메풀의 간호철학을 가슴에 새기고 있었다.

메풀이 타계한 지 2년 6개월 뒤인 2002년 2월 16일, 재단법인 '메풀 전산초 학술교육재단(메풀재단)'이 출범하였다. 메풀 전산초 박사의 숭고한 정신을 기리기 위해 설립된 이 재단은 메풀의 뜻을 이어받아 현재 학술교육사업과 장학사업 등 다양한 활동을 펴고 있다.

"간호는 인간을 위하는 데 근원을 두고 있다. 그러므로 간호란 고통의 자리를 같이하는 심오한 '인간학'人間學이자 철학이다. 간호는 삶을 나누고, 귀를 기울이고, 자리를 같이하는 것이다."

전인간호에 대한 실천 의지를 표명한 메풀의 이 말은 한 개인의 신념을 넘어 한국 최초의 간호철학으로 발전하였다.

간호교육자로, 행정가로, 사회봉사활동가로 다양한 삶을 살며 한국 간호사에 큰 족적을 남긴 메풀 전산초 박사, 그는 우리나라 현대 간호의 새 역사를 쓰며 일평생 간호교육에 헌신하였다. 1954년 이래 1992년까지 모교인 연세대학교 간호대학과 동산간호전문대학(현 계명대학교 간호대학)에서 교수와 학장을 역임하며 간호학의 이론을 개발, 정립하였다. 특히 1966년 미국 남부의 하버드라고 불리는 조지아 주 애틀랜타의 에모리 대학교 대학원에서 석사학위를 받고 귀국한 후에는 인간 중심의 '전인간호' 이론을 주창하여 그때까지 의사의 단순보조자로만 인식되던 간호의 패러다임을 바꾸어 놓았다.

또한 동양 최초로 '간호학연구소'를 설립하여 간호학을 과학적 이론으로 확립하였으며, 대한간호협회장 시절에는 '간협신보' 창간과 대한간호정우회 활동을 통하여 간호사의 위상 강화와 권익 향상에 크게 이바지하였다. 그리고 이러한 업적과 공로로 국민훈장 목련장과 동백장 등을 비롯하여 전 세계 간호사들의 최고 영예인 '플로렌스 나이팅게일 기장'을 수상하였다.

한평생 간호사랑을 온몸으로 실천하며 세상에 따뜻한 빛을 선사한 메풀 전산초 박사, '간호는 인간을 만드는 학문'이라는 철학을 구현하며 시대를 선도해 온 그는 한국 간호사看護史의 산 역사이자 '현대 한국 간호학의 어머니'였다.

제1장

메풀, 꽃으로 나다

- 인생의 첫 번째 학교
- 속 깊은 아이
- 배부른 사람이 되는 길
- 하나님은 나를 어디에 쓰고 싶어 하실까?

* 1974년 10월 방콕에서 메풀이 그린 그림

인생의 첫 번째 학교

메풀은 1921년 11월 4일 평양에서 아버지 늘봄 전영택田榮澤과 어머니 채혜수蔡惠秀 사이에서 7남매 중 장녀로 태어났다.

'메풀'이란 이름은 아버지 전영택이 지은 이름이다. 그러나 메풀이 태어날 당시 전영택은 일본 동경의 청산학원青山學院 신학부에서 유학생활을 하고 있었다.

전영택은 1894년 1월 18일 평양시 사창동에서 아버지 전석영田錫永과 어머니 강순애康順愛 사이에서 3남으로 태어났다. 6세 때부터 집안의 사숙에서 한문을 익힌 그는 9세 때 아버지의 뜻에 따라 진남포로 이사를 하여 11세 때인 1904년 부친이 설립한 진남포 보동학교保東學校에 입학, 학업을 마친 뒤 14세 때에 도산 안창호安昌浩가 설립한 평양 대성학교大成學校에 입학하였다.

그러나 1909년 부친과 사별하고 1910년 한일합방이 되자 대성학교 3년을 중퇴한 그는 진남포 삼숭학교三崇學校에서 잠시 교사로 재직하였다. 이때 전영택은 독실한 신자였던 작은 형을 따라 교회에 다니기 시작하였고, 그해 세례까지 받았다. 이후 전영택은 1911년 어머니와 작은 형과 함께 서울로 올라와 서울대 의대의 전신인 서울 관립의학교에 입학하였다.

전영택이 일본으로 건너간 것은 그의 나이 19세 때인 1912년이다. 서울 관립의학교에 입학은 하였으나 문학과 신학에 뜻을 두고 있던 그는 학업을 계속하기 위해 일본으로 건너가 청산학원 중학부 4년에 편입한 것이다. 이후 그는 고등학부 문과를 거쳐 청산학원 문학부를 졸업한 뒤 1918년 동 대학 신학부에 재입학하여 목회자의 길을 준비하며 문인의 길을 걷기 시작한다.

한국 최초의 순문예지 『창조』創造의 동인으로 참여한 것은 이때였다. 1919년 2월 1일 창간된 『창조』는 김동인 · 주요한 · 전영택 · 김환 · 최승만 등 5명이 참여하였는데, 전영택은 1921년 5월 30일 통권 9호로 폐간되기까지 1호와 2호, 9호의 편집 겸 발행인으로 활동하였다. 이때 그는 「혜선의 사」, 「천치? 천재?」, 「운명」, 「생명의 봄」, 「독약을 마시는 여인」 등의 소설을 발표하며 본격적으로 작가의 길을 걸었다.

그러나 전영택은 목회자로서의 길은 잠시 접어야 했다. 『창조』 창간 1주일 뒤인 2월 8일 한국 유학생들이 주도한 2 · 8독립선언에 참여하고 귀국하였기 때문이다. 2 · 8독립선언 당시 한국 유학생들은 식민 조국을 구하기 위해 모두 귀국을 하여 독립운동에 나서자는 결의를 하였고, 이때 전영택은 학업을 중단하고 그해 3월 말 귀국을 하였다. 이는 구국을 위한 청년 지식인의 당연한 의무였다.

독립에 대한 열망으로 귀국한 전영택은 그해 4월 29일 채혜수와 결혼을 하였다. 그런데 이 결혼은 다소 갑작스럽게 이루어졌다. 당시 전영택과 채혜수는 이미 정혼을 한 사이였는데, 채혜수는 독립운동에 투신하여 도피 생활을 하고 있었다. 채혜수는 고향인 평양에서 3 · 1운동을 주도한 혐의로 검거 대상에 올라 있었고, 스물넷 처녀의 몸으로 도피 생활을 오래 할 수 없어 전영택과 서둘러 혼례를 치렀던 것이다. 그러나 채혜수는 혼례를 치른 다음날 아침 결혼식 정보를 입수하고 들이닥친 일경에 의해 체포되어 투옥되고 말았다.

투옥된 채혜수는 독립운동 가담자로 징역 2년형을 선고받았다. 이후 채혜수는 일경의 모진 고문 속에 8개월 뒤 병고로 가석방되었다. 이때 전영택은 삼숭학교의 교장으로 재직하고 있었다.

가석방된 채혜수는 어느 정도 몸을 추스르자 전영택에게 일본으로 다시 건너가 학업을 마치고 올 것을 권유했다. 전영택은 험한 옥살이로 온몸이 쇠약해진 아내를 두고 떠날 수는 없었다. 그러나 결국 채혜수의 뜻을 따라 1921년 일본으로 건너가 청산학원 신학부에 복교를 하였다. 메풀은 이때 태어났다.

메풀의 출생 소식은 전영택에게 크나큰 위안이었다. 하지만 그는 학업을 마치기 전까지 귀국할 수 없었다. 전영택은 곧 이름을 지어 편지로 보냈다. 그는 메풀이 태어나기 전부터 일찌감치 이름을 지어 놓고 있었다. 예전에 금강산 여행을 갔다가 산골짜기에 피어 있는 난초를 발견하고는 딸을 낳으면 난초를 상징하는 이름을 지어야겠다고 결심하고 '메풀'이라 지었던 것이다.

금강산 골짜기에 핀 난초처럼 온화하고 강인하게 살라는 의미가 담긴 이름은 채혜수의 마음에도 쏙 들었다. 그러나 일제 강점기인 당시는 한글 이름을 호적에 올릴 수 없었다. 그래서 호적에는 메풀의 한자표기인 '산초'山草로 올릴 수밖에 없었다.

전영택이 메풀을 본 것은 메풀이 세 살 되던 해인 1923년으로 청산학원 신학부를 졸업하고 귀국해서였다. 이름까지 미리 지어놓고 꿈에 그리던 첫 딸을 본 전영택의 기쁨은 말로는 형용할 수 없는 것이었다. 전영택은 첫 자식인 메풀에게 지극한 사랑을 쏟았고, 메풀은 아버지를 믿음의 원천으로 삼아 어릴 때부터 기독교적 사랑의 자세를 익혀 나갔다.

"지금 나에게 너그러운 아량과 평화로운 마음이 조금이라도 있다면 그것은 아버지의 가장 값진 유산을 지닌 것입니다."

훗날 메풀이 아버지를 회고할 때마다 빼놓지 않았던 말이다. 어린 메풀에게 아버지는 인생의 첫 번째 스승이었고, 평생 아버지에 대한 메풀의 사랑과 존경은 각별했다.

늘봄 전영택은 사실주의적 수법으로 따뜻한 인간애를 그려낸 소설가이자 목사였다. 청산학원 유학시절에는 『창조』의 동인으로 활동하며 신문학 운동을 주도하였고, 해방 후에는 한국문인협회 초대 이사장을 역임하며 우리 문학사에 중요한 발자취를 길이 남긴 한국 근대문학의 선구자였다.

늘봄이 남긴 작품들의 주인공들은 한결같이 어질고 서글픈 약자들이다. 이는 늘봄의 작가적 삶과 작품세계를 반영한 것이다. 특히 행랑살이를 하는 어멈과 다른 곳에서 일하던 행랑아범 화수분이 추운 겨울날 고개에서 얼어 죽고 어린아이만 살아남는다는 이야기를 그린 대표작 「화수분」은 작위적인 허구성을 배제하고 경험주의적 미학과 인도주의의 연민적 인간애로 대변되는 늘봄의 작품세계를 가장 잘 드러낸다. 식민지배의 현실 속에서 허구보다는 체험에서 비롯된 주제를 간결하고 낯익은 문체로 빼어나게 그린 이 작품은 대표적인 인도주의 소설로 꼽힌다.

전영택은 1968년 1월 16일 종로2가에서 불의의 교통사고로 타계할 때까지 학계와 언론계에 종사하며 평생을 창작 활동을 비롯하여 교육과 목회 활동에 바쳤다. 1923년 청산학원 신학부를 졸업한 뒤 귀국하여서는 서울 감리교신학교 교수로 재임하며 감리교에서 목사안수를 받고 아현교회에서 목회 활동을 하였고, 1930년 미국으로 건너가 캘리포니아 주 태평양신학교를 수료하고 돌아와서는 그리스도교 잡지 『새사람』과 『예수』의 발간에 힘쓰는 한편 '기독신문' 주간으로 활동하며 평양 요한여자성경학교 교수와 평양 신리교회 담임목사를 역임하였다. 그리고 해방 후에는 국립맹아학교 교장, 중앙신학교 교수, 감리교신학교 교수, 대한기독교서회 편집국장, 기독교계명협회 회장을 역임하며 목회자로서의 소임을 다하였다.

전영택의 삶의 화두는 '진실'이었다. 그리고 사상의 뿌리는 그의 아버지 전석영과 대성학교 시절 만난 도산 안창호 선생이었다.

전영택의 부친 전석영은 평양에서 큰 농장을 경영하는 부호였다. 또한 진남포 개항사업 등에 종사한 사업가이자 보동학교를 설립한 교육가이기도 하였다. 그래서 그는 일찍부터 서울과 인천, 상해 등지를 다니며 새로운 사상을 접할 수 있었다. 전영택이 평생 스승으로 여긴 도산 안창호 선생과의 만남도 아버지 전석영을 통해서였다. 전영택이 대성학교에 입학한 것은 아버지의 권유 때문이었는데, 여기서 도산이란 큰 인물을 만나 평생 삶의 밑거름이 된 '진실'을 터득한 것이다.

도산 안창호는 대성학교 시절 학생들에게 거짓을 버리고 진실할 것을 가르쳤다. 죽더라도 한 점 거짓 없는 생을 살라는 도산의 가르침은 전영택에게 평생의 화두였다. 비록 부친의 타계로 인해 급격하게 가세가 기울어 대성학교를 3년 과정만 수료할 수밖에 없었지만 도산 안창호의 가르침은 전영택에게 무형의 재산이자 보이지 않는 유산이었다.

도산의 가르침으로 얻은 진실의 정신은 훗날 전영택의 생활철학이 되었다. 진실에 근거한 생활철학은 늘봄의 생애에 있어 그 무엇보다 값진 재산이요 자긍심이었고, 자녀교육에도 중요한 지침이었다.

전영택이 죽을 때까지 삶의 화두로 삼은 진실은 고스란히 메풀에게 전수되었다. 그리고 진실을 바탕으로 한 기독교적 사상은 메풀의 인성 형성에 지대한 영향을 끼쳤다. 메풀이 한국의 나이팅게일이 되겠다는 꿈을 가꾸고 실현한 모든 행적의 바탕에는 아버지로부터 물려받은 사상이 깔려 있었다.

이렇듯 메풀 생의 한가운데에는 아버지 늘봄이 있었다. 감성과 필력 또한 늘봄의 영향이 컸고, 전영택은 늘 메풀과 함께했다.

아버지가 진실과 사랑의 원천이었다면 어머니는 강인함의 원천이었다.

메풀의 어머니 채혜수는 당대에 보기 드문 당찬 여성이었다. 1897년 11월 9일 아버지 채규현과 어머니 김덕윤의 2녀로 평양에서 태어난 채혜수는 어려서부터 미술에 남다른 자질을 보였다. 평양 숭의보통학교를 졸업한 그녀는 1909년 화가의 꿈을 이루기 위해 부모의 반대를 무릅쓰고 혈혈단신 고향인 평양을 떠나 서울로 올라와 미국 선교사 스크랜턴Mrs. M. F. Scranton 여사가 기독교 정신을 토대로 설립한 한국 최초의 여성교육기관이자 이화여자대학교의 전신인 이화학당梨花學堂 중등부를 거쳐 이화학당 대학 예과를 졸업하였다.

그러나 암울한 시대적 상황은 그녀의 꿈을 허락지 않았다. 결국 채혜수는 화가의 꿈을 이루지 못한 채 고향으로 돌아와 1917년 모교인 숭의보통학교를 시작으로 교육자의 길을 걸으며 평양에서 3 · 1

운동을 주도하는 등 독립운동에 투신하였다.

이후 채혜수는 남편 전영택과 가족을 위해 헌신하며 해방 후인 1954년 대한감리교 서울 광림교회의 장로로 취임하여 활동하는 등 1978년 12월 17일 미국 맨스필드 제일감리교회에서 시무하고 있던 3남 전상의田相義 목사 곁에서 영면할 때까지 평생을 독실한 신앙인으로 살았다. 그리고 일제 강점기에 독립운동을 한 공로로 1967년 3·1운동 여성동지회로부터 3·1운동 유공자 수상을 비롯하여 2008년 8월 15일 대통령 표창과 함께 같은 해 9월 3일 국가유공자로 추서되었다.

어머니 채혜수 품에 안겨 첫 돌을 맞은 메풀
독립운동을 했던 어머니는 한국의 잔다르크가 되고자 했던 자신의 꿈을 메풀이 이뤄주기를 바랐다.

일제 강점기의 엄혹한 상황에서 전영택이 일본 유학을 무사히 마칠 수 있었던 것도, 미국으로 건너가 3년간 태평양신학교를 수료하고 돌아올 수 있었던 것도 모두 채혜수의 격려 때문이었다. 특히 전영택과 혼례를 올린 직후 평양에서 3 · 1운동을 주도한 혐의로 일경에 투옥되어 8개월간 옥살이를 치르고 나왔을 당시 채혜수는 몸과 마음이 극도로 피폐해 있었다. 그러나 채혜수는 고통을 기도로 이겨내며 전영택의 유학생활이 계속되던 2년간 메풀을 낳아 기르며 가장의 빈자리를 채우기 위해 각고의 노력을 다했다.

기도는 채혜수의 버팀목이었다. 채혜수는 민족정기가 넘치는 이화학당에 다니던 시절 종종 학교 기도실에서 철야기도를 하곤 하였다. 기도의 내용은 늘 조국이 처해 있는 비극적인 현실을 타개할 수 있는 잔 다르크와 같은 사람이 되어 나라를 구할 수 있게 해달라는 것이었다. 일개 여학생이 국가와 민족을 위해 철야기도를 한다는 것은 당시로서는 상상하기도 힘들 때였다. 특히 채혜수는 당시 이화학당의 교훈과도 같은 요한복음 12장 24절의 말씀을 금과옥조처럼 가슴에 새겼다.

> 한 알의 밀이 땅에 떨어져 죽지 아니하면 한 알 그대로 있고 죽으면 많은 열매를 맺느니라.

기도는 채혜수 삶의 원천이었다. 옥살이를 통해 피폐해진 몸과 마음도 기도로 치유할 수 있었고, 전영택을 대신한 가장의 역할도 기도를 통해 다할 수 있었다. 기도를 드리기 위해 골방에 들어가면 한 시간이 넘도록 그칠 줄 몰랐다. 아침저녁으로 하루도 거르지 않고 드리는 기도의 내용은 가족과 조국을 넘어 세계평화로까지 나아가곤 했다. 나라와 민족을 위한 그녀의 이런 기도 생활은 만년까지 계속되어 장로로 헌신할 때도 하루도 빠지는 날이 없었다.

채혜수의 기도는 메풀의 사상과 신앙의 기초가 되었다. 메풀은 어머니의 기도 생활을 통해 기독교적 사상을 자연스럽게 받아들였고, 나중에는 일상의 실천을 통해 이를 스스로 정립했다.

메풀에 대한 채혜수의 사랑은 맵고도 깊었다. 메풀이 조금만 예의에 어긋난 행동을 보여도 채혜수는 그냥 넘어가는 일이 없었다. 채혜수는 메풀이 어렸을 때부터 늘 기도하며 겸손하게 살 것과 높은 이상을 가지라고 가르쳤다.

채혜수는 메풀이 성장하여 말귀를 알아듣기 시작하자 여성 위인 동화책을 읽어주며 한국의 잔 다르크가 되고 싶었던 자신의 꿈을 이루어주기를 바랐다. 훗날 메풀이 간호학교에 가겠다고 했을 때도 채혜수는 험한 길을 안타까워하는 늘봄과는 달리 한국의 나이팅게일이 되라며 격려해주었다. 메풀이 개화기의 척박한 시대에 힘없는 여성으로 살아가기를 바라지 않았기 때문이다.

아버지의 푸근한 사랑과 어머니의 강인한 사랑이 넘쳐흘렀던 가정은 메풀 인생의 첫 번째 학교였다.

속 깊은 아이

메풀은 비록 넉넉하지는 않지만 기독교 신앙이 충만한 가정에서 다정한 아버지와 올곧은 어머니의 사랑을 흠뻑 받으며 티 없이 맑은 아이로 자라났다. 메풀이 세 살 되던 해 늘봄은 서울 감리교신학교 전신인 협성신학교 교수로 부임하게 되었다. 고향을 떠나 서울로 이사를 하면서 늘봄은 이때부터 왕성한 창작 활동과 함께 비교적 안정된 생활을 꾸려갔다.

메풀에 대한 늘봄의 사랑은 주변 사람들이 놀랄 정도로 극진했다. 문우들과 여행이나 소설을 구상하기 위해 길을 떠날 때에도 늘봄은 메풀과 함께 하는 일이 많았다.

어린 시절 메풀은 저녁때만 되면 아버지에게 이야기를 들려달라고 조르곤 했다. 그럴 때마다 늘봄은 메풀을 무릎에 앉혀 놓고 이야기를 들려주었다. 그 무렵 늘봄은 목회 활동과 함께 『아이생활』과 『새벗』에 동화와 어린이 설교를 활발하게 발표하고 있었다. 그러므로 들려줄 이야기는 무궁무진했다. 메풀은 성경에 나오는 인물과 신화는 물론 에디슨, 퀴리부인, 이순신 장군, 알렉산더 대왕과 같은 위인들의 이야기를 아버지를 통해 만날 수 있었다. 이야기를 들려줄 때마다 늘봄은 '네 수레를 별에다 달아라'라는 에디슨의 말을 인용하며 세계적으로 위대한 인물이 되어야 한다는 꿈을 키워주었다.

메풀이 가장 존경하고 흠모했던 나이팅게일을 알게 된 것도 아버지가 들려준 이야기를 통해서였다.

하루는 셋째 동생 상범相範이 고열로 심하게 앓은 적이 있었다. 그 날 늘봄은 밤새 상범의 곁을 떠나지 않고 간호를 했다. 메풀 또한 아버지와 함께 앓아누운 동생을 돌보았다. 그때 늘봄은 메풀에게 나이팅게일 이야기를 들려주었다.

"메풀아, 이다음에 크면 아픈 사람들에게 나이팅게일 같은 사랑을 베풀 거라. 백의의 천사 나이팅게일은 어려서부터 아픈 친구가 있으면 밤을 새워 돌봐주었단다. 집에서 기르는 강아지가 아파도 그냥 지나치지 않았단다. 우리 메풀이도 병든 사람들을 보면 나이팅게일처럼 사랑으로 간호할 거지?"

"네, 아버지."

그날 밤 메풀은 백의의 천사가 되어 늘봄과 함께 동생을 지켰다.

그 무렵 메풀에게는 세 명의 동생이 있었다. 메풀이 네 살 때 태어난 둘째 계옥桂玉, 다섯 살 때 태어난 셋째 명옥明玉, 여섯 살 때 태어난 넷째 상범이었다.

늘봄은 누구 하나 편애하지 않고 자식들을 사랑하고 아꼈다. 그러나 큰딸 메풀에 대한 사랑이 가장 컸다. 무엇보다 메풀은 어려서부터 아버지의 문학적 재능을 그대로 이어받아 부모를 기쁘게 했다. 메풀의 뛰어난 감수성이 엉뚱한 상상력으로 표현될 때마다 늘봄은 메풀이 작가로 성장하는 꿈을 꾸었다.

그러나 한편으로는 당돌한 면도 있었다. 서울 생활이 자리를 잡아가면서 늘봄은 가족들과 함께 여름이면 강원도 고산군의 석왕사釋王寺와 원산의 명사십리明沙十里 해수욕장으로 피서를 다녀오곤 했다.

1927년 7월 어느 날이었다. 메풀이 일곱 살이 되던 그해 5월 늘봄은 감리교에서 목사 안수를 받고 아현교회에서 부목사로 재임하고 있었다. 이때도 가족들은 석왕사로 피서를 갔다. 조선의 태조 이성계가 나라를 세우기 전에 무학대사로부터 훗날 군왕이 될 것이라는 해몽을 듣고 왕이 될 것을 기도하기 위해 지었다고 전해지는 석왕사는 메풀의 마음을 단번에 사로잡았다. 아버지에게 석왕사의 유래며 풍광을 듣고 즐기며 메풀은 시간 가는 줄 모르고 뛰어놀았다.

그런데 밤이 되어 잠자리에 누운 메풀은 쉽게 잠을 이루지 못했다. 서울에 있는 동생들이 보고 싶은 마음에 잠을 청할 수 없었던 것이다. 그러나 잠들지 못하는 이유는 또 있었다.

늘봄이 물었다.

"메풀아, 잠이 오지 않니? 이렇게 아름다운 나무도 많고 물도 시원한데, 어서 잠을 청해 보렴."

그러자 메풀이 천연덕스럽게 대답했다.

"아버지, 물소리가 너무 커서 잠이 오지 않아요. 물 좀 자라고 해요."

그 말에 전영택과 채혜수는 서로 얼굴을 마주보며 크게 웃고 말았다.

"허허, 녀석도. 어서 자거라, 네가 자면 물도 잔단다."

"물이 어떻게 자요? 눈이 있어야 자지요."

아현교회에서 목회 활동을 하던 늘봄은 메풀이 열 살 되던 해인 1930년 미국으로 건너갔다. 태평양신학교에서 신학공부를 하기 위해서였다. 늘봄이 학업을 마치고 귀국한 것은 1932년이었다.

늘봄의 유학으로 살림을 꾸리는 것은 다시 채혜수의 몫이 되었다. 채혜수는 소학교 선생으로 일하면서 늘봄에게 학비도 보내며 어렵게 가정을 이끌었다. 아버지를 빼닮아 늘봄의 사랑을 독차지했던 메풀은 아버지가 돌아오기만을 손꼽아 기다렸다. 아버지가 언제 오느냐며 묻는 것이 하루 일과가 되어버린 메풀은 책을 읽어주고 그림을 그려주던 아버지가 보고 싶어 견딜 수 없었다.

이 무렵 메풀은 아버지의 역할을 대신이라도 하듯 어린 나이에 어른 흉내를 곧잘 내곤 했다. 동생들이 이웃집 아이들과 싸우고 돌아오는 날에는 마치 아버지처럼 근엄하게 회초리를 들기도 했다.

1932년 가을, 마침내 2년간의 공부를 마치고 늘봄이 돌아왔다.

가족이 늘봄을 그리워한 이상으로 늘봄 또한 가족에 대한 걱정과 그리움으로 기다려온 2년이었다. 아이들이 출생한 이후로 이렇게 오래 떨어져 있어본 것은 처음이었다.

한걸음에 집으로 달려온 늘봄은 잠시 문 앞에 서서 낡은 대문과 기와지붕, 담장 옆 노랗게 물들어 가기 시작하는 국화꽃을 둘러보았다. 한시도 잊지 못하던 익숙한 풍경들을 눈에 담으며 늘봄은 깊은 감회에 젖었다.

이제 대문을 열고 들어서면 아내 채혜수가 그 큰 눈에 기쁨을 가득 담고 안겨올 것이다. 아니, 차분하면서도 당찬 성격의 아내는 아마 제자리에 가만히 선 채로 가벼운 미소만 지을지 모른다. 그런 어머니 옆에서 아이들은 눈만 반짝거리며 머뭇거리고 있다가 "뭣들 하니, 아버지께 인사 드려야지" 하는 말을 듣고서야 한달음에 달려와 품에 안길 것이다.

그런 장면을 눈앞에 그리며 늘봄은 메풀과 계옥, 명옥, 상범, 상수相秀, 아이들의 얼굴을 하나하나 떠올렸다. 특히 유학길에 오르던 날 눈물 글썽이며 손을 흔들던 메풀의 모습이 눈에 선했다. 유학을 떠날 때 열 살이었으니 지금은 열두 살일 것이었다.

'녀석, 얼마나 컸을까…….'

늘봄의 얼굴에 잔잔한 미소가 떠오른다. 아버지가 집에 있을 때면 잠시도 곁을 떠나지 않고 노래 불러 달라, 그림 그려 달라, 안아 달라고 졸라대던 딸아이의 어릴 적 모습이 어제 일처럼 눈앞에 그려

진다.

늘봄은 의식이라도 치르듯 천천히 한 발짝을 떼어 마당 안으로 들어섰다.

늘봄의 눈에 가장 먼저 들어온 사람은 청수아범이었다. 구부정하니 허리를 숙인 청수아범은 마당 한가운데에서 무언가를 하고 있었다. 그 옆으로 늘봄에게 등을 진 채 서 있는 작은 여자아이가 눈에 들어왔다. 메풀이었다. 그 사이 부쩍 커버린 모습이었지만 여전히 또랑또랑한 예전 그대로였다.

늘봄을 먼저 알아본 청수아범이 황급히 고개를 숙여 인사를 하자, 메풀이 돌아섰다. 늘봄과 메풀의 눈이 마주쳤다. 메풀은 놀란 듯 잠깐 눈이 휘둥그레졌다가는 이내 얼굴 가득 기쁨에 겨운 웃음을 띠었다.

그러나 메풀은 아버지를 향해 달려오지 않았다. 그 자리에 가만히 선 채로 고개만 단정히 숙여 인사를 하는 모습은 늘봄이 대문 앞에서 상상했던 아내 채혜수의 모습이었다. 장성한 처녀라도 보듯 늘봄은 대견하기 이를 데 없었다. 늘봄은 천천히 다가가 메풀의 머리를 쓰다듬었다. 메풀은 그제야 예전의 귀여운 모습으로 돌아가 얼른 아버지 품으로 뛰어들었다.

그날 저녁 늘봄은 꿈에 그리던 아내와 아이들 속에서 오랜만에 행복한 하룻밤을 보냈다. 이제는 제법 어른 태가 나는 메풀을 보고 있으면 세상 부러울 것이 없었다.

이튿날 아침이었다. 아침에 늘봄이 일어나는데 밖에서 메풀의 목소리가 들려왔다.

"아범, 신문 가지고 오게."

메풀이 청수아범에게 하는 말인 듯했다. 전영택과 혼례를 치르고 출가한 채혜수를 따라 메풀 가족과 이웃해 살고 있는 청수아범은 늘봄이 오랫동안 집을 비우면 집안일도 거들며 한 가족이나 다름없이 생활하고 있었다. 그런 청수아범을 어려서부터 보아온 메풀은 허물없이 대했고, 청수아범 또한 어린 메풀을 몹시 예뻐했다. 늘봄은 의젓한 목소리로 어른 흉내를 내는 메풀을 보며 속으로만 빙긋이 웃었다.

이날 저녁, 늘봄은 가족과 즐거운 식사를 하고는 메풀을 조용히 따로 불러 앉혔다.

"메풀아!"

"네, 아버지."

기껏 열두 살의 나이였지만 메풀은 확실히 늘봄이 유학길에 오르던 때에 비하면 몰라볼 정도로 어른스러워져 있었다. 대견하고 든든한 모습이었지만 늘봄은 사실 그 점을 지적해주려고 메풀을 부른 것이었다.

"메풀아, 전에는 청수아범에게 아저씨라 부르며 존대했었지 않니. 그런데 지금은 왜 그리 부르지 않는 게냐?"

"……."

메풀은 당황했는지 아무 대답도 하지 못했다. 늘봄은 잠시 메풀을 조용히 바라보며 미소를 지었다.

늘봄은 알고 있었다. 속이 깊은 딸아이가 자기 없는 사이에 맏딸 구실을 하느라 그리 했으리라는 것을. 가장이 없는 집안 태가 나지 않도록 스스로 열두 살의 나이를 훌쩍 넘어 아버지를 대신하며 어머니에게 힘이 되어주려 한 딸아이가 늘봄은 기특하기 그지없었다. 그 마음을 충분히 알지만 지금은 더 중요한 것을 말해주어야 할 때였다.

늘봄은 자상하지만 엄한 목소리로 입을 열었다.

"메풀아, 네 할아버지께서는 소작인들이나 일꾼들에게 늘 인정 베풀기를 아끼지 않으셨단다. 무상으로 소를 사주기도 하고, 소작료도 아주 후하게 해서 놀라게도 하셨지. 또 소작인이나 일꾼 집에서 해산을 하면 반드시 쌀과 미역을 사 보내셨고, 병에 걸리면 의원을 보내 주었단다. 그들 모두를 늘 가족같이 대해주셔서 우리 집안에서는 누구도 일꾼들을 함부로 대하지 않았단다."

귀밑까지 빨개진 메풀이 고개를 푹 숙였다. 명민한 아이답게 메풀은 아버지가 자기 행동의 어떤 점에 대해 말하고 있는가를 바로 알아차렸다.

늘봄은 메풀에게 다가가 손을 꼭 잡아주었다.

"그래, 네 마음은 아버지도 안다. 우리 메풀 마음은 이 아버지가 다 알지."

그 말에 메풀은 잠시 가만히 있다가 이윽고 울음을 터뜨리며 아버지의 품안으로 달려들었다.

배부른 사람이 되는 길

메풀의 어린 시절은 정신적으로는 매우 충만했지만 경제적으로는 그리 풍족하지 못했다. 특히 늘봄이 미국 유학을 마치고 돌아온 직후는 극도의 가난에 허덕여야 했다.

태평양신학교를 마치고 귀국한 늘봄은 1933년 황해도 봉산의 한 작은 교회와 창덕학교라는 소학교에 파송되었다. 메풀의 나이 열두 살 때였다.

봉산탈춤으로 유명한 황해도 봉산은 옛날에는 수천 호의 집들이 들어서 있고 사람들의 왕래도 빈번한 도회지였다. 그러나 사리원에 기차 정거장이 생기고 군청이 옮겨가면서 사람들도 모두 사리원과 평양으로 떠나기 시작하여 메풀 가족이 봉산으로 갔을 때는 오십여 호만 남아 있는 쓸쓸한 농촌에 지나지 않았다. 배밭으로 유명했던 마을은 모두 헐벗은 채 무너져가는 집뿐이었고, 물이 잘 흘러 낚시를 했다던 마을 앞 개울도 소 먹일 물 한 방울 없이 말라버린 채 폐허나 다름없는 몰골이었다. 사람이 살고 있는 집보다는 빈 집이 더 많았고, 마을 사람들 역시 궁핍을 벗어나지 못해 끼니도 제 때 챙기지 못하고 있었다.

이 무렵 메풀 가족은 여섯째 상애相愛, 그리고 막내아들 상의相義가 태어나 아홉 식구였다. 그러나 목사 월급으로는 생계를 감당할 수 없었다. 어려운 것은 경제적인 문제만이 아니었다. 교인들의 숫자도 고작해야 십여 명 정도였고, 그들조차도 미국에서 공부를 하고 온 목사와 그 가족들을 경원하여 처음에는 주민들과 가까이하기도 어려웠다.

비극이 찾아든 것은 그 무렵이었다. 아홉 식구의 생계를 잇기도 막막하기만 하던 그 시절 채혜수가 죽을 고비를 넘기고 아이를 낳은 것이다. 그러나 아이는 곧 병으로 죽고 말았다. 메풀을 낳고 유종을 몹시 앓았던 채혜수는 그 뒤로 우유를 먹이며 아이들을 길렀는데, 봉산에서의 생활이 여의치 않아 쌀가루를 만들어 아기에게 먹인 것이 화근이었다.

가족을 잃은 슬픔 속에서도 늘봄은 매일 밤 기도를 드리며 가족의 사랑을 더욱 다졌다. 죽은 아기의 뼛가루를 돌무더기 담장에 흩뿌리던 날에도, 배가 고파 소리 내어 기도할 힘이 없는 날에도 메풀과 가족들은 찬송가를 부르며 서로를 위로하고 용기를 다졌다.

1. 사철에 봄바람 불어 잇고 하나님 아버지 모셨으니
믿음의 반석도 든든하다 우리 집 즐거운 동산이라

(후렴) 고마워라 임마누엘 예수만 섬기는 우리 집
고마워라 임마누엘 복되고 즐거운 하루하루

2. 어버이 우리를 고이시고 동기들 사랑에 뭉쳐 있고
기쁨과 설움도 같이 하니 한간의 초가도 천국이라

3. 아침과 저녁에 수고하여 다 같이 일하는 온 식구가
한 상에 둘러서 먹고 마셔 여기가 우리의 낙원이라

그리스도교 가정의 따뜻한 사랑의 분위기와 예수님을 모신 가정의 즐겁고 복된 모습을 잘 묘사하고 있는 찬송가 「사철에 봄바람 불어 잇고」는 늘봄이 봉산 시절 지은 찬송이다. 당시 늘봄은 고단한 생활 속에서도 노동의 대가와 생활에 대한 감사를 통해 가족애와 노동의 소중함, 그리고 하나님의 사랑을 찬양하는 이 노랫말을 썼는데, 1967년 늘봄이 『개편찬송가』 편찬 때 가사위원이었던 당시 숙명여자대학교 작곡과 교수이자 『개편찬송가』 음악위원이었던 구두회 장로가 곡을 붙였다. 특히 이 찬송은 『개편찬송가』에서 '가정찬송'으로 분류된 전체 세 편의 작품 중 유일하게 『통일찬송가』에 수록된 곡으

로, 가정의 달 5월에 많은 사랑을 받고 있다. 또한 늘봄은 「어서 돌아 오오」 「주여 어린 사슴이」 등의 찬송가를 썼다.

이렇듯 늘봄은 매일 가족과 함께 예배를 보고 찬송을 부르며 하루를 살게 하신 하나님께 감사드리며 가족의 화목을 다졌다. 그리고 기도를 마칠 때는 언제나 빌립보서 4장 6~7절의 성경 구절을 가족들과 함께 암송하곤 했다.

> 아무것도 염려하지 말고 다만 모든 일에 기도와 간구로, 너희 구할 것을 감사함으로 하나님께 아뢰라. 그리하면 모든 지각에 뛰어난 하나님의 평강이 그리스도 예수 안에서 너희 마음과 생각을 지키시리라.

봉산에서 메풀 가족은 '목사님 댁'으로 불리며 2년 남짓한 기간을 살았다. 경제적으로는 매우 어렵고 곤궁한 시절이었으나 신앙심과 가족애를 다지는 데는 좋은 시간이었다.

가족의 하루는 기도로 시작하여 기도로 끝났다. 메풀은 가족예배가 끝나면 잠자리에 들기 전에 늘 기도를 드렸다. 기도는 어머니가 늘 그러했던 것처럼 옳은 길로 가게 해달라는 내용이 주를 이루었다.

> 하늘에 계신 아버지시여! '의義에 주리고 목마른 사람은 복이 있나니 그들이 배부를 것임이요'라는 성경말씀(마태복음 5장 6절)을 배웠습니다. 저도 이다음에 배고프고 목마른 사람이 밥을 찾고 마실 것을

찾는 것처럼 애써서 옳은 일을 할 마음을 가지고, 또 옳은 일을 할 수 있게 도와주세요. 옳은 말씀과 옳은 일만 하시다가 하나님 곁으로 가신 예수님처럼 저도 밥만 먹어 배부르지 않고 옳은 일을 해서 배부른 사람이 되게 해주세요.

늘봄의 헌신적인 노력과 가족들의 진실한 모습을 보면서 마을 사람들은 차츰 서울에서 온 이방인들에게 마음의 문을 열었다. 십 리 길을 마다하지 않고 걸어서 교회로 나오는 교인들은 아침에 오면 밤까지 예배를 보고 찬송가를 배우며 하루를 메풀 가족과 살며 텃밭에서 농사를 지었다. 주일이 오면 늘봄은 교인들과 함께 식사를 하였고, 때로는 지나가던 거지도 함께 했다.

그렇게 2년을 봉산교회에서 봉직한 늘봄은 감리교신학교 교수로 부임하게 되어 다시 서울로 돌아온다. 그리고 서울로 돌아온 늘봄은 경제적인 안정을 찾아가기 시작한다.

서울로 돌아온 메풀이 가장 손꼽아 기다리는 날은 성탄절이었다. 성탄절이 익숙하지 않은 그 시절, 메풀 가족은 성탄절을 가장 큰 명절로 삼았다. 늘봄은 성탄절이 오면 집에서 특별한 성탄 축하 행사를 하곤 하였는데, 이웃에 있는 고아원인 '소년직업학교'의 아이들을 초대하여 함께 식사를 하고 선물을 나눠주곤 했다. 때때로 외로운 고학생이나 객지에 있는 선생님들도 초대하여 저녁을 함께 하기도 했다.

메풀은 목회 활동을 하는 아버지 늘봄의 부임지를 따라 서울과 평양, 봉산 등 여러 곳을 오가며 소학교를 다녔다. 1934년 봉산에서 서울로 돌아왔을 때 메풀은 마포구 염리동 산동네에서 살았다. 이 무렵 메풀은 상급학교 진학을 눈앞에 두고 있었다. 당시는 지금과 달리 중학교와 고등학교가 따로 분리되어 있지 않고 4년으로 통합되어 있었는데, 입학시험을 통과해야만 상급학교로 진학할 수 있었다. 그래서 어느 학교로 진학하느냐는 매우 중요한 문제였다.

그러나 메풀은 큰 고민 없이 이화여자고등보통학교를 선택했다. 이화여자고등보통학교는 전국의 우수한 학생들이 모여들기로 유명했다. 1934년 당시 이화여자고등보통학교의 교장은 미국 감리회에서 파송된 처치Miss Marie E. Church 선교사였다. 입학을 하기 위해서는 기독교를 믿겠다는 서약을 해야만 했는데, 독실한 기독교 가정에서 자란 메풀에게는 더 없이 좋은 학교였다. 기독교적 정신에 의해 학교가 운영된다는 사실만으로도 선택의 이유는 충분했던 것이다.

소학교를 졸업한 메풀은 이화여자고등보통학교 시험에 어렵지 않게 합격할 수 있었다. 채혜수는 자신의 모교이며 유관순 열사를 배출한 학교에 메풀이 입학을 하자 마치 자신의 꿈이 실현된 이상으로 기뻐했다.

하나님은 나를 어디에 쓰고 싶어 하실까?

이화여자고등보통학교 시절 메풀은 조용한 학생이었다. 그러나 학급에서는 작문과 미술에 두각을 나타냈다. 작문은 아버지로부터, 미술은 어머니로부터 물려받은 재능이었다.

메풀은 특히 영어 공부에 남다른 관심을 기울였다. 늘봄은 어려서부터 가세가 기울기 전에 독선생을 두고 영어를 배우고 또 미국 유학까지 다녀온 터라 메풀이 어렸을 때부터 영어의 중요성을 강조하곤 했다. 늘봄은 늘 선진 학문을 배우기 위해서는 반드시 영어를 배워야 한다고 강조하며 영어 공부를 게을리 하지 말 것을 당부했다.

메풀은 틈이 날 때마다 아버지와 함께 영어책을 읽고 쓰는 것을 좋아했다. 모르는 것은 아버지에게 물어보았고, 아버지는 그때마다 메풀이 이해하기 쉽도록 자상하게 가르쳐주었다. 이처럼 몸에 밴 영어 실력은 동급생들보다 먼저 영어에 친숙하게 해주었고, 실력 또한 앞서갈 수밖에 없었다.

조용한 성격의 메풀은 학창시절 친구들 앞에 좀처럼 나서는 일이 없었다. 자신의 할 일을 찾아 묵묵히 하는, 평범하지만 꿈 많은 소녀였다. 따스한 햇살을 받으며 여선교사들의 숙소였던 그레이하우스나 러시아 공사관을 그리는 것을 좋아했고, 시원한 나무 그늘에서 사색에 잠겨 원고지에 글을 쓰는 시간을 즐겼다.

메풀은 일곱 남매 중에서 유난히 문학에 관심이 많았다. 읽는 책도 많았고, 글 솜씨도 뛰어나 학급에서 글쟁이로 소문나 있었다. 아버지의 필력을 이어받아 남다른 글 솜씨를 보이며 학교에서 두각을 나타내자, 늘봄은 메풀이 자신의 뒤를 이어 문인이 되어 주기를 은근히 바랐다.

그 시절 메풀은 늘봄이 초기에 썼던 소설과 수필은 물론 각종 잡지에 발표하는 원고들까지 아버지의 글이라면 빠뜨리지 않고 모두 읽었다. 그런 메풀이 대견스러워 늘봄은 동료 문인들이 새 작품을 발표하면 먼저 권해주기도 했다. 당시는 일본에서 들어와 한국어로 번역된 연애소설들이 많았는데, 메풀은 그것도 즐겨 읽었다. 일본어를 읽고 쓰는 데 어려움이 없었던 고학년 때부터는 아예 일본 소설책을 친구들에게서 빌려와 읽었다. 이런 메풀을 지켜보며 늘봄은 맏딸인 메풀이 자기를 잇는 문인이 될 것이라고 생각했을 것이다.

메풀은 늘봄의 바람을 저버리지 않았다. 남다른 문학적 소양과 재능을 보인 메풀은 이화여자고등보통학교에 입학할 때부터 아버지와 같은 문인이 되겠다는 꿈을 키워갔다. 그것은 아버지에 대한 존경심이기도 했다. 메풀은 아름다운 글로 사람들을 위로하고, 희망 가득한 글로 삶에 활력을 주는 글을 쓰고 싶다는 생각을 오랫동안 키워간 것이다.

그러나 메풀의 꿈은 1937년 여름이 지나고 졸업을 앞두면서 흔들리기 시작했다. 상급학교 진학을 앞두고 메풀이 희망한 곳은 영문과였다. 하지만 소녀 적 꿈을 고집하기에는 너무 성숙해 있었다. 둘째 계옥이부터 막내 상의까지 여섯 동생들을 생각하면 장밋빛 나래를 펼치다가도 가슴부터 저려왔다. 풍족하지 못한 생계를 꾸려가고 있는 어머니의 얼굴을 보면 눈시울부터 뜨거워졌다.

그 무렵 늘봄은 감리교신학교 교수로 재임하며 소설 집필에 몰두하고 있었다. 그러나 생활은 여전히 어렵기만 했다. 더욱이 늘봄이 수양동우회修養同友會 사건으로 도산 안창호 선생과 함께 서대문형무소에서 복역하고 나온 뒤로는 생활은 더욱 고통스러웠다.

1926년 1월에 설립된 수양동우회는 1913년 민족부흥을 목적으로 설립된 흥사단 계열 단체였다. 대성학교에서 도산 안창호의 가르침을 받은 늘봄이 독립운동단체인 수양동우회에 가입한 것은 지극히 당연한 일이었다. 그러나 수양동우회는 독립운동을 수행하던 중 1937년 8월부터 이듬해 3월까지 모두 181명이 일경에 의해 검거되면서 강제로 해산되었다. 이때 늘봄도 동지들과 함께 투옥되었다가

풀려났다. 옥에서 풀려난 늘봄의 건강은 하루가 다르게 악화되어 갔다. 그리고 늘봄이 옥살이를 시작할 때부터 생계는 채혜수가 꾸려가고 있었다.

장녀인 메풀은 어머니의 부담을 조금이라도 덜어드리기 위해 학교가 끝나면 과외활동도 하지 않고 곧장 집으로 왔다. 친구들은 대부분 학교에 남아 피아노를 배우거나 교지를 만드는 활동을 하였지만 어린 동생들을 돌봐야 하는 메풀에게 과외 시간은 허락되지 않았다.

이런 상황에서 영문학을 선택하는 것은 마음이 용납지 않았다. 영문학도의 길을 사치스럽다고 생각해서는 아니었다. 그렇다고 진학을 포기하고 취업 전선에 나갈 생각을 했던 건 더욱 아니었다. 행여 그런 마음을 먹었다면 누구보다 부모가 가장 크게 반대했을 것이다.

아버지를 통해 문학적 세례를 충분히 받아온 메풀은 문학에 대한 분명한 꿈과 재능이 있었다. 하지만 바로 그러했기에 그 길을 주저하고 있었다. 개인적인 자아실현보다는 보다 실제적인 구국과 사회적 활동에 마음이 닿아 있었던 것이다.

메풀은 언젠가 몸져누운 아버지가 했던 말을 기억하고 있었다.

> 메풀아, 장차 너는 이 나라의 여성 지도자가 되어야 한다. 그것이 어떤 분야가 될지는 네가 선택하는 것이고. 여성이라고 해서 언제까지 아내로, 어머니로만 살아야 하는 것은 아니란다. 미국이나 일본을 보거라. 이미 많은 여성들이 자신의 일을 하며 사회의 지도자로 당당하

게 살아가고 있단다. 나는 네가 이 사회의 훌륭한 지도자가 될 것이라 믿는다.

지도자가 되라는 늘봄의 말은 메풀의 가슴을 뜨겁게 파고들었다. 문인이 되기를 은근히 바라기도 했던 아버지의 영향을 생각해보면 메풀이 문학을 단순히 개인적 성취의 길로만 여기지는 않았을 것이다. 문학 또한 인간에 대한 애정과 사회에 대한 도덕적 책무감 없이는 할 수 없는 일이다. 그럼에도 메풀에게 지도자라는 표현은 보다 실제적인 어떤 활동을 의미했다.

메풀은 개인적 꿈과 현실적 이상 사이에서 진로를 고민했다. 아버지 늘봄과 어머니 채혜수는 그런 메풀을 보며 아무것도 강요하지 않았다. 스스로 뜻을 세우기 바랐고, 그렇게 스스로 찾아낸 길이어야 의미 있는 인생을 살아갈 것이라고 믿었던 것이다. 역설적이지만, 이처럼 철저히 딸의 의사를 존중하고 딸의 선택을 믿어주는 부모로 인해 메풀은 오히려 진로 문제에 심각한 갈등을 겪어야 했다.

어느덧 시간은 흘러 진로를 결정한 친구들은 시험 준비를 하느라 여념이 없었다. 그해에는 유난히 일본으로 유학을 떠나는 학생들이 많았다. 그러나 메풀은 그때까지도 진로를 결정할 수 없었다.

'나의 꿈은 무얼까? 진정 나는 문학을 하고 싶은 걸까? 하나님은 나를 어디에 쓰고 싶어 하실까?'

고민은 깊어만 갔다. 그럴 때마다 메풀은 진심으로 기도에 매달렸다. 또한 어린 시절 아버지의 무릎에 앉아 들었던 역사 속 인물들을 떠올려 보았다. 힘 있는 여성 지도자가 되라는 아버지, 어머니의 말씀도 머릿속에서 떠나지 않았다. 중등교육까지 받은 선택받은 한 사람으로서 사회를 위해 봉사하며 사는 여성, 그리고 지도자의 길을 걸을 수 있는 방법은 무엇일까…….

답은 곧 찾을 수 있었다. 그 답은 성경에 있었다. 그것은 베드로전서 2장 21절과 시편 37편 5~6절의 말씀이었다.

> 이를 위하여 너희가 부르심을 받았으니 그리스도도 너희를 위하여 고난을 받으사 너희에게 본을 끼쳐 그 자취를 따라오게 하려 하셨느니라.
>
> 네 길을 여호와께 맡기라. 그를 의지하면 그가 이루시고, 네 의를 빛 같이 나타내시며 네 공의를 정오의 빛 같이 하시리로다.

이 말씀은 메풀이 어떤 길을 걸어야 하는지 한 줄기 빛을 밝혀주기에 충분했다. 그 길은 섬김의 발자취, 희생의 발자취를 따르는 것이었다.

어렸을 때 아버지가 들려주었던 나이팅게일 이야기가 그때 떠올랐다. 그리고 『청년』지에 발표한 아버지의 글도 떠올랐다. 그 글은 나이팅게일에 관한 글로, 「크리미아의 천사 나이팅게일을 생각함」이라는 제목이었다.

절친했던 친구들과(가운데가 메풀)
이화여자고등보통학교 시절 메풀은 조용하면서도 작문과 미술에 두각을 나타냈다.

'문명의 도수는 착한 부인의 감화에 있다'고 말한 미국의 선배 에머슨 선생의 한마디는 진실로 옳은 말입니다. 훌륭한 부인을 많이 가진 민족과 국민은 그만큼 문명하고 그만큼 행복스럽고 그만큼 영광스러울 것입니다. 이것은 특별히 우리 가운데 가장 절실히 느껴지는 일입니다. 우리에게 더욱 문명과 행복이 오고 민족적 영광을 보려면 우리 가운데 착한 부인, 훌륭하고 거룩한 인격을 가진 부인이 많이 생겨야 하겠습니다. 그래서 나는 할 수 있는 대로 그 자녀를 위하여 혹은 사회를 위하여 일생을 희생하여 바친 착한 부인들의 사적을 상고하여서 우리 가운데 여자 인격자가 나기를 재촉하며, 아울러 젊으신 여자들의 수양의 거리를 삼으려고 하는 마음이 많던 즈음에 이번 『청년』지에

'크리미아의 천사'라고 부르는 나이팅게일의 사적을 말씀하려 합니다.

지면을 통해 이 글을 처음 보았을 때 메풀은 밀려오는 감동에 우리나라에도 나이팅게일과 같은 사람이 있는지 몹시 궁금했다. 메풀은 곧 아버지에게 궁금증을 물어보았다. 그리고 아버지를 통해 한국에서 선교사로 활동하고 있는 '쉴즈'라는 사람을 알게 되었다.

쉴즈Esther L. Shields 선교사는 미국 필라델피아 종합병원 간호학교 출신으로, 나이팅게일식 교육을 철저히 받은 인물이었다. 오래전부터 선교사로 한국에 들어온 그녀는 '한국의 나이팅게일'이라 불리며 학생들을 가르치는 한편 계몽 활동에도 헌신하고 있었다. 그리고 세브란스병원에 '사회사업과'를 설치해 일찍부터 병원 사회사업을 펼치고 있었다.

그녀가 설립한 '세브란스 간호부양성소'는 1906년 '세브란스 간호학교'로 설립되어 1916년 세브란스 간호부양성소, 1946년 '세브란스 간호고등학교', 1953년 '세브란스 간호학교'로 개칭된 이래 1957년부터 4년제 정규 대학인 연세대학교 간호대학이 되었다. 1924년에는 정부로부터 우수교육기관으로 인정을 받아 졸업생들은 국가의 시험 없이 간호사와 조산사 면허를 동시에 취득할 수 있었다. 메풀이 이 학교에 진학하리라는 결심을 굳힐 당시에는 미션계 여자고등보통학교를 졸업한 여학생들 사이에 인기가 매우 높아 경쟁률이 치열했다.

마침내 메풀은 자신이 걸어갈 길을 결정했다. 사랑과 섬김의 정신이 있어야 가능한 일, 세상을 따뜻한 시선으로 보는 사람만이 즐겁게 할 수 있는 일, 그리고 무엇보다 가장 직접적으로 사람들의 고통에 힘이 되어주는 일, 그것은 바로 간호였다.

결심이 서자 메풀은 부모님께 말씀을 드렸다.

"간호학교에 가고 싶어요. 열심히 공부해서 아픈 사람들 곁에서 하나님의 사랑을 전하고 싶어요."

늘봄은 메풀의 결심을 듣고는 한동안 말이 없었다. 전혀 생각지 못한 뜻밖의 결정이기 때문이었다.

한참을 말없이 메풀의 얼굴을 바라보던 늘봄이 나직이 물었다.

"메풀아, 그 길이 얼마나 힘든 길인지는 알고 있니?"

"네."

메풀은 확신에 찬 목소리로 대답했다. 늘봄은 이미 메풀의 의지를 읽고 있었다. 다만 그것을 확인하고 싶었을 뿐이었다.

"그래. 네가 내린 결정을 아버지는 믿는다. 열심히 해보아라. 아버지는 네가 어떤 길을 가더라도 너를 믿는다."

늘봄은 알고 있었다. 간호학교에 가겠다는 메풀의 결심이 얼마나 어렵게 나왔는지를. 그리고 메풀이 그 길을 자랑스럽게 걸어가리라는 것을.

서울 관립의학교를 중퇴한 경력이 있는 그로서는 메풀이 가고자 하는 길이 시련의 가시밭길이라는 것을 누구보다 잘 알고 있었다. 그러나 늘봄은 메풀의 잔잔한 얼굴을 마주보며 두 손을 감싸 쥐었다.
그 모습을 채혜수는 평온한 모습으로 말없이 지켜보았다.

제2장

간호사의 길

- 하나님을 위해 봉사하는 삶
- 전인간호에 눈을 뜨다
- 온몸으로 극복한 시대의 고통
- 나는 사람을 이해하는 간호사다

* 1974년 10월 방콕에서 메풀이 그린 그림

하나님을 위해 봉사하는 삶

1938년 봄, 메풀은 지금의 연세대학교 간호대학의 전신인 세브란스병원 간호부양성소에 입학한다. 당시 세브란스병원 간호부양성소는 국내에서는 최고의 시설과 교육 환경을 갖추고 있었다. 입학 정원은 전국의 간호 교육기관 중 가장 많은 25명이었는데, 입학 자격이 매우 까다로웠다.

세브란스병원 간호부양성소는 전국에서 성적과 품행, 신앙심이 돈독한 학생들을 엄선하기로 유명했다. 강의실과 소강당, 도서실, 오락실을 갖춘 4층 규모의 서구식 건물은 학생들에게 선망의 대상이었으며, 교육 또한 매우 엄격했다. 서구식 문명생활과 공동생활 양식을 비롯하여 신여성으로서의 예의범절, 여성 교양 및 도덕 등 교양인에게 필요한 모든 수업을 엄격한 규율 속에 철저하게 실시하였던 것이다. 그리고 이는 기독교 신앙생활을 바탕으로 한 믿음과 사랑, 덕을 겸비한 교양 있는 숙녀 교육의 장이 되었다.

메풀이 입학하기 전인 1934년부터는 입학 자격이 더욱 강화되어 4년제 여자고등보통학교를 졸업한 학력 소지자로 한하고 있었다. 입학생 전원은 기숙사 생활을 하며 전학년 장학금을 지급받았고, 교육 과정은 3년이었다. 그리고 입학 후 6개월 과정의 기본 교육을 거쳐 가관식加冠式을 마치면 그때부터 졸업 후 일정 기간까지 임상 실습을 하며 세브란스병원에서 근무를 해야 했다. 즉 학교에 입학하게 되면 교육 과정에서부터 간호사로서 실질적인 근무를 해야 했다. 이런 이유로 응시자 대부분은 기독교 학교 출신이었으며, 학생들 또한 기독교 신앙이 돈독한 집안의 자녀들이었다.

입학시험은 국어(일어)와 조선어, 한문, 수학 등의 학술 시험으로 치렀다. 또한 별도의 체력검사를 통과해야 했다. 입학 경쟁률은 매우 높아서 평균 3대1을 넘었고, 절차도 까다로워 어느 누구도 합격을 장담할 수 없을 정도로 어려웠다. 그러나 이화여자고등보통학교 시절 우수한 성적을 유지해왔던 메풀에게는 그리 어려운 시험이 아니었다.

메풀이 세브란스병원 간호부양성소에 입학할 무렵인 1930년대는 한국에 '간호'라는 개념이 도입되는 중요한 시기였다.

한국에서 근대적 여성의학 교육이 시작된 것은 1886년으로 거슬러 올라간다. 1884년 12월 최초의 의료선교사로 한국에 온 알렌H. N.

Allen은 주한 미국공사관 소속 의사로 활동하며 갑신정변 때 부상당한 민영익閔泳翊을 치료한 것이 계기가 되어 왕실의사가 되었는데, 이때 그는 고종에게 병원 건립안을 요청하여 1885년 4월 한국 최초의 서양식 병원인 광혜원廣惠院을 설립하였다. 이후 광혜원은 제중원濟衆院으로 개칭되어 근대식 병원으로 발족, 왕실에서부터 평민에 이르기까지 다양한 사람들을 진료하는 기관으로 성장하였다.

알렌은 제중원을 성공적으로 운영하며 한국에서 의료진을 양성할 목적으로 의학교육을 추진하였다. 이에 고종은 제중원 북쪽에 위치한 가옥을 구입해 학교 교사로 사용토록 하였다. 그러나 1886년 3월 29일 16명의 학생을 선발하고 의학교육을 실시하였지만 병원 운영이 부실해지면서 지속적으로 이어지지는 못했다.

1893년 7월, 알렌의 뒤를 이어 부임한 에비슨O. R. Avison은 제중원의 정상화와 보다 나은 시설을 갖춘 병원을 설립하기 위해 1900년 미국 오하이오 주 클리블랜드의 실업가 세브란스Lavis H. Severance로부터 45,000달러에 이르는 병원 설립기금을 기부 받아 1904년 남대문 밖 복숭아골(현재의 서울역 맞은편 세브란스 빌딩 자리)에 병원을 세우고 이름을 세브란스병원으로 개칭하였다. 이후에도 세브란스는 병원 확장을 위하여 지속적인 후원을 하였으며, 그의 사후에도 유언에 따라 매년 2만여 달러의 지원금을 그 후손이 계속 기부해주었다.

병원의 확장과 의료업무의 확대는 더 많은 간호인력을 요구하게 되었다. 간호학교의 설립 문제는 이때부터 본격적으로 논의되기 시작하였다. 이러한 배경에서 세브란스병원은 1906년 간호원장실을 설치하고 쉴즈 선교사를 초대 간호원장으로 초빙하였다. 이는 한국 최초의 종합병원 내의 공식적인 간호행정 기구였다. 그리고 그해 9월에는 마침내 세브란스 간호학교가 창설되었다. 여성교육의 불모지인 한국에서 나이팅게일의 후예를 교육시킬 수 있는 간호교육기관이 비로소 탄생한 것이다.

세브란스 간호학교는 한국 최초의 공식적인 여성 전문직 교육기관인 동시에 간호교육기관이었다. 개화와 보수의 갈등과 시련의 절정기라 할 수 있는 이 시기, 특히 여성에 대한 사회적 개화운동이 빛을 보지 못하고 있는 시대에 세워진 세브란스 간호학교는 이런 면에서 그 의의가 매우 크다.

세브란스 간호학교의 교육이념은 기독교 정신에 입각한 인간애였다. 이 이념에 따라 세브란스 간호학교는 환자의 질병 간호와 더불어 가난하고 소외된 사람들에게 봉사하는 기독교 정신과 사랑의 간호를 적극 실천하였다. 특히 환자를 위한 임상실습 교육을 통해 실력을 닦은 후에는 의사와 더불어 환자의 질병 치료에 힘을 기울였으며, 일상생활에서의 건강 증진을 도모하는 건강교육까지 펼치는 등 당시로서는 상당히 수준 높은 간호이념을 구현하며 진취적인 교육을 실시하였다.

이후 세브란스 간호학교는 1916년 세브란스 간호부양성소로 명칭을 바꾸고 간호교육기관으로서 본격적인 궤도에 올라 매회 3~4명의 졸업생을 배출하였다. 이들은 세브란스병원에서 간호활동은 물론 기독교 선교사업까지 담당하며 초창기 한국 간호계의 지도자들로 크게 활약하였다.

우리나라의 초기 서양식 병원에서는 풍습에 따라 여성이 남성을 간호하지 않았다. 남자들이 진료하는 병원에 여자가 가지 않는 것처럼 여성 간호사는 여성만 간호했던 것이다.

여성이 처음으로 남성을 간호한 것은 1907년이었다. 그해 7월 조선 강점을 노리고 있던 일본은 '한 · 일 신협약'을 체결하고 순종으로 하여금 군대해산 조칙을 내리게 하여 8월 1일 서울부터 군대 해산을 결행하였는데, 이 과정에서 많은 군인이 부상을 당하자 간호학생들이 남자 환자를 간호하게 된 것이다. 당시의 상황을 세브란스병원 설립에 지대한 공헌을 한 에비슨은 다음과 같이 적고 있다.

> 한국의 간호부들은 남자 환자 돌보기를 꺼렸다. 젊은 여자 간호부들은 한 번도 남자 환자를 맡아 본 적이 없었다. 그들은 모여들어서 많은 부상병들이 누워 있는 것을 구경만 하더니, 자신들과 민족을 위해 싸우다 부상당해 쓰러져 있다는 사실을 깨달은 순간 돌보지 않으면 안 된다는 생각을 하게 되어 그중 한 사람이 오랜 인습을 깨고 부상자를 돌보자 모두가 따라나섰다. (중략) 한국인 간호부들은 그날 밤새도록, 그리고 그 다음날도 종일 부상병을 간호했다. 그때서야 그들은 자신들이 간호한 것이 남성 환자들이었다는 것을 알았다. 한 번

해본 이상 또다시 못할 것도 없었다. 또 그렇게 했다. (중략) 이 사건이 있었으므로 해서 우리 병원의 남자 환자들은 그 후로 보다 나은 간호를 받을 수 있게 된 것이다.[1]

한국의 간호 분야를 개척한 것은 외국에서 건너온 선교사(간호)들이었다. 19세기 말부터 20세기 초까지 조선에 파송된 선교사들은 여자 선교사가 전체 선교사의 60% 이상을 점하고 있었는데, 이는 남녀가 매우 유별한 조선 땅에서 여성과 어린이를 대상으로 선교를 하려면 반드시 여성 선교사가 있어야 한다는 판단 때문이었다.

여성 선교사들의 주된 사역은 의료사업과 교육이었다. 특히 선교사(간호)들이 한국 간호에 끼친 영향은 현대 간호의 태동이 되었다. 한국 최초의 서양 간호사인 영국 출신의 히드코트Emily Heathcote를 비롯하여 제콥슨Anna P. Jacobson, 쉴즈, 에드먼드Margaret Edmunds, 로렌스Edna Lawrence 등이 바로 그들이었다.

이들의 업적은 실제로 과학적인 간호업무 수행뿐 아니라 여성 교육의 불모지인 조선의 간호교육기관 마련에 직접적인 계기가 되었다.

그러나 일제 강점기 말기의 간호교육은 많은 어려움에 처해 있었다. 서양인 선교사(간호)들이 이끌고 있던 선교회나 간호교육은

---

1) 김문실, 간호의 역사, 대한간호협회, 2003, 219p

1930년대 말 일본의 극심한 탄압에 시달렸는데, 조선총독부는 서양인 선교사들을 강제로 추방하는 한편 한국의 기독교 활동 또한 강도 높게 탄압해 나갔다.

그럼에도 당시 뜻있는 많은 여자고등보통학교 졸업생들은 간호사가 되고자 했다. 그 이유는 첫째, 중등교육을 받은 선택받은 여성으로서 사회봉사에 책임이 크다는 자각 때문이다. 둘째, 식민지배하의 여성으로서 민족을 위해 자연스럽고 떳떳하게 봉사할 수 있는 분야였기 때문이다. 셋째, 여권운동이 싹트면서 여성도 사회적 · 경제적으로 독립해야 한다고 각성했기 때문이다. 넷째, 여성이 택할 수 있는 직종이 매우 국한된 데다 전문 직업을 위한 준비 과정이란 간호학 과정 외에는 없었기 때문이다. 다섯째, 객지에서 공부하는 것이 문제가 되었으나 엄격하고 안정된 기숙사 환경과 시설이 좋았기 때문이다.

이러한 이유는 메풀이 간호사를 선택하는 동기에도 작용했다. 그리고 부모님처럼 하나님 뜻을 받들어 나라를 위해 봉사하는 삶을 살기 위해서는 간호사의 길을 걷는 것이 최선의 방법이라고 생각했다.

세브란스 간호부양성소에 입학한 메풀은 집을 떠나 학교의 규칙에 따라 기숙사 생활을 하게 되었다. 1928년 신설된 세브란스 간호부양성소 기숙사는 국내에서는 유일하게 서구식 시설을 갖추고 있었다. 당시 하루 일과는 아침 7시 30분부터 행해지는 예배를 시작으로 저녁 10시까지 매우 빡빡하기만 했다. 교육은 기초간호학, 간호윤리, 생리학 등의 수업을 위주로 주 48시간의 강의와 함께 예의범절, 환경 · 위생관리 등에 대한 교육이 이루어졌으며, 저녁 7시부터 9시까지는 심공心空 시간이라 하여 예습과 복습을 하는 것이 규칙이었다.

이러한 과정은 메풀에게 즐거움이었다. 비록 모든 것이 생소하고 새로운 것들이었지만 원하는 공부를 할 수 있다는 기쁨은 1주일 내내 빡빡하게 돌아가는 교육 과정과 고통을 극복하게 했다. 특히 기독교 사상에 기반을 둔 교육 과정과 기숙사 생활은 무엇과도 바꿀 수 없는 행복이었다. 메풀은 학기 초부터 합창단 활동을 하는 등 누구보다 적극적으로 기숙사 생활에 적응해갔다.

전인간호에 눈을 뜨다

"나는 일생을 의롭게 살며 전문 간호직에 최선을 다할 것을 하느님과 여러분 앞에 선서합니다. 나는 인간의 생명에 해로운 일은 어떤 상황에서나 하지 않겠습니다. 나는 간호의 수준을 높이기 위하여 전력을 다하겠으며, 간호하면서 알게 된 개인이나 가족의 사정은 비밀로 하겠습니다. 나는 성심으로 의료인과 협조하겠으며, 나의 간호를 받는 사람들의 안녕을 위하여 헌신하겠습니다."[2)]

2) 나이팅게일선서는 1988년 2월 12일 대한간호협회 제55회 정기대의원총회에서 확정되었다. 메풀 시대의 나이팅게일선서는 같은 원문을 다르게 번역하여 선언했을 수 있음을 밝혀둔다.

1938년 가을 어느 날, 6개월간의 기본 교육을 마친 메풀은 학생 대표로 나이팅게일 선서를 낭독하고 있었다. 임상 실습에 들어가기 전 간호사의 상징인 '캡'을 수여받는 가관식을 치르고 있었던 것이다.

가관식은 그동안 배운 의료 지식을 바탕으로 임상 실습에 들어가는 간호사로서의 첫걸음을 내딛는 중요한 행사다. 캡 수여와 촛불점화, 나이팅게일 선서 순으로 진행된 가관식을 마치면 그때부터 학생이 아닌 전문 간호인력으로 성장하게 되기 때문이다. 또한 가관은 시험을 거쳐 간호사가 될 자질을 인정받아야만 자격이 주어진다. 그러므로 가관식은 진정한 간호사로 거듭나겠다는 맹세를 하는 자리여서 그 어떤 자리보다 엄숙하게 진행된다.

캡을 수여받은 메풀은 촛불점화 의식을 통해 제 몸을 태워 주위를 밝혀주는 초와 같이 희생과 봉사의 삶을 살아갈 것을 다짐했다. 어두운 세상을 밝히며 사랑을 나누라는 촛불의 의미를 가슴 깊이 새긴 것이다. 그리고 두 손으로 촛불을 들고 나이팅게일 선서를 차분하고 또렷하게 낭독해갔다. 캡을 쓰고 저마다 촛불을 든 학생들은 메풀의 낭독을 들으며 조용히 의식을 치르고 있었다. 이윽고 조금은 떨리는 목소리로 낭독을 끝낸 메풀은 흔들림 없이 타오르는 촛불을 보며 마음속으로 기도를 드렸다.

'하나님. 오늘 제가 한 맹세가 헛되지 않도록 저에게 힘을 주소서. 그리고 오늘의 초심을 제 생명이 다하는 날까지 잊지 않도록 지켜주

간호실습복을 입은 메풀(가운데)
메풀은 인류의 안녕과 여성 전문직 발전에 기여하고자 간호를 택했다.

소서.'

메풀은 나이팅게일의 간호정신을 이어받아 인류의 안녕과 간호 전문직 발전에 기여할 것을 다시 한 번 다짐하며 하나님께 평생 걸어야 할 길에 대한 맹세를 했다. 기도를 드리는 메풀의 얼굴에는 지옥의 전쟁터에서 인류를 구원하고자 했던 나이팅게일의 신념이 잔잔히 떠올라 있었다.

가관식이 끝난 후부터 본격적인 임상 실습이 시작되었다. 메풀은 임상 실습과 함께 지역사회 보건지도 실습에 참여했다. 이 실습은 당시 기독교 사회사업기관인 '태화여자관'에서 이루어졌다.

사회복지법인 감리회 태화복지재단의 전신인 태화여자관은 1921년 교육 · 사회사업 · 복음 전도를 목적으로 마이어스Mamie D. Myers 선교사가 서울에 설립한 한국 최초의 여자 선교사 사회사업 기관이다. 사회복지관이 전무했던 시절부터 한국 복지시설의 모델이 되어온 태화여자관은 하나님과 이웃을 섬기며 큰 평화를 이룬다는 '태화'의 이름처럼 사람을 섬기고 사회를 아름답게 변화시켜온 대표적인 사회복지 단체다. 이곳에서 메풀은 소외된 이웃과 함께 호흡하며 간호정신에 대한 깨달음을 통해 전인간호에 눈을 뜰 수 있었다.

메풀이 임상 실습을 시작했을 당시 태화여자관은 육아건강관리 · 산전간호 · 방문간호 · 건강진단 · 학교에서의 건강교육 등을 비롯하여 어린이 무료 목욕탕, 우유공급, 전염병 예방접종 등 광범위한 보건사업을 펼치고 있었다. 이때 메풀은 보건지도 실습 중 하나로 어머니 교실에서 전염병 예방접종에 대한 강의를 맡았다. 당시에는 '마마'라 불리는 천연두가 심심치 않게 퍼져 있었는데, 이에 걸리면 죽음을 면치 못한다는 두려움이 극에 달해 있었다. 그리고 이를 막을 수 있는 방법은 예방접종뿐이었다.

"아기들 건강에 가장 중요한 것은 제 때 예방접종을 하는 것입니다. 천연두는 걸리면 죽는 병으로 알고 있는데, 이는 잘못된 것입니다. 천연두는 예방주사 하나로 미리 막을 수 있답니다. 그리고 시기에 따라 예방접종을 하면 영아와 유아 사망률을 현저하게 줄일 수 있습니다. 여러분, 이제 세상이 달라졌습니다. 걸리면 죽는 병이 아닙니다. 예방을 해서 살려야 합니다. 그러니 이런 내용들을 이웃 분들에게도 꼭 알려주시길 부탁드립니다."

메풀은 의료 지식이 전무한 부녀자들을 깨우치기 위해 혼신을 다해 교육하며 현대의학을 전파했다. 그러나 교육은 쉽지 않았다. 그것은 사람들의 현대의학에 대한 무지와 전통적인 관습에 따르는 인식 때문이었다. 그나마 태화여자관을 방문하여 보건지도를 받는 대상자는 교육면이나 경제면에서 상위층에 속하는 편이었지만, 그들도 대부분은 전염병을 '신의 저주' 쯤으로 생각할 뿐 예방책에 대해서는 문외한이었다.

무지와 전통적인 관습에 익숙한 부녀자들을 가르치며 메풀은 새삼 느끼는 게 있었다. 간호행위란 비단 병원에서뿐 아니라 사람들의 생활 습관에서 시작된다는 점이었다. 이를 통해 메풀은 간호의 행위를 병원 업무로 한정하지 않을 때 비로소 본연의 임무가 나온다는 깨달음을 얻었다. 이는 간호사가 되겠다고 학교에 들어올 때까지는 전혀 생각지 못한 일이었다. 그래서 메풀은 지역사회 실습에 더욱 정성을 쏟았다.

지역사회 실습을 통해 눈을 뜬 것은 또 있었다. 메풀의 실습은 주로 세브란스병원과 환자 가정방문이었다. 가난하고 소외된 가정, 임산부가 있는 가정을 방문해 위생지도를 하고, 산후관리와 신생아 건강에 대한 교육은 물론 필요한 물품을 전해주는 등의 활동이 주된 실습이었다. 이런 과정에서 메풀은 자연스럽게 소외된 약자에 대해 눈을 뜨기 시작했다. 메풀 역시 경제적으로 풍족하지는 못했지만 교육받은 부모 아래서 부족함 없는 사랑을 받고 자랐다. 그래서 메풀은 언제나 자신은 선택받은 삶을 살고 있다고 생각하며 하나님께 감사했다.

그런데 실습에서 만난 이들의 삶은 매우 심각했다. 경제적인 것은 물론이고 배우지 못한 서러움과 아픔은 이루 말할 수 없었다. 곤궁한 그들의 삶을 보고 있노라면 선택받은 자신이 부끄러워질 정도였다.

'내가 함께해야 할 사람들은 경제적으로 가난한 것만 아니라 마음도 가난하구나. 배우지 못해 가난하고, 가난하기 때문에 소외받는 사람들, 그들을 위해 나는 무엇을 해야 할까?'

소외된 약자를 보살피며 눈에 들어온 사회적 현실은 적지 않은 충격이었다. 선진 의료 기술과 지식의 혜택을 전혀 받지 못하고 살고 있는 그들의 현실을 직시하며 메풀은 그들을 위해 무엇을 할 것인가 고민하기 시작했다.

이런 과정 속에서 메풀은 자연스럽게 사랑과 봉사의 정신을 실천해야 한다는 간호철학을 체득하기 시작했다. 기독교 정신에 기반을 둔 생활철학 즉, 세상을 살면서 봉사하는 삶이야말로 진정한 삶이라는 것을 깨달은 것이다. 삶의 진정한 가치는 사랑과 봉사의 삶을 사는 데 있으며, 특히 일상적인 생활 태도에서부터 사랑과 봉사의 가치관을 정립해야만 한다는 간호사 복무 철학을 정립하기 시작한 것이다.

이는 훗날 메풀의 '전인간호' 사상과 철학의 이론적 토대가 된다. 인간에 대한 이해는 모든 학문과 사상, 철학의 근간이며, 이러한 근간이 곧 전인간호라는 철학의 바탕이 되어야 한다는 것을 정립하기 시작한 것이다.

세브란스 간호부양성소에서 강의와 실습을 통해 암울한 현실과 부대끼며 간호철학의 바탕을 세워가던 이 무렵, 메풀은 자신의 간호철학에 지대한 영향을 끼치게 될 스승을 만난다. 손옥순孫玉順 교수였다.

당시 일본은 식민지배 말기로 접어들면서 한국 지배정책을 더욱 노골화하고 있었다. 그리고 지배정책을 강화하기 위해 사회 전체에 대한 통제와 압박 정책을 극렬하게 자행했다. 그 수단으로 일본은 사회 모든 분야에 걸쳐 수직적이고 권위적인 분위기와 체제를 더욱 공고히 했다. 특히 일본은 그들의 지배를 합법화하기 위해 각종 법률을 개악하는 한편, 여성에 대한 교육과 사회 진출 기회를 적극 차단하고 나섰다. 의료계도 예외는 아니었다. 병원은 권위적이고 수직적인 체제가 강화되었고, 의료요원에 대한 억압은 갈수록 심화되었다. 그 결과 자율적인 간호는 원천적으로 봉쇄되었다.

이러한 시대적 상황은 간호사를 단순한 의사의 보조자로 전락시켰다. 환자를 위한 간호보다는 의사의 명령에 따라 시중을 드는 보조원적인 역할을 수행하는 데 그치게 한 것이다. 여기에 전통적인 관습인 남존여비 사상이 더해져 자율 간호는 싹도 틔우지 못하고 뿌리째 흔들리고 있었다.

암울한 현실은 메풀의 등을 떠밀어 슬픔과 고통으로 밀어 넣었다. 교육 현장과 일선의 현장은 이론과 환경 모든 면에서 확연하게 달랐고, 제도적인 억압과 통제와 더불어 경직된 사고 문화는 또 다른 두려움이었다. 등불을 들고 환자의 정신까지 돌보는 나이팅게일은 현실에 없었다. 더욱이 나라의 미래는 절체절명의 위기 속에서 일제의 탄압만 계속될 뿐이었다. 이때 다가온 사람이 바로 스승인 손옥순 교수였다.

당시 손옥순 교수는 세브란스 간호학교를 졸업하고 호주 로열 멜버른 간호대학에서 유학한 후 1939년부터 세브란스 간호부양성소에서 사감으로 근무하며 간호 도덕과 윤리를 가르치고 있었다. 해방 후 미군정청 보건후생부 초대 간호사업국장으로 간호사업과 간호교육

발전에 공헌하며 한국 간호 역사에 적지 않은 영향을 끼친 그는 강의 때마다 확고한 간호철학을 정립하라고 역설했다.

> 우리의 열악한 현실을 깨닫지 못하거나 종전처럼 남이 가는 길을 답습한다면, 결코 후진을 면치 못합니다. 우리는 지름길을 찾아 학문적·철학적 이론을 정립시켜 나가야 합니다. 우리가 가야 하는 지름길이란 우리만의 독창적인 연구로 간호학의 이론을 확립하고, 이를 펼치는 데 투신하는 자세를 갖추는 일입니다. 간호철학을 정립하는 것이야말로 진정한 사랑과 봉사의 정신을 실천하는 참된 간호사가 되는 길입니다.

손옥순 교수의 가르침은 이상과 현실의 괴리에서 고통 받는 메풀에게 지대한 영향을 끼쳤다. 참담한 현실을 제대로 깨닫고 이에 대한 지름길을 찾아 간호학의 이론을 확립하라는 스승의 가르침은 엄혹한 현실을 타파하고 미래를 밝혀줄 등불과 같은 것이었다. 그리고 간호사업과 간호교육 발전을 위해 정열적으로 헌신하는 스승의 모습을 보면서 메풀은 단순히 환자의 곁을 지키는 간호사를 넘어 확고한 간호철학을 정립한 간호학자가 되어야 한다는 더 큰 이상을 품게 되었다.

그러나 시국은 메풀의 의지와는 관계없이 끝도 없이 어둡기만 했다. 태평양전쟁의 포화 속에서 일본은 간호사를 제국주의 전쟁을 미화하고 고양하기 위한 대표적인 선전 선동원으로 이용하였다. 전쟁이 확대되면서 전시동원체제가 온 나라를 휩쓸기 시작할 무렵부터는 전쟁의 소용돌이 속으로 내몰기까지 했다. 이런 현실 속에서 메풀이 나아가야 할 길 역시 빛은 보이지 않았다.

온몸으로 극복한 시대의 고통

당시 간호사면 병자 대소변이나 받아내고 의사 심부름이나 해주는 일로 생각했다. 그때는 간호사의 권리나 지위를 찾으려는 생각조차 못하고 살아왔다. 내가 있던 병원은 부인병원이기 때문에 산모가 많았다. 산모와 아기가 늘 수십 명씩 있어서 일은 굉장히 많았다. 당시 간호사는 수간호사 1명, 3년생 3명, 2년생 4명, 1년생 5명, 학습간호사 10명 등 불과 20여 명이 주야로 번을 돌며 일을 했다. 그래서 몸은 말할 수 없이 피곤했다. 그때는 자유라고는 없었고 한 달에 한 번 외출을 허락했으나 외출시간 두 시간 만에 돌아와야 했다. 방학 때가 되어도 학과만 방학이지 일하는 시간은 매일반으로 일해야 했다.[3)]

3) 한신광, 50주년을 맞는 나의 회고, 대한간호 제12권 2호, 1973, 62p

동대문부인병원 간호부양성소에서 간호와 조산에 관한 교육을 받고 산파 면허를 취득한 후 태화진찰소에서 모자보건사업을 시행하며 간호전문직 단체인 '조선간호부협회'의 초대 회장으로 활동한 한신광韓晨光은 1920년대의 간호사 생활을 이렇게 묘사했다.

푸른 간호사 복장에 흰 앞치마를 입고 캡을 쓴 간호사였지만 의사의 약심부름 등 잔심부름이나 거들며 병실을 도는 일이 전부였던 당시는 간호사라는 전문직업인에 대한 사명이나 역할이 없었던 시절이었다. 심지어는 한밤중에 죽은 송장의 염을 간호사 혼자 할 때도 있을 정도로 의료 환경은 열악하기 그지없었다. 환자의 피 묻은 붕대를 빨고 대소변을 받는 일은 다반사였다. 그렇다고 대우가 좋은 것도 아니었다. 매일 아침 일곱 시부터 저녁 일곱 시까지 지루한 노동을 하며 여성으로서는 차마 하기 어려운 온갖 고통스러운 일들을 감내해야 하는 생활은 어찌 보면 비참하기 이를 데 없었다. 이런 생활은 간호사 수련 3년 동안 계속되었다.

메풀이 간호사 수련을 하던 1940년대도 상황은 크게 다르지 않았다. 당시 3학년이었던 메풀은 모교 병원인 세브란스에서 간호사로서 첫걸음을 하고 있었다.

간호사로 일한다는 것은 어린 나이에 감당하기 힘든 고난의 길이었다. 나이팅게일 정신을 실천하며 사회의 지도자가 되기 위해 온몸을 던진 메풀이었지만 열악한 사회적 위치와 환경은 슬픔만 안겨 주었다. 더욱 고통스러운 것은 제국주의 전쟁이 확대되면서 간호사가

메풀 전산초 평전

메풀 전산초田山草 평전

초판 1쇄 발행 2009년 6월 30일
초판 2쇄 발행 2009년 9월 12일
재판 1쇄 발행 2012년 7월 31일

지은이 메풀전산초학술교육재단

펴낸인 조유현

기획 박종면

도움말씀주신 분 강명숙 구성애 권영숙 김모임 김소야자 김수지 김의숙 김조자 김정남 김화중 문희수 박대
박웅천 박정숙 백연희 서영훈 신일희 심치선 양승두 유일영 유지수 윤남중 이계준 이근영
이금옥 이성순 이영희 이재은 이주연 이현숙 전상애 전춘영 조유현 조종남 (가나다 순)

편집 이부섭

디자인 박민희

펴낸곳 늘봄

출판등록 제1-2070 1996년 8월 8일

주소 서울시 종로구 동숭동 19-2

전화 02)743-7784 FAX. 02)743-7078

ISBN 978-89-1555-016-7 03818

책값은 뒤표지에 있습니다.

··민·국·간·호·학·의·어·머·니

메풀 전산초 평전

메풀재단 편저

늘봄

* **일러두기**

한국 근대간호는 서양의료가 도입되면서 시작되었다. 그러나 근대간호가 도입되어 간호인력이 양성되는 이 시기는 일제 강점기였다. 간호인력을 부르는 공식 명칭 또한 일제에 의해 폄하, 제도화된 용어인 **'간호부'**看護婦였다.

간호부라는 명칭은 1951년 제정된 '국민의료령'에 따라 **'간호원'**看護員으로 바뀌었다. 그러나 간호계는 간호인력의 전문성과 위상을 제고하기 위해 1970년대부터 간호원이라는 명칭을 **'간호사'**看護師로 바꾸기 위해 총력을 기울였다. 그 결과 1987년 보사부는 '간호원의 명칭을 간호사로 바꾸는 것' 등을 골자로 한 의료법 개정안을 입법 예고하기에 이른다. 이 법안은 같은 해 11월 28일 국회 본회의에서 통과되어 공포되었고, 1988년 3월 28일부터 효력이 발생되었다.

이 책에 표기된 간호사의 명칭은 일제 강점기에는 '간호부'로, 해방 이후에는 시대의 흐름에 따라 '간호원'과 '간호사'가 혼합 표기되었음을 일러둔다.

초판 서문

시대를 앞서간 20세기 최고의 여성 메풀

현대는 바른 교육과 건강한 사회를 절실히 요청하고 있습니다. 이런 시기에 인생 자체가 모범이었던 메풀 전산초 박사님의 평전을 발행하게 된 것을 무한한 기쁨으로 생각합니다.

재단법인 메풀 전산초 학술교육재단(약칭 메풀재단)은 메풀 전산초 박사님의 삶을 기리고, 또 이를 계승하기 위해 2002년 2월 16일 출범하였습니다. 비록 박사님은 10년 전 우리의 곁을 떠나셨지만 생전에 남긴 그분의 숭고한 뜻과 여러 방면의 업적은 지금도 많은 사람들의 사랑과 존경을 받고 있습니다.

메풀 전산초 박사님은 연세대학교 간호대학에서 33년간 봉직하시며 한국 간호학의 선진적인 체계와 학문적 발전을 이루는 데 결정적인 토대를 마련하셨습니다.

특히 전산초 박사님은 깊은 기독교 신앙을 바탕으로 한국 사회가 역사적으로 빚진 선교적 사명을 강조하셨습니다. 또한 우리 민족의 미래는 교육에 있다는 믿음으로 교육적 사업에 열정을 바치셨습니다. 나아가 박사님은 우리나라의 국민 보건과 건강 증진 사업에도 괄목할 만한 기여를 하셨습니다. 이러한 다방면의 공로로 전 박사님은 1978년 국민훈장 목련장 수훈을 비롯하여 1985년 서울특별시 문화상 본상(교육부문) 수상, 1987년 국민훈장 동백장을 수훈하셨습니다. 그리고 1983년에 전 세계 간호사 최고의 영예인 나이팅게일 기장, 1991년에 이화학원의 이화기장, 1999년에 대한간호협회로부터 간호대상을 수상하셨습니다.

메풀 전산초 박사님의 신념과 철학은 연세대학교뿐만 아니라 학교법인 이화학원, 계명대학교, 한미교육재단, 한우리나라사랑 모임은 물론 대한간호협회를 비롯한 간호 관계의 여러 전문직 단체, 국가보건정책협의회, 대한성서공회, 한국국제기아대책기구 등에서의 적극적 활동을 통하여 시대의 영혼을 위로하는 인간 사랑으로 구현되었습니다.

이렇듯 메풀 전산초 박사님은 한평생을 우리나라 간호학의 진흥과 더불어 건강하고 아름다운 사회를 건설하는 데 헌신하셨습니다.

자기보다 인간의 건강한 삶과 교육의 중요성을 먼저 생각한 메풀의 사랑과 섬김의 정신은 현재까지도 꺼지지 않는 등불이 되어 우리 사회를 밝게 비추어주고 있습니다.

『메풀 전산초 평전』 발간 사업은 이러한 배경에서 추진되었습니다. 메풀을 사랑하는 각계의 인사들이 메풀의 숭고한 사랑과 헌신의 정신을 후세에 길이 남겨 더욱 건강하고 아름다운 사회를 일구어 나가는 데 밑거름이 되도록 해야 한다는 뜻을 모아 메풀재단이 기념사업의 하나로 추진한 것입니다.

평전 발간 사업을 오래 전부터 기획하고 준비해온 본 재단 전인영 이사님께 깊은 경의와 사랑을 보냅니다. 아울러 수년간에 걸친 원고 작업과 편집에도 지치지 않고 열의를 보여주신 마이라이프플러스 박종면 이사님 등에게도 깊은 감사를 표합니다.

출간일이 다가올수록 전산초 박사님이 더욱 보고 싶어집니다. 아무쪼록 이 책이 보다 많은 사람들에게 읽혀 메풀 전산초 박사님의 정신이 더욱 많이 알려지고, 메풀의 삶이 많은 이들에게 귀감이 되기를 바랍니다.

2009년 6월

재단법인 메풀 전산초 학술교육재단 이사장 심치선

개정판 서문

전인간호의 뿌리가 더욱 곤고하기를 바라며

2009년 6월에 『메풀 전산초 평전』을 내고 3년이 지나 개정판을 냅니다. 초판이 나왔던 2009년은 메풀 전산초 박사님 타계 10주기가 되는 해였습니다.

『메풀 전산초 평전』 발간 직후 간호계 반응은 굉장히 뜨거웠습니다. 많은 이들이 "이런 책이 진작 나왔어야 했는데……." "이제라도 전산초 박사님의 정신을 다시 만나 너무 기쁘다." "이 책으로 간호대생들을 가르쳐야겠다." "간호사라면 누구라도 전 박사님을 잊어서는 안 된다." 등등의 반응을 보였습니다.

실제로 간호대학에선 교수님들이, 임상 현장에선 선배 간호사들이 후배들에게 전산초 박사님과 전인간호를 이야기하며 이 책을 권해주곤 하였습니다. 개인적으로 대량 구매해서 귀한 분과 제자들에게 선물하시는 교수님도 계셨고, 해마다 단체 구매하는 대학도 생겨났습니다.

일반인 중에도 이 책을 권유하고 추천하는 것은 물론 그분의 인간사랑과 위대한 여성상女性像에 반해 열성팬이 된 이도 있습니다. 어떤 분은 간호와 관련이 없음에도 책 홍보를 위해 명동 한복판에서 흰색 저고리에 검은 치마를 입고 퍼포먼스를 벌였으며, 자발적으로 UCC를 만들어 널리 퍼뜨리기도 했습니다.

이런 분들 덕분에 다양한 독자들이 『메풀 전산초 평전』을 접할 수 있었습니다. 이 책을 통해 진로를 선택하고 간호대학에 진학했다는 학생, 교수님 추천으로 읽었는데 이렇게 훌륭한 분이 우리나라에도 있었다는 것을 알게 되었다는 간호대생, 제2의 메풀이 되겠다는 예비간호사 등 많은 반응이 있었습니다.

포털 사이트에서도 간호사 지망생 필독서로 추천되고, 간호사에 대한 인식과 전인간호에 대한 이해가 더욱 새로워졌습니다.

이런 호응에 힘입어 메풀재단은 발간 3개월 만에 초판 2쇄를 낼 수 있었고, 나아가 더 알찬 양서를 보급하기 위해 초판 발간 3년 만에 개정판을 내게 된 것입니다. 부족한 책이 과분한 사랑을 받았음을 인정하면서 본 재단에서 오랜 시간 동안 기획하고 준비해서 예산을 투입한 보람을 느낍니다.

개정판에서는 부족한 초판의 한계를 극복하고 시대에 맞게 좀 더 세련되고 독자 요구에 더욱 충실하고자 노력하였습니다.

일찍이 전산초 박사님은 "간호란 고통의 자리를 같이하는 심오한 인간학이며 철학이다. 또 간호는 삶을 함께 나누고, 귀 기울이고, 자리를 같이하는 사랑과 봉사"라고 하셨습니다. 이 말씀과 함께 전인간호를 주창하셨고 실제 실천하려 하셨으며, 강단에서는 제자들을 그렇게 가르치려 하셨습니다.

전산초 박사님은 한평생을 우리나라 간호학의 발전과 더불어 건강하고 아름다운 사회를 건설하는데 헌신하셨습니다. 자기보다 인간의 건강한 삶과 교육의 중요성을 먼저 생각한 메풀의 섬김의 정신은 현재까지도 꺼지지 않는 등불이 되어 우리사회를 밝게 비추어 주고 있습니다.

모쪼록 이 책이 몸과 마음이 건강한 인간사회를 만드는데 일조할 수 있기를 소망합니다.

2012년 7월

재단법인 메풀 전산초 학술교육재단 이사 김 조 자

(연세대학교 명예교수, 전 대한간호협회 회장, 전 연세대학교 간호대학장)

차 례

초판 서문 - 시대를 앞서간 20세기 최고의 여성 메풀 ······ 6

재판 서문 - 전인간호의 뿌리가 더욱 곤고하기를 바라며 ······ 9

프롤로그 ······ 16

제1장 **메풀, 꽃으로 나다**

인생의 첫 번째 학교 ······ 25

속 깊은 아이 ······ 35

배부른 사람이 되는 길 ······ 43

하나님은 나를 어디에 쓰고 싶어 하실까? ······ 49

제2장 **간호사의 길**

하나님을 위해 봉사하는 삶 ······ 61

전인간호에 눈을 뜨다 ······ 69

온몸으로 극복한 시대의 고통 ······ 79

나는 사람을 이해하는 간호사다 ······ 85

제3장 **주님 뜻대로 하소서**

나는 당신의 환자가 되고 싶소 ······ 95

남과 북으로 갈린 이산가족 ······ 103

피난지의 나이팅게일 ······ 111

제4장 **다 내게로 오라**

두려움 없이 멈추지 않고 가리라 ······ 121

백만 불짜리 미소 ······ 128

기적을 낳은 사랑의 천사 ······ 134

밑지는 삶을 살아라 ······ 141

최초의 여성 장로 ······ 147

더 넓은 세상으로 ······ 152

제5장 **아름다운 도전**

미국의 '젊은 전산초' ······ 161

꺼질 줄 모르는 기숙사의 불빛 ······ 168

항상 기뻐하며 범사에 감사하라 ······ 173

지지 않는 별 '늘봄', 가슴에 묻다 ······ 181

제6장 새로 쓴 한국 간호 역사

인간 중심의 전인간호를 주창하다 191
한국 간호의 길을 제시한 간호학 교재 202
한국 간호학의 초석을 놓다 208
끊임없는 개혁으로 간호발전의 기틀을 다지다 218
새로운 역사를 창조한 전인간호 227
전인간호 사상을 뿌리내린 간협신보 232
간호사의 지위 향상으로 국민의 삶의 질을 높이다 240
파독간호사의 권익을 향상시키다 249

제7장 또 다른 역사를 쓰다

생의 마지막까지 무한한 사랑을 펼치리라 257
연세인, 그리고 새로운 동산인 264
지역사회 간호발전에 바친 숭고한 열정 269
슬픔으로 떠나보낸 하늘이 내려준 선물 275
간호사의 힘은 스스로 키워야 한다 280
꿈이 있는 생은 외롭지 않다 284

제8장 **꺼지지 않는 영원한 등불**

좋은 간호사가 되기 전에 좋은 인간이 되어라 ··············· 291

위대한 어머니 메풀 ·· 296

생명이 다하는 날까지 어둠을 밝히다 ························ 305

부록 1 **헌정시 - 영원의 약속** ··································· **316**

부록 2 **메풀 전산초 어록** ·· **318**

부록 3 **메풀 전산초 연표** ·· **326**

부록 4 **메풀 전산초 박사 장례예배 순서지** ·················· **328**

초판 편집자 후기 이보다 더 훌륭할 수 있을까? ·················· **329**

프롤로그

1999년 9월 12일 저녁 세브란스병원 심혈관센터 병동 1238호.

메풀은 여느 때와 다름없이 고요한 모습으로 병상에 누워 자녀들의 기도를 듣고 있었다. 기도를 드리는 자녀들의 목소리는 간간이 고조되었고, 그때마다 메풀의 입에서는 "아멘" 하고 희미한 입소리가 흘러나왔다. 기도가 끝나자 손녀인 넷째아들의 딸 정원이의 반주에 맞추어 찬송이 시작되었다. 소리는 들리지 않지만 메풀의 입술도 가늘게 떨며 움직이고 있었다.

지난 5월 대한간호협회에서 4년 주기로 수여하는 '대한민국 간호대상'과 모교인 연세대학교의 '연세를 빛낸 자랑스러운 동문상' 수여식을 마지막으로 입원한 뒤 하루도 거르지 않고 있어 온 풍경이었다.

메풀이 말기 암 선고를 받은 것은 1년 전이었다. 메풀을 검진한

이 서울역과 가까워서 가장 먼저 메풀을 찾곤 했던 것이다.

전태홍은 서울에 오면 연희전문학교에 다니는 친구의 기숙사에 머물렀다. 그리고 메풀의 근무가 끝나기만을 기다렸다가 병원 앞으로 나가 기다리곤 했다. 그런 그가 싫지는 않았지만 메풀은 이렇다 할 내색은 하지 않았다.

그것은 당시 상황 때문이었다. 결혼을 하면 사회생활을 하는 것이 어렵다는 것을 누구보다 잘 알기에 망설일 수밖에 없었던 것이다. 무엇보다 남편의 내조를 해야 할 아내의 역할이 걸렸고, 일을 하기 위해서 시어른들의 허락을 받는 것도 마음에 걸렸다. 게다가 결혼을 하면 간호사로 일할 수 없을지도 모른다는 생각이 자신을 놓아주지 않았다. 가관식에서의 나이팅게일 선서와 소외받는 이웃에 대한 사랑과 봉사로 한평생을 살리라 다짐한 자신과의 약속을 저버릴 수 없었던 것이다.

적극적인 구애에도 불구하고 사랑을 외면하고 있는 메풀을 보며 전태홍은 날이 갈수록 애가 탔다. 공부를 마치고 일본에서 돌아와서는 세브란스병원의 약사로 근무하고 있는 메풀의 이화여자고등보통학교 시절 친구 강명숙의 도움을 받아 차를 마시고 음악회도 감상하며 더욱 강한 애정을 표했지만 메풀은 꿈쩍도 하지 않았다.

그러던 어느 날 전태홍이 작심하고 물었다.

"메풀 씨, 간호학이란 무엇이라 생각하오?"

갑작스러운 질문에 메풀은 무슨 의미냐는 듯 잠깐 전태홍을 응시하다가 이내 미소를 지으며 답했다.

"간호학은 인간을 만드는 학문이지요."

메풀은 간호에 대한 평소 자신의 생각을 신념에 찬 목소리로 대답했다.

"인간을 만드는 학문?"

전태홍은 의아하다는 표정으로 메풀을 바라보았다.

"인간을 치료하는 학문이 아니라 만드는 학문이라고요?"

"예. 간호학은 인간을 만드는 학문이에요."

당당한 메풀의 말에 전태홍은 슬며시 미소를 지었다. 그리고는 마치 그 말을 기다렸다는 듯이 빠르게 말했다.

"그럼 날 좀 인간으로 만들어주시오."

"예에……?"

메풀은 뚱딴지같은 말에 새삼 전태홍을 바라보았다. 그는 메풀의 얼굴에서 눈을 떼지 않고 빙그레 웃기만 했다.

"쉽지 않을 듯한데요."

메풀이 전태홍의 말을 알아채고는 장난스럽게 대꾸했다. 그러자 전태홍이 오늘은 결코 물러서지 않겠노라는 표정으로 말을 받았다.

"그럼 내 곁에서 머물며 날 좀 간호해주시오. 몸이 아픈 사람만 돌보는 것이 간호부입니까? 사랑에 목이 말라 마음이 아픈 사람은 왜 간호를 해주지 않는 겁니까?"

전태홍의 태도는 그 어느 때보다도 진지했다. 사뭇 강렬한 어조에 놀라워하며 메풀이 희미하게 대답했다.

"본디 사랑에는 약이 없는 거예요."

"좋소. 그렇다면 나의 사랑을 상담 좀 해주구려. 평생토록 말이오. 나는 당신의 환자가 되고 싶소."

"……."

농담조로 말하긴 했으나 분명한 청혼이었다. 메풀은 즉답을 할 수 없었다. 전태홍이라는 한 남성과의 사랑은 분명 고귀하고 소중한 일이다. 인생에서 이런 사랑을 또 만날 수 있을까? 이런 생각을 하지 않은 것도 아니었다. 그러나 메풀은 가야 할 길이 있었다.

'주님이라면 어떤 결정을 내렸을까?'

메풀은 고민하기 시작했다. 이제는 더 이상 그의 사랑을 외면하고만 있을 수는 없었다.

늘봄은 전태홍이 메풀에게 마음을 두고 있다는 것을 알고 있었다. 그 무렵 늘봄은 평양의 신리교회 담임목사로 봉직하고 있었는데, 하루는 전태홍을 집으로 초대하여 사람 됨됨이를 살펴본 뒤 메풀을 불렀다.

"메풀아, 이제 네가 하나님의 가정을 이루도록 기도하는 것이 좋을 것 같구나."

늘봄의 권유에 메풀은 잠시 망설이다 자신의 생각을 말씀드렸다.

"아버지, 학교를 졸업하고 이제 환자들 곁에서 일한 지 1년이 조금 넘었어요. 태홍 씨가 좋은 사람이라는 것은 저도 잘 알고 있어요.

하지만 결혼을 하게 되면 당분간은 간호부 일을 할 수 없어요. 그래서 쉽게 선택하지 못하겠어요."

메풀의 마음을 모르는 늘봄이 아니었다. 그러나 늘봄은 전태홍이라면 메풀의 사회생활을 적극 지원해줄 수 있으리라 판단했다. 더할 나위 없이 듬직한 전태홍이 마음에 들었던 것이다.

"네 마음은 이 아비가 누구보다 잘 안다. 넌 자랑스러운 내 딸이니까. 하지만 지금 시국은 우리가 생각하는 것 이상으로 악화일로를 걷고 있다. 간호부도 전쟁터로 동원되고 있는 세상이니까. 지금은 네가 가정을 꾸릴 때라고 생각한다. 하나님은 네게 기회를 다시 주실 것이다."

늘봄은 메풀에게 쪽지 한 장을 조용히 내밀었다. 거기에는 기독교적 결혼관에 근거한 말씀이 적혀 있었다.

> 한 몸 된 부부는 그리스도와 교회와의 연합의 상징이요, 범사에 그리스도를 머리 삼음은 부부간의 영광이라.

늘봄의 조언은 마침내 메풀을 움직였다. 메풀이 전태홍과 결혼하기로 마음을 먹은 것이다. 당분간 간호부 일을 그만두어야 하는 아쉬움은 컸지만 결혼 살림이 안정되면 곧 일을 하리라 생각했다.

'먼저 가정을 꾸리고 안정이 되면 다시 시작하자. 학문에 때는 없다. 간호는 내가 평생 가야 할 길이다. 좀 더 긴 호흡으로 바라보자.'

1942년 11월 10일, 메풀은 전태홍과 평양교회에서 결혼식을 올리고 부부의 연을 맺었다.

전태홍의 집은 대동강 변에 넓은 토지를 소유한 부호였다. 그래서 결혼식은 마을 잔치로 성대하게 치러졌다. 교회에서 결혼식을 올린 두 사람은 다시 신랑 집으로 가 화관을 쓰고 식을 올렸다. 이들의 결혼은 온 마을의 화젯거리였다. 화관을 쓰고 고운 한복을 입은 메풀의 모습은 어느 때보다 화사했다. 마을 사람들은 조선에서 최고로 잘난 부부가 나왔다며 떠들썩했다. 당시로서는 드물게 대학 과정을 마친 재원과 일본 유학을 마치고 돌아온 부잣집 아들의 결혼이었으니 과장만은 아니었다.

신혼살림은 평양이 아닌 서울 종로구 관철동에 차려졌다. 일본 유학을 마치고 돌아온 전태홍이 총독부 영선과에서 근무하게 되어 메풀의 친구 강명숙의 사촌오빠 집에서 살림을 시작한 것이다. 그리고 메풀은 남편의 내조를 위해 당분간은 간호사 일을 쉬기로 했다.

신혼 초 두 사람의 사는 모습은 마치 소꿉장난을 하는 어린아이들 같았다. 메풀은 살림이 익숙지 않았다. 어려서부터 장녀로 갖은 집안일은 다해온 메풀이었지만 간호학교에 들어간 이후 간호 실습과 사회활동, 그리고 졸업 후 바로 병원에 근무했던 탓에 집안 살림에 익숙지 않았던 것이다.

그러나 일본에서 유학하며 4년 동안 자취를 해왔던 전태홍의 살림 솜씨는 썩 좋았다. 자취를 하며 음식을 직접 해볼 기회가 많아서 메풀보다 음식을 더 잘했고, 메풀이 식사 준비를 할 때면 언제나 방법을 일러 주었다. 김치와 장 담그기도 자상하게 가르쳐줄 정도였다.

"여보, 된장찌개는 어떻게 끓여야 하나요?"

하루는 메풀이 물었다.

"된장찌개는 오래도록 끓여야 제 맛이 나요. 무엇보다 된장 맛이 좋아야 하는데, 당분간은 평양에 계신 어머니께 얻어서 먹읍시다. 된장을 풀은 물에 이렇게 멸치를 넣고 지긋이 끓이고, 호박을 숭숭 썰어 넣으면 돼요."

이처럼 전태흥은 모든 면에서 자상하고 세심하게 메풀을 배려했다. 메풀은 비록 간호 일을 하지는 못했지만 사랑 깊은 남편과 더불어 살림을 배우며 행복한 신혼 생활을 꾸려나갔다. 이를 지켜보는 사람들은 두 사람의 모습을 지켜보는 것만으로도 즐거웠다.

그러나 행복한 신혼 생활과는 달리 시국은 점점 파국으로 치닫고 있었다. 그런 가운데 메풀은 또 다른 삶을 새롭게 시작하고 있었다.

남과 북으로 갈린 이산가족

태평양전쟁이 절정에 이르며 전황이 불리하게 돌아가자 급기야 일본은 서울 인구를 분산시키는 소개령疏開令을 내렸다. 소개령에 따라 메풀 부부는 평양의 본가로 들어가 시어른들과 함께 살게 되었다. 시가로 들어간 메풀은 큰 규모의 살림을 도맡아 본격적인 안주인 노릇을 하게 되었다. 그러나 전태흥은 근무지가 서울이어서 주말을 이용해 기차를 타고 본가로 오곤 했다.

전태흥의 사랑은 때때로 메풀을 당황하게 만들기도 했다. 김장을 하기로 한 초겨울 어느 날이었다. 그날은 마을 아낙들이 아침부터 마당에 모여 전날 절인 배추를 헹구느라 분주하게 움직였다. 메풀 또한 김치 속을 만들기 위해 새벽부터 무를 썰고 있었다. 마을 아낙들과 함께 김장 준비에 여념이 없는 메풀의 손은 이미 빨갛게 얼어 있었다. 전태흥은 마침 주말을 이용해 집에 와 있다가 아침 일찍부터 출근 준비를 서두르고 있었다. 그런데 출근 준비를 마치고 집을 나서기 전 어머니에게 이렇게 말하는 것이었다.

"어머니, 오늘 출장을 가야 하는데 아내와 함께 가야 할 일이 생겼습니다. 이 사람과 함께 서울로 가야 하니 허락해주십시오."

영문을 모르는 어머니는 곧 허락을 했고, 전태흥은 메풀에게 외출 준비를 하라고 일렀다. 얼떨결에 남편을 따라나선 메풀이 물었다.

"무슨 출장을 같이 가야 해요?"

전태흥은 얼굴에 미소를 가득 담고 즐거운 듯 연신 웃었다.

"내가 구제해주지 않으면 오늘 당신은 밤늦게까지 그 많은 김장을 해야 하지 않소."

"그럼 어머니께 거짓말을 했단 말이에요?"

메풀이 놀라 걸음을 멈추고 물었다.

"집에는 일 도와주는 사람들이 많으니 당신이 하루 빠진다 해도 괜찮지 않겠소."

그 말을 들은 메풀은 시어머니께 죄송한 마음이 들었지만 남편의 마음이 그렇게 고마울 수 없었다.

결혼 생활은 더없이 행복했다. 다만 걱정이 있다면 친정 부모님과 동생들이었다. 1942년 평양 신리교회로 파송받아 메풀과 비슷한 시기에 평양으로 온 늘봄은 이듬해 신리교회가 폐합당하면서 한동안 일자리를 잃고 있다가 평안남도 대동군 출신의 극작가 주태익朱泰

益이 세운 '백합보육원'의 원장으로 일하게 된다. 그러나 1944년 일본을 배척하는 설교를 하였다는 이유로 체포되어 감옥에 수감되고 만다. 복역을 마치고 나온 늘봄은 이후 평양 대성산 아래에서 가족과 함께 풀뿌리로 연명하다시피 생활을 하며 창작 활동도 제대로 하지 못한 채 거의 은둔 생활로 살아갔다.

그러나 메풀이 가족을 위해 할 수 있는 일은 한정돼 있었다. 노심초사하며 힘닿는 대로 가족을 챙겼지만 이제는 출가외인이었던 것이다. 가족을 생각하면 하루하루가 가시방석이었고, 마음은 늘 어두웠다.

이 무렵 메풀에게 위안이 있었다면 1944년 2월 태어난 장남 우영全宇永이었다. 메풀이 득남을 하자, 시부모는 뛸 듯이 기뻐하며 소를 세 마리나 잡아 마을 잔치를 벌였다.

누구보다 기뻐한 것은 늘봄이었다. 늘봄은 첫 아들까지 낳고 화목한 가정을 꾸려가는 메풀이 고맙고 대견하기만 했다. 늘봄은 우영의 출산을 축하하는 의미로 영한사전 한 권을 사서 메풀에게 선물했다. 그러면서 언젠가는 꼭 필요할 때가 있을 것이라고 했다. 어려서부터 영어의 중요성을 강조하던 아버지였다. 메풀은 영한사전에 담긴 아버지 늘봄의 마음과 뜻을 읽을 수 있었다.

메풀은 모든 시름을 가슴에 묻고 우영을 키우는 데에만 전념했다. 전쟁의 소용돌이 속에 세상이 아무리 어지럽고 시끄러워도 우영이만 보고 있으면 모든 근심이 눈 녹듯 사라졌다. 그러는 가운데 세계를 발밑에 놓고 천하에 군림할 것만 같았던 일본은 어느덧 패망의 구렁텅이로 깊숙이 빠져들고 있었다.

1945년 8월 15일, 마침내 해방이 찾아왔다. 일본의 무조건 항복 소식이 전파를 타자 사람들은 너나없이 모두 거리로 쏟아져 나왔다. 풍물패를 앞세운 사람들은 남녀노소 한 몸이 되어 만세를 부르며 조국 광복의 기쁨에 환호했다.

'아, 이제 다시는 부모님께서 감옥에 갈 일은 없겠구나! 전쟁 따위에 우리 조선 사람이 동원되는 일은 없겠구나! 우리 국민이 침략자에게 핍박당하는 일도 없겠구나!'

해방된 조국의 하늘 아래 메풀이 가장 먼저 떠올린 것은 부모님이었다. 아버지 어머니가 그토록 목숨을 바칠 각오로 되찾으려고 했던 조국, 바로 그 염원이 꿈이 아닌 현실로 이루어진 것이 감격스럽기만 했다.

조국 광복은 메풀의 아버지 늘봄에게 인생의 봄을 선사했다. 해방이 되자 늘봄은 평양 경상리에서 조만식曺晩植 선생이 창당한 조선민주당에 참여하여 당의 문교부장으로 활동하기 시작했다. 그리고 해방과 함께 접수한 일인의 별장을 인수하여 백합보육원을 옮긴 뒤 가족과 함께 그곳에서 생활하며 평양의학전문학교 국어교수로 다시 일을 했다. 늘봄이 일을 하며 친정이 생활의 안정을 찾아가자 메풀은 그제야 안도할 수 있었다.

그러나 해방의 기쁨은 그리 오래가지 않았다. 남북한이 미국과

소련의 대립 속에 이데올로기 갈등을 겪으면서 38선이라는 경계선이 그어진 것이다. 해방된 조국은 좌익과 우익이라는 사상으로 나뉘어 끊임없이 대립하기 시작했다.

일제 강점기와는 또 다른 불안과 위기 속에 38도선을 경계로 남과 북으로 나뉜 한반도는 다시 전운이 감돌기 시작했다. 그리고 월남越南도 월북越北도 하지 못한 채 남과 북 어느 한 곳에 묶여 있어야 했다. 이때 메풀과 전태흥은 졸지에 이산가족이 되고 말았다. 전태흥이 일 때문에 서울에 머무르고 있다가 평양으로 돌아오지 못하고 발이 묶인 것이다. 늘봄 또한 이미 가족들을 이끌고 서울로 내려가 있었다.

어느덧 둘째 인영全寅永이 태어나 두 아이의 어머니가 된 메풀은 시모와 함께 평양에 남아 극도의 위기감에 시달려야 했다. 서울의 남편과는 편지조차 전하기 힘든 상황이었고, 어쩌면 영원히 못 만날 상황에 처할 수도 있었다.

그렇게 불안한 나날을 보내고 있을 무렵, 어느 날 시어머니가 메풀을 불렀다. 그러고는 남쪽으로 가는 배를 마련해 놓았으니 서울로 가서 남편과 함께하라는 것이었다.

메풀은 떠날 수 없었다. 어린 자식들과 먼 뱃길을 떠나는 것도 두려웠지만 시어른을 두고 떠날 수는 없었던 것이다. 그러나 시어머니의 뜻은 완고했다. 이대로 고향을 버리고 떠날 수는 없다며, 세상이 바뀌면 다시 만날 수 있으리라는 것이었다.

메풀은 시어머니를 사지에 버리고 가는 것만 같아 고통스러웠다. 그러나 어느 누구와도 얼굴을 맞대고 상의할 사람은 없었다.

메풀이 선뜻 결정을 못하고 사흘이 지나자, 시어머니는 강제로 떠밀다시피 하여 메풀을 배에 태웠다. 이제는 더 이상 선택의 여지가 없었다. 배에 오른 메풀은 한없이 무거운 죄책감 속에서 멀어져가는 시어머니를 바라보며 제발 무사히 다시 만날 수 있게 해달라고 하나님께 기도를 드렸다.

배는 목적지인 인천항을 향해 천천히 남으로 향해 나아갔다. 어린 자식들과의 뱃길이 두려웠지만 남편을 만날 수 있으리라는 기대에 용기를 냈다.

뱃길은 멀고도 험했다. 배는 심한 맞바람으로 느리기만 했고, 밤이면 엄습하는 살인적인 추위와 공포에 떨어야만 했다. 넉넉히 준비해두었던 식량도 눈에 띄게 줄고 있었고, 풍랑에 배가 뒤집히지는 않을까 하는 걱정에 잠을 이룰 수가 없었다.

다행히 어린 아이들은 험한 뱃길을 잘 참아내며 배에서의 생활도 적응해나갔다. 아버지를 만나러 가는 것을 아는지 형제는 밝은 모습이었다. 그런 아이들을 지키기 위해 메풀은 밤이면 솜으로 누빈 웃옷을 입히고는 양팔로 꼭 껴안고 밤을 지새웠다.

'차라리 제 목숨을 거두시고 이 아이들을 보살피소서.'

풍랑에 배가 심하게 요동을 칠 때마다 메풀은 눈물로 기도를 올렸다.

평양 대동강을 출발해 인천항으로 가는 데 걸리는 시간은 예정대로라면 꼬박 3일 정도가 소요되었다. 그러나 배는 한정 없이 파도에 휩쓸리며 더디게만 가고 있었다. 하루가 마치 1년 같았다. 그런데 어느 순간, 갑자기 폭풍우가 몰아치면서 배가 심하게 흔들리더니 표류하기 시작했다. 설상가상으로 엔진도 멎더니 이리저리 파도에 휩쓸리며 방향을 잃고 말았다.

사람들은 이대로 죽을지도 모른다는 공포에 우왕좌왕하기 시작했다. 메풀 또한 아이들을 부여안고서 두려움에 떨었다. 남편과 서울에 있을 가족들, 평양에 남은 시어머니의 얼굴이 차례로 떠오르며 공포가 밀려왔다. 메풀은 모든 것을 하나님께 의지하고 기도를 드렸다.

'주여! 지금 저의 영을 거두시고 아버지 앞에 가게 하소서. 그러나 만일 저에게 재생의 기회를 주신다면 아버지의 뜻에 합당하고 보람 있게 살기 위해 노력하겠습니다.'

방향을 잃은 배는 닷새를 표류했다. 그러나 어디에서도 구원의 손길은 없었다. 사람들은 이미 구조를 체념한 듯 모두 넋을 놓고 있었다. 그러나 메풀은 희망을 버리지 않았다. 모든 것이 하나님의 뜻이다, 메풀은 그렇게 생각했다. 그리고 하나님은 우리를 구원하시리라 굳게 믿었다.

하나님은 메풀의 기도를 외면하지 않았다. 선장이 목선 한 척을 발견한 것이었다. 다행히 목선은 표류한 배를 발견하고 구조를 해주었다. 메풀은 사람들과 함께 목선으로 옮겨 탔다. 그리고 선장은 목선의 도움을 받아 새 배를 가져오기 위해 몽금포로 올라갔다.

목선이 도착한 곳은 선주가 사는 작은 섬이었다. 그곳에서 메풀은 닷새 만에 자식들에게 밥을 먹일 수 있었다. 굶주림에 시달리던 아이들이 허겁지겁 밥그릇을 비우는 것을 보면서 메풀은 그제야 죽음의 고비를 넘었다는 안도의 숨을 쉴 수 있었다.

메풀은 사람들과 함께 섬에서 며칠 더 머물렀다. 배를 가지러 간 선장을 기다려야 했던 것이다. 며칠 후 선장은 약속대로 새 배를 타고 몽금포에서 돌아왔다. 메풀은 그 배를 타고 다시 남으로 향했다. 그리고 마침내 인천항에 무사히 도착할 수 있었다. 평양을 떠난 지 16일 만이었다.

피난지의 나이팅게일

천신만고 끝에 남편과 상봉한 메풀은 차츰 생활의 안정을 찾아갔다. 그리고 1949년 8월 셋째아들 희영全希永이 태어나 메풀은 어느덧 세 아이의 어머니가 되었다. 이 무렵 전태흥은 토목학을 전공한 이력으로 건축과 관련된 부분을 담당하는 해군 장교로 복무하게 되어 진해로 내려갔다. 메풀은 다시 남편과 떨어지게 되었지만 세 아이들을 키우는 데 전념하며 내조에 충실했다.

친정도 형편이 많이 나아져 더 이상 걱정할 일이 없었다. 늘봄은 월남 이후 미군정 문교부 편수국 편수관으로 근무하며 잡지 『새사람』을 속간하는 한편, 국립맹아학교 교장, 중앙신학교 교수, 감리교신학교 교수를 거쳐 1950년 6월부터는 한국일보 주필로 활동하고 있었다. 작품 활동도 활발히 하여 여러 편의 단편과 수필, 논설, 설교문 등 어느 때보다 왕성하게 발표하였다.

그러나 남북으로 분열된 정국은 파국으로 치닫고 있었다. 그 결과 1950년 6월 25일 동족상잔의 비극인 한국전쟁이 발발하고 말았다. 좌익이 무엇이고 우익이 무엇인지 알 수 없는 국민들은 초근목피로 연명하며 형제의 가슴에 총부리를 겨누고 피를 보는 현실에 몸을 떨었다. 메풀 또한 온 나라에 진동하는 비릿한 피 냄새에 치를 떨었다.

전쟁 발발 초기 유엔군의 지원을 받은 국군은 북으로 진격을 거듭했다. 파죽지세로 몰아붙이는 연합군의 기세라면 금방이라도 통일이 될 것만 같았다. 그러나 압록강까지 진격한 연합군은 중공군의 참전으로 전세가 역전되어 남으로 밀려 내려오기 시작했다.

1 · 4후퇴는 평양에 발이 묶여 있던 이들이 서울로 내려오는 기회가 되었다. 메풀은 시어머니께서 무사히 서울에 도착하자 아이들과 함께 모두 남편이 근무하고 있는 진해로 서둘러 피난을 떠났다. 진해에서는 해군 장교 사택에서 생활할 수 있어 그나마 다른 피난민보다는 안심할 수 있었다.

사택에는 메풀 가족뿐만 아니라 여러 가족이 함께했다. 늘봄은 물론 메풀의 동생 가족과 지인들까지 합류해 방마다 사람들로 넘쳐났는데, 메풀은 이들과 함께하는 것을 하나님의 축복으로 생각하며 찾아오는 이들을 마다하지 않았다.

전태흥의 근무지는 수시로 바뀌었다. 전황이 한 치 앞을 내다볼 수 없을 정도로 시시각각 긴박하게 흘러갔기 때문이었다. 그래서 메풀은 남편을 따라 진해와 제주, 부산을 오가며 피난 생활을 해야 했다.

남북이 낙동강 전선을 놓고 대치하고 있을 무렵 전태흥은 제주로 발령을 받게 되었다. 메풀은 시어머니를 모시고 서둘러 제주도로 향했다.

사흘에 걸쳐 배를 타고 망망대해 바다를 건너는 메풀의 심정은 착잡하기 이를 데 없었다. 며느리를 위해 배편을 마련했던 인자한 시어머니의 얼굴에 깊게 패인 어둠을 대할 때마다 메풀은 마음이 찢어지는 듯 아팠다. 게다가 남편은 제주도에 잠시 머문 뒤 해병대로 들어가 바로 참전할 예정이었다.

가슴 밑바닥까지 후비고 있는 이 두려움을 저 바다에 던져버릴 수만 있다면 얼마나 좋을까, 메풀은 남편의 어깨에 얼굴을 기댄 채 이 비극이 어서 끝나기만을 간절히 기도했다. 그리고 남편을 만나기 위해 자식들과 함께 멀고도 험한 뱃길을 건너올 때 아버지의 뜻에 합당하고 보람 있게 살겠다는 기도를 반드시 실천하리라 다짐하고 또 다짐했다.

전쟁을 피해 사람들이 모여든 피난지는 또 다른 전쟁터였다. 먹을 것은 물론이고 잠잘 곳과 입을 것 등 모든 것이 부족하기만 해서 넘쳐나는 것은 질병과 죽음이었다. 그리고 참혹한 현실은 메풀로 하여금 떨쳐 일어나게 했다.

제주는 직접적인 전쟁의 피해는 없었다. 그러나 먹고 사는 궁핍은 전쟁이 한창인 육지와 별반 다르지 않았다. 1948년 4 · 3항쟁 당시 도민 3분의 1이 학살된 비극을 겪은 제주는 전쟁의 상흔 그 이상의 아픔을 가지고 있었다. 먹을 것도 풍족하지 않아서 어른 아이 할 것 없이 나무껍질을 캐어 죽을 쑤어 먹고 있었고, 여기저기서 사람이 굶어 죽었다는 소문이 시시때때로 들려왔다. 밥을 먹지 못해 젖이 나오지 않는 산모들은 퉁퉁 불은 몸으로 들로 산으로 먹을 것을 캐러 다녔고, 젖을 먹지 못한 아기들은 탈수증과 영양실조 증세를 심하게 앓고 있었다. 불량한 위생 상태로 부스럼이 나서 가려움증으로 고통받거나 설사 등으로 고생하는 아이들도 부지기수였다.

메풀은 처참한 현실을 그냥 보고만 있을 수 없었다. 부스럼이나 탈수증은 충분히 치료할 수 있는 질병이었다. 그러나 외딴 섬 제주에서 메풀은 이방인에 불과했다. 주민들은 예방책과 치료법을 전하는 메풀을 외면하기 일쑤였다.

메풀은 이장을 찾아가 지역민을 위한 의료활동을 지원해달라고 요청했다. 이장은 기꺼이 메풀의 뜻에 동의했다. 이장은 메풀을 마을의 유지 격인 한약방 노인에게 안내하였고, 메풀은 간호사로 활동했던 이력을 소개하고는 병든 사람들을 위해 의료지식을 쓸 수 있도록 도와달라고 청했다. 다행히 한약방 노인은 메풀의 청을 받아들이고 교육장을 마련해주었다. 교육장이라야 한약방 앞마당 우물 옆 공간에 짚더미를 깔아 만든 자리가 고작이었지만 메풀은 열과 성을 다해

주민들을 교육했다.

"부스럼은 매일 씻어서 청결을 유지하고 기름을 발라주어야 합니다. 아기들은 자꾸 긁어서 덧낼 수 있으니 이를 방지하기 위해 손에 명주 헝겊을 씌워주세요. 기름을 발라줄 때는 어머니 손도 깨끗이 씻어야 합니다. 그리고 탈수증은 어른들과 달리 어린아이들에게는 매우 위험합니다. 어른들은 수분이 체중의 반을 조금 넘지만 아기들은 90%가 수분이기 때문이지요. 그래서 아기의 탈수증은 생명과 직결됩니다. 그러니 물을 마시게 하되 우물물을 그냥 마시게 하지 말고 꼭 보리물을 끓여 먹이세요."

의료 활동은 여기서 그치지 않았다. 메풀은 곧 의료단체에 합류해 사람들을 치료하기 시작했다. 약품이 필요한 곳에는 약을 전해주었고, 약을 구할 수 없으면 간단한 응급처치부터 세세하게 교육을 했다. 메풀의 손길이 필요한 곳은 한두 군데가 아니었다. 메풀은 피로도 잊은 채 피난지역을 가리지 않고 돌며 의료 활동을 멈추지 않았다.

그러던 어느 날, 메풀은 부스럼과 설사 다음으로 심각한 질병이 비타민C가 부족한 괴혈병이라는 사실을 알게 되었다. 잇몸에서 피가 나거나 심할 경우 내장 출혈로 이어져 목숨을 잃게 되는 경우가 자주 일어나고 있었던 것이다. 하지만 병의 이름이나 원인조차 모르고 있는 경우가 태반이었다.

더욱더 안타까운 것은 어린아이들이었다. 어린아이들은 괴혈병에 걸리면 가장 먼저 뼈에 이상이 와 움직일 때마다 심한 통증을 느끼는데, 그것을 말로 표현하지 못하는 것이었다. 그리고 방치될 경우 뼈가 물러져 성장에 막대한 영향을 줄 정도였다.

이 사실을 알고 난 메풀은 가슴이 무너져 내렸다. 괴혈병은 비타민C를 섭취하면 쉽게 치료할 수 있는 병이라는 것을 알고 있으면서도 초근목피로 연명하고 있는 상황에서 비타민C를 보충할 만한 것을 찾을 수 없었기 때문이다.

'먹을 것도 없는 현실에서 비타민C를 대체할 것이 과연 무엇이란 말인가?'

그때부터 메풀은 밤낮없이 이 생각에 몰두했다. 하지만 비타민C를 대체할 것은 아무 데도 보이지 않았다. 바로 그때 메풀의 눈에 들어온 것이 있었다. 그것은 민들레였다. 어디서나 구하기 쉬운 민들레 뿌리에 비타민C가 풍부하다는 생각이 떠오른 것이다. 어렸을 적 어른들이 민들레 술을 담그던 일과 민들레 잎을 따서 식초와 고추장에 버무려 먹던 일이 떠올랐다. 어느 해 극심한 흉년이 들어 사람들이 굶어 죽던 때 민들레를 뜯어 먹은 말馬만은 죽지 않았다는 옛이야기도 떠올랐다. 다행히 길섶에는 노란 민들레가 지천이었다.

'그래, 민들레! 민들레는 씀바귀와 생태가 흡사하고 식용과 약용 가치 또한 비슷하다. 민들레가 방법이야!'

메풀은 그길로 당장 의료봉사단원들과 함께 사람들을 불러 모았다. 그리고 민들레의 효능에 대해 설명하기 시작했다.

"여러분, 괴혈병은 비타민C가 부족해 생기는 질환입니다. 여러분이 밟고 계신 땅을 한번 보세요. 무엇이 보이십니까? 민들레입니다. 이 민들레가 바로 훌륭한 약이 될 수 있습니다. 뿌리를 캐어 무쳐 먹거나 달인 물을 마시면 괴혈병을 치료할 수 있습니다."

그러나 사람들은 민들레를 약으로 먹는다는 말을 선뜻 믿지 못했다. 메풀은 사람들을 설득하기 시작했다.

"내륙지방에서는 이 민들레를 나물로 무쳐 먹는 지역이 있습니다. 본디 민들레는 씀바귀와 비슷해서 뿌리가 건강에 아주 좋답니다. 특히 민들레에는 비타민이 많아서 성장기에 많은 영양소가 필요한 어린이들, 특히 괴혈병 증세를 가진 어린이들에게는 매우 요긴한 식품입니다."

효과는 금방 나타나기 시작했다. 사람들이 반신반의하며 캐어 먹은 민들레가 효험을 보인 것이다. '약초 민들레'의 소문은 곧 마을과 마을로 빠르게 퍼져 나갔다. 이제 민들레는 사람들이 보는 대로 캐어 먹어서 씨가 마를 지경이었다.

그 무렵 끝이 없을 것 같은 전쟁이 마침내 끝났다. 1953년 7월 27일, 남과 북은 3년간의 지루한 공방을 끝내고 휴전협정을 맺은 것이다. 전쟁이 끝나자 메풀은 가족과 함께 다시 서울로 올라왔다. 서울은 모든 것이 잿더미로 변해 있었다. 그러나 메풀은 가족이 무사한 것에 감사했다.

메풀은 하나님께 감사의 기도를 올렸다. 이제는 시어머니와 남편,

세 명의 아들과 복중에서 숨 쉬고 있는 새 생명도 함께였다. 오랜만에 평화가 찾아온 듯했다.

제주에서의 일들은 메풀에게 많은 것을 깨닫게 해주었다. 전쟁을 통해 간호의 중요함과 필요성을 절실히 깨달은 것이다. 나아가 자신이 걸어가고자 하는 간호가 인간을 위한 학문이라는 것을 확신할 수 있었다.

'내가 가진 능력과 나를 필요로 하는 곳이 이렇게 많구나. 이제는 새롭게 준비를 할 때다. 내가 필요한 자리에서 내가 쓰이도록 이제부터 준비를 하자.'

메풀은 언제 어디서든, 또 어느 상황에서나 고통 받는 사람들을 보살필 수 있는 간호를 선택한 것을 감사히 여겼다. 그리고 이제 다시 그 길을 가야 할 때가 되었다고 생각했다.

제4장

다 내게로 오라

- 두려움 없이 멈추지 않고 가리라
- 백만 불짜리 미소
- 기적을 낳은 사랑의 천사
- 밑지는 삶을 살아라
- 최초의 여성 장로
- 더 넓은 세상으로

* 1975년 8월 싱가폴에서 메풀이 그린 그림

두려움 없이 멈추지 않고 가리라

피난 생활을 끝내고 서울로 돌아온 메풀 가족은 서울 종로구 삼청동에 집을 마련하고 살림을 새롭게 꾸려가기 시작했다. 삼청동으로 이주한 것은 아버지 늘봄 때문이었다. 휴전 직후 늘봄은 기독교서회의 편집국장과 종로구 신교동에 위치한 맹아학교의 교장을 역임하였는데, 맹아학교와 가까운 삼청동에 집을 마련했던 것이다.

동족상잔의 비극만 남긴 채 휴전협정으로 막을 내린 한국전쟁은 남북한을 막론하고 전 국토를 초토화시키고 말았다. 그리고 극심한 냉전 체제 속에서 국가 재건 사업이 시작되었다. 죽음의 전쟁을 이겨낸 메풀은 국가 재건 사업에 동참하기로 결심했다. 그것은 곧 간호 현장에 복귀하는 것이었다. 하나님이 자신에게 부여한 사명을 다하는 것은 오직 간호 현장으로 돌아가는 일뿐이었다.

그러나 메풀은 당장 일선으로 달려가지는 못했다. 휴전 직전 넷째를 가진 상태였기 때문이다. 넷째 문영全文永은 1954년 1월 세상에 나왔다. 문영을 낳은 메풀은 당분간 네 아이의 어머니로서 충실하며 남편과 함께 교회 활동에 전념했다. 당시 그들이 다닌 교회는 삼청교회였다.

교회 활동을 하며 생활이 안정되어가자 메풀은 이제는 때가 되었다고 판단했다. 이때도 늘봄은 메풀이 나아갈 길을 제시해주었다. 간호 현장으로 돌아가려는 메풀의 생각을 앞당기게 한 것이다.

"메풀아, 한 남자의 아내로, 아이들의 어머니로만 만족해서는 결코 안 된다. 너는 사회를 위해 봉사할 도구를 가지고 있다. 그 도구가 녹슬기 전에 그것을 필요로 하는 곳을 찾아가 쓰거라. 너의 몸은 단지 네 개인의 몸이 아니라는 것을 명심하거라."

늘봄은 메풀을 볼 때마다 사회에 나아가 사랑과 봉사를 실천할 것을 당부했다. 그리고 새로운 학문을 배우기 위한 공부를 게을리 해서는 안 된다고 조언했다. 메풀이 첫 아이를 낳았을 때 영한사전을 선물한 것은 그런 이유에서였다.

메풀에게 아버지 늘봄은 언제나 든든한 후원자이자 정신적 지주였다. 메풀이 인생에 대한 철학과 사상, 사회 활동에 대한 조언을 가장 먼저 구하는 사람은 아버지 늘봄이었고, 그럴 때마다 늘봄은 메풀에게 빛을 밝혀주듯이 나아갈 길을 제시해주곤 했다.

결심이 선 메풀은 남편에게 자신의 뜻을 밝혔다.

"여보. 이제 때가 된 것 같아요. 더 늦기 전에 이 사회에서 소외받고 고통 받는 사람들을 위해 살고 싶어요."

전태흥은 메풀의 뜻을 존중하며 기꺼워했다. 그는 이미 아내가 언젠가는 간호 현장에 복귀하여 이웃과 함께하리라는 것을 알고 있었다. 그리고 그 자신도 이제는 때가 되었다고 생각하고 있었다.

메풀은 자신의 뜻을 기껍게 받아들이는 남편이 한없이 고맙기만 했다. 남편은 시어머니의 허락은 물론 어느새 훌쩍 커버린 자식들에게도 이해를 구해주겠노라며 힘을 주었다.

아들을 통해 며느리의 뜻을 안 시어머니는 메풀의 걱정과는 달리 오히려 격려를 해주었다. 결혼한 여성이, 그것도 네 아이의 어머니가 사회생활을 한다는 것은 당시로서는 매우 드물었을 뿐만 아니라 감히 생각할 수도 없는 일이었다. 그러나 시어머니는 이왕 일을 하려면 잘해야 한다며 아낌없이 격려해주었다.

집안의 전폭적인 지원을 받은 메풀은 사회활동을 다시 하기 위한 준비를 시작했다. 그동안 틈틈이 공부해왔던 영어 공부와 더불어 간호 이론에 대해서도 다시 한 번 정리하며 준비를 해나간 것이다.

기회는 곧 찾아왔다. 때마침 메풀의 모교 세브란스 간호학교에서 교원으로 일해 달라는 요청이 들어왔던 것이다. 메풀은 모교의 요청에 감격스럽기까지 했다. 일제의 전시동원 체제에서 3년간의 혹독한 수련 과정을 거치던 일과 졸업 후 세브란스병원에서 근무하던 기억들이 하나씩 머릿속에 떠올랐고, 그 생각에 마음은 절로 부풀어 올랐다. 전태홍은 그런 아내를 보며 메풀보다 더 기뻐하며 축하해주었다.

세브란스 간호학교의 제안을 받아들이기로 한 날, 메풀은 늘봄에게 편지를 썼다. 늘 사회를 위해 봉사하라는 말씀으로 채찍질하던 아버지 늘봄은 당시 일본에 머무르며 한국복음신문의 주간으로 일하고 있었다.

> 아버지, 하나님이 주신 기회일까요? 저에게 믿지 못할 기회가 왔답니다. 세브란스에서 같이 일해 달라는 제의가 온 거예요. 피난 시절 저는 굶주리며 죽어가는 우리 이웃들에게 저의 본분을 다할 수 있는 기회를 달라고 하나님께 기도하곤 했습니다. 그리고 엄청난 비극을 겪고서야 크리미아 전쟁의 나이팅게일을 떠올렸습니다. 참된 간호의 정신을 비로소 알게 된 것이지요. 이제 저는 다시 간호 현장에 나아가 일을 하려 합니다. 그러나 아버지, 저는 아직 두렵습니다. 제가 잘 해낼 수 있을까요?

간호 현장으로 와달라는 제의는 분명 메풀이 간절히 기다리던 바였다. 그러나 현장으로 복귀한다는 기쁨은 또한 두려움이기도 했다. 13년의 세월을 현장을 떠나 있었기 때문이다. 그런 심정을 메풀은 아버지에게 털어놓았다.

메풀의 편지를 받은 늘봄은 곧 답장을 보내왔다.

사랑하는 내 딸 메풀아.

이화여고 졸업을 앞두고 진로를 결정해야 했던 어느 날이었지. 그날 너는 나에게 쉴즈 선교사와 간호학교에 대해 물었었지. 나는 지금도 그때의 네 눈망울을 또렷하게 기억한다. 확고한 의지와 결심으로 가득 차 있던 너의 두 눈을. 그리고 결혼을 앞두고 일과 결혼 사이에서 고민하던 네 모습도 선명히 기억한다.

메풀아, 하나님께서는 지금 네게 기회를 주고 계신 것이란다. 이 아비는 네가 보다 원숙한 모습으로 새로운 길을 헤쳐 나갈 수 있을 것이라고 굳게 믿는다. 비록 네가 가는 길에 모진 눈보라가 치고 가시덤불이 있더라도 새로운 길을 멈추지 말고 가거라.

메풀아, 주께서는 '내가 세상 끝날까지 항상 너와 함께 있겠다' 말씀하셨다. 그러니 '두려워 말라, 내가 너의 곁에 있다. 걱정하지 말라, 내가 너의 하나님이다. 내가 너의 힘이 되어 준다. 내가 도와준다. 정의의 오른팔로 너를 붙들어 준다.' 이 말씀이 너의 불안과 두려움을 사라지게 해줄 것이다.

메풀은 편지를 마지막까지 채 읽지 못하고 눈물을 흘리고 말았다. 아버지는 이미 알고 있었던 것이다. 13년의 공백기를 딛고 다시 시작하는 데는 기쁨만 있는 것이 아니라 두려움도 있으리라는 것을. 늘봄의 편지는 메풀에게 할 수 있다는 용기와 더불어 세상 무엇에도 맞설 수 있는 큰 힘을 주었다.

1954년 8월, 드디어 메풀은 세브란스 간호학교의 교무주임으로 첫 출근을 하며 새로운 길을 걷게 된다. 그리고 이듬해인 1955년부터는 간호윤리와 외과간호학을 가르치는 교수로서 두 번째 인생을 시작한다.

메풀이 세브란스 간호학교에 다시 들어갈 무렵 학교는 전후 복구 작업과 함께 대학으로 승격하기 위한 제도 정비에 한창이었다. 메풀이 일제 강점기 때 다녔던 세브란스 간호부양성소는 해방과 함께 1946년 세브란스 간호고등학교로 개명되었다가 1953년 다시 세브란스 간호학교로 개칭되었는데, 전란 중에는 거제도에 임시교사를 마련하여 수업을 계속하다가 휴전 후 서울로 돌아와 무너진 건물을 복구하고 수업을 막 재개하고 있었다.

메풀이 부임할 당시 세브란스 간호학교는 단과대학 승격을 목표로 변화의 물결을 타고 있었다. 초대 교장인 캐나다 선교사 샌들Ada M. Sandell 교장은 폐허가 된 교사校舍는 물론 시설과 비품까지 완벽하게 재건하는 한편, 병원 행정체계의 일부로 묶여 있던 학교 행정을 병원과 분리하여 독립시켜 놓음으로써 교육 과정을 대학 과정으로 승격시키는 기틀을 다져놓았다. 그리고 1954년 9월 샌들 교장의 후임으로 부임한 홍신영洪信永 교장은 내적인 충실을 도모하며 학교 발전에 전력을 기울였다.

세브란스 간호학교 교수를 역임하고 호주 유학을 다녀온 뒤 세브란스병원 간호과장을 거쳐 2대 교장으로 취임한 홍신영은 학교의 최우선 과제를 단과대학 승격으로 정하고 메풀을 비롯한 15명 남짓의 교수들과 일심동체가 되어 간호대학 승격을 위해 전력투구했다. 그 결과 1957년 1월 연희대학교와 세브란스 의과대학이 통합되어 연세대학교가 되면서 2월에는 간호학교가 의과대학 간호학과로 승격되었다. 그리고 이듬해 3월 간호학과의 1회 졸업생 16명을 배출하여 한국 최초의 학사 간호사를 탄생시켰다.

변화의 바람은 간호학과로 승격한 이후에도 계속되었다. 비록 목표했던 단과대학 승격은 이루지 못했지만 4년제 정규대학으로서 전인교육을 위한 교양과목을 강화하고 학회 및 연구소의 활동을 더욱 가속화한 것이다.

이러한 변화와 발전의 중심에서 메풀은 새로운 준비에 들어갔다. 간호학과 교수로서의 자질과 위엄을 갖추기 위해 국제대학 영문학과에 편입하여 학문 연구에 박차를 가한 것이다. 네 아이의 어머니로서, 며느리로서, 아내로서 가정을 돌보고 일을 하는 가운데 공부를 다시 한다는 것은 쉽지 않은 일이었다. 그러나 메풀은 자신을 더욱 채찍질하며 공부에 전념하였고, 1961년 마침내 문학사 자격을 취득할 수 있었다.

백만 불짜리 미소

간호학과 교수로서 메풀은 제자들에게 간호학의 자긍심을 심어 주는 데 전력을 다했다. 그는 강의실에서의 지식 전달과 함께 스승과 제자 간의 대화를 중시하였고, 전인교육을 위해 자신의 인생철학이나 가치관 등 스스럼없는 대화를 유도해 제자들의 철학적 사고를 배양했다. 그리고 간호학은 인간학이며, 환자의 정서적 · 사회적인 안녕까지 도모하기 위해 간호사는 끊임없이 자기 함양을 해야 한다고 역설했다.

"간호만큼 세상을 이롭게 하는 학문은 없습니다. 여러분은 바로 그 학문의 중심에 선 사람들입니다. 진정한 간호사가 되기 위해서는 산에 오르는 마음으로 살아야 합니다. 이 말은 시야를 넓게 하여 푯대를 세우자는 것입니다. 내가 선 자리는 어떤 자리이고 나는 왜 여기 서 있는가? 그리고 또 나는 앞으로 무엇을 할 것인가? 내가 걸어야 할 인생길은 어디인가를 항상 고민하고 생각하여 확실한 푯대를 세우고 그것을 향해 원대한 포부를 가집시다. 그래야 우리는 진정한 간호사가 될 수 있습니다."

메풀이 첫 강의를 시작한 1955년 당시 간호학과 학생은 모두 51명이었다. 메풀은 그들 모두를 단순한 사제 관계를 넘어 동생처럼 여기며 간호에 대한 열정을 심어주기 위해 모든 정열을 쏟았다. 밤늦게까지 학교에 남아 학생들과 시간을 보내는 것은 기본이었고, 모든 학생을 개별적으로 대면하며 현재와 미래에 대해 진지하게 머리를 맞대고 소통했다. 그래서 메풀은 제자들 사이에서 '호흡이 맞는 선배', '마음을 나누는 언니'로 통했고, 제자들은 그런 메풀을 따르며 성적과 진로 상담은 물론 개인적인 고민까지 스스럼없이 나누었다.

메풀은 학생들의 정서 교육에도 각별한 신경을 썼다. 어려서부터 문학과 미술에 남다른 재능이 있었던 메풀은 시화전과 연극 등 학생회 활동도 물심양면으로 적극 지원을 하였는데, 이는 환자를 위한 간호사가 되기 위해서는 정서 함양이 매우 중요하다고 판단했기 때문이다. 그래서 메풀은 크리스마스에 교도소나 빈민촌을 찾아가 연극 공연을 하거나 시화전 등 학생회 활동이 있을 때마다 늘 그들과 함께 호흡하며 기쁨을 나누었다.

제자들은 늘 자신들과 함께하는 메풀을 '백만 불짜리 미소'라 불렀다. 언제 어느 자리에서나 온화한 미소를 잃지 않는 모습에서 붙인

별명이었다. 제자들은 늘 잔잔한 미소를 지으며 '다 내게로 오라, 내가 너희를 감싸 주마' 하고 말하고 있는 것 같은 메풀과 함께한다는 사실만으로도 즐거웠다.

메풀은 일 년에 몇 번씩은 꼭 제자들을 집으로 불러서 허물없이 대화를 나누고 그들의 고민 상담사가 되어주었다. 그중 김모임金慕妊, 유혜수 등은 학업뿐 아니라 과외 활동에도 열심이어서 메풀과 가까웠는데, 후일 보건복지부 장관을 지낸 김모임에게는 특별한 애정을 주었다.

김모임은 늘봄과도 특별한 인연이 있다. 늘봄은 세브란스병원에 잠시 입원했던 적이 있는데, 이때 김모임이 다른 제자들과 함께 늘봄을 가족처럼 보살폈고, 늘봄은 그 인연으로 김모임에게 '지혜'를 뜻하는 '소피아'라는 애칭을 선사해주었다.

메풀은 제자들이 삼청동 집을 찾아올 때면 언제나 정성을 다해 음식을 준비하곤 했다. 당시는 전쟁의 상흔이 채 가시지 않아 먹을 것이 귀하던 시절이었다. 제자들 중에는 끼니를 거르는 것은 예사고 영양 부족으로 얼굴에 허옇게 버짐이 핀 경우도 많았다. 심지어 각혈을 하는 학생도 종종 있었다. 1955년 당시 입학정원 51명 중 졸업은 그 절반밖에 안 되는 26명만이 하였는데, 가장 큰 이유가 경제적인 것과 건강 문제였을 정도였다.

어린 시절부터 어렵게 살아 온 메풀은 곤궁한 학생들의 심정을 누구보다도 잘 헤아렸다. 그래서 메풀은 풍족하지 않은 형편에도 제자들이 집에 찾아오면 꼭 밥을 해서 먹였다.

"우리 집에 올 때는 밥을 먹고 오지 마. 내가 따뜻한 밥을 해놓을 테니까. 알았지?"

제자들이 집을 찾아온다고 할 때마다 메풀이 가장 먼저 하는 말이었다. 때로는 살림이 넉넉지 않아서 자신은 끼니를 거르면서까지 제자들에게는 밥을 꼭 먹였다.

이런 그를 많은 제자들은 인간적인 교수로 기억한다. 제자들은 그 무렵 메풀이 자주 했던 말을 이렇게 기억한다.

"나는 하루에 한 가지 선한 일을 하려고 노력하며 삽니다. 바쁘게 살다 보면 내 다짐을 잊고 지내기 때문에 내가 할 수 있는 선한 일을 일부러 찾으려 하지요. 선행이란 우연히 이루어지는 것이 아니라 노력하며 찾아서 실천해야 하는 일입니다."

제자들과 함께 호흡하며 생활하는 가운데 메풀은 간호학과 학과장 서리라는 중책을 맡게 된다. 이때부터 메풀은 더욱 분주한 나날을 보내게 된다. 이 무렵 메풀이 제자들에게 가장 신경을 쓴 것은 꿈과 비전을 심어주는 일이었다.

메풀은 제자들 개개인에게 확고한 간호철학과 비전을 정립시켜 주는 일이 가장 중요하다고 생각했다. 백의의 천사를 꿈꾸며 간호학과를 지원한 학생들은 일정한 때에 이르면 여지없이 방황기를 거치곤 했다. 특히 임상 실습은 그들의 꿈과 이상을 꺾어놓기에 충분했다. 치료에 비협조적인 환자들과 간호사를 심부름꾼 정도로 취급하는 환자들을 경험하고는 근본적인 고민에 빠지는 것이다.

이상과 현실의 괴리에서 갈등하는 제자들은 메풀을 찾아와 고민을 털어놓고는 했다. 그럴 때마다 메풀은 진정한 간호사는 치료에 비협조적인 환자들뿐만 아니라 치료의 필요성을 느끼지 못하는 환자들까지도 보듬어야 한다고 강조했다.

한번은 조교로 일하고 있는 제자가 가정과 학업을 병행하는 일로 메풀에게 상담을 청해온 일이 있었다.

"교수님. 저는 박사학위까지 받고 계속 간호학 연구를 하고 싶은데 남편이 그만두었으면 하는 눈치예요. 물론 가정도 소중하지만 저에겐 일도 소중해요. 어떻게 해야 할까요?"

메풀은 평소의 생각을 제자에게 들려주었다.

"간호학은 인간을 만드는 학문이야. 좋은 간호사 혹은 간호학 연구자가 되면 좋은 어머니, 좋은 아내가 될 수 있어. 이처럼 좋은 직업을 그만두면 안 되지 않겠니? 대화를 통해 이해를 시키면 남편도 분명 열심히 하라고 지원해줄 거야."

확신에 찬 메풀의 조언은 제자에게 힘과 용기를 주었다. 얼마 후 제자는 남편과 대화를 통해 누구보다 든든한 지원자를 얻게 되었다며 활짝 웃었다.

제자들의 고민과 갈등을 풀어주는 일은 세상 그 어느 것과도 바꿀 수 없는 메풀만의 기쁨이었다. 그리고 이를 통해 제자들이 진정한 간호사로 거듭나는 모습을 보면서 더없이 행복해했다. 그러나 한편으로는 더욱 무거운 책임감도 느껴야 했다.

메풀은 제자들에게 올바른 간호철학을 심어주기 위해서는 자신부터 먼저 사상과 철학을 정립해야 한다고 생각했다. 이는 새로운 도전으로 이어졌다. 더욱 견고한 간호철학을 확립하기 위해 더 넓은 세상으로 나아가 선진 학문을 배워야 한다고 생각한 것이다. 결심이 선 메풀은 새로운 도전을 위해 미래를 내다보며 하나씩 준비를 해나가기 시작했다.

기적을 낳은 사랑의 천사

한국전쟁의 상흔이 차차 가시면서 사회 곳곳에서는 변화의 물결이 거세게 불기 시작했다. 교육 현장은 물론 새 세상을 바라는 국민들의 욕구가 다양하게 터져 나왔던 것이다. 그리고 이 욕구는 그동안 억눌려 왔던 민주주의에 대한 열망으로 이어졌고, 1960년대 들어서면서 한꺼번에 분출되었다. 그러나 이승만 정권은 종신집권을 획책하며 자유당 일당체제를 굳히기에 혈안이 되어 있었다.

1960년 4월 19일, 부패정권을 심판하려는 국민의 분노는 마침내 터져 나왔다. 당시 서울에서는 고교생과 대학생을 비롯해 10만여 명의 서울 시민들이 민주주의를 부르짖으며 거리로 쏟아져 나왔고, 시위대의 일부는 대통령 관저인 경무대로 향하기에 이르렀다. 다급해진 이승만 정권은 비상계엄령을 선포하고 시위대를 향해 발포를 가하기 시작했다. 그 결과 거리에는 수많은 사상자가 피를 뿌리며 한데 엉켜 뒹굴었다. 이른바 '피의 화요일', 병원에는 사상자들이 물밀듯 실려 왔다.

당시 메풀은 교무주임이었다. 메풀은 무고한 시민들의 생명이 속절없이 꺼지는 간호 현장으로 간호학과 교수들과 제자들을 이끌고 달려갔다. 1, 2학년 학생들은 환자 이동과 물품 이송 등 간단한 임무를 맡았고, 교수들과 임상 실습 경험이 있는 3학년 학생들은 세브란스병원에서 간호 임무를 맡았다.

병원은 아수라장이었다. 병원으로 실려 오면서도 피 끓는 목소리로 애국가를 소리쳐 부르는 사람, 출혈이 심해 혼절하는 사람, 부상자들을 수레에 싣고 병원으로 뛰어오며 통곡하는 사람, 물과 먹을 것을 들고 달려오는 사람, 그리고 이들을 치료하기 위해 뛰어다니는 의사들과 간호원들이 한데 엉켜 아비규환을 방불케 했다.

메풀은 교수들과 학생들, 그리고 자원봉사자들과 함께 부상자들 치료에 구슬땀을 흘렸다. 그러나 병실과 복도마다 부상자로 만원이었으며, 실려 오는 모든 사람을 치료하기에는 역부족이었다. 강의실인 '에비슨관'은 물론 간호원장실까지 모두 비우고 응급실로 사용하였고, 수술대 4개를 사용하던 수술실에 8개를 놓아도 감당할 수 없을 지경이었다.

부상자들에게 가장 필요한 것은 혈액이었다. 대부분 총상 환자였기 때문에 지혈과 수혈부터 하는 것이 급선무였다. 그러나 한꺼번에

밀려드는 부상자들에게 공급할 혈액은 태부족이었다.

부상자들 치료에 혼신을 다하던 메풀은 소매를 걷어 올렸다. 그리고 피를 뽑아줄 것을 요청했다. 메풀이 헌혈을 시작하자 동료 교수들과 제자들도 너나없이 동참하기 시작했다. 그들의 붉은 피는 그렇게 정의를 부르짖으며 죽어가는 사람들의 생명수가 되었다.

메풀은 효과적인 치료를 위해 제자들에게 순번을 짜도록 지시했다. 교대로 근무하며 치료를 하기 위해서였다. 그러나 제자들은 메풀의 지시를 따르지 않았다. 메풀의 지시를 따르지 않는 것은 처음이었다. 이유는 죽어가는 사람들을 버려두고 집으로 돌아갈 수는 없다는 것이었다. 그래서 스승인 메풀과 함께하겠다는 것이었다. 익숙지 않은 간호 현장에서 헌혈까지 자진한 그들이었다.

메풀은 지시를 거두어달라고 모여든 제자들을 둘러보았다. 총탄이 난무하는 시국에 병원에서 귀가하지 않는 딸들을 기다리며 부모들은 얼마나 걱정하고 있을 것인가, 메풀은 어머니의 심정으로 그들을 바라보았다.

제자들을 바라보는 메풀의 눈시울이 한순간 뜨거워졌다. 제자들은 모두가 땀에 흠뻑 젖은 채 메풀의 지시를 말없이 기다리고 있었다. 그 모습에는 의로운 일을 한다는 자랑스러움과 간호를 공부하는 학생으로서의 사명감, 그리고 본분을 다하겠다는 결연한 의지가 서려 있었다.

메풀은 그들의 청을 받아들였다. 자랑스러웠다. 현실과 다른 이상에 고민하고 갈등하던 제자들이었다. 그런 그들이 스승의 곁에서 환자들을 돌보며 참된 간호정신을 실천하겠다는 것이었다. 메풀은 비오듯 땀을 흘리며 부상자들 사이를 누비는 그들 하나하나가 세상에서 가장 아름다운 천사들처럼 보였다.

제자들과 며칠을 꼬박 밤을 지새우며 부상자 간호에 여념이 없던 어느 날이었다. 메풀은 병원에 실려 온 부상자들 속에서 낯익은 청년을 발견하고는 깜짝 놀라고 말았다. 그는 메풀과 몇 번 마주한 적도 있는 스스러운 사이였다. 상복부에 총탄을 맞은 청년은 심한 출혈을 하고 있었다.

메풀은 인사를 주고받을 시간도 없이 청년을 치료하기 시작했다. 그런데 치료를 받던 청년이 부상자들 속에 누워 있는 한 고등학생을 가리키며 그부터 돌봐달라는 것이었다. 그가 가리킨 고등학생은 피를 철철 흘리다가 이내 정신을 놓고 있었다. 모두 자신부터 봐달라며 아우성치고 있는데 오히려 그는 다른 사람부터 봐달라는 것이었다. 그 역시 촌각을 다투는 위급한 상황이었다.

메풀은 급히 고등학생에게 다가가 응급처치를 했다. 그리고 다시 청년에게 돌아왔다. 그런데 청년은 사라지고 없고, 그 자리에는 다른 부상자가 누워 있었다.

메풀은 옆에서 치료를 하고 있는 제자에게 조금 전 누워 있던 부상자가 어디로 갔느냐고 물었다. 돌아온 대답은 충격이었다. 방금 전 사망해서 안치실로 옮겼다는 것이었다. 메풀이 고등학생을 치료하고 있던 그 짧은 시간 청년은 과다한 출혈로 사망하고 만 것이다.

그 충격에 메풀은 맥없이 주저앉고 말았다. 혈기 왕성한 청년 하나가 불꽃도 피워보기 전에 허무하게 생명을 잃고 말았다. 그리고 또 다른 생명들이 죽음을 기다리며 신음하고 있다. 누가 이 수많은 청년들의 영혼을 위로할 것인가. 누가 이들을 죽음으로 내몰았는가. 허무했다. 그리고 분노했다.

당시의 긴박했던 상황과 의료 활동을 훗날 메풀은 이렇게 회고했다.

> 밖에는 총소리가 요란한데 피투성이가 되어 들것에 실려 들려오면서도 사람들은 펄펄 뛰며 애국가를 부르짖었다. 밀려드는 데모 학생들을 묵묵히 받아들이는 우리들은 울분과 분개가 치솟기에 앞서 눈물을 머금고 '내 사랑하는 동족이여! 형제여! 이 일이 웬 말이오' 하며 재빨리 부상자들을 돌보아야만 했었다.
>
> 그때 나는 나의 마음속에 나라와 민족을 사랑하는 마음이 불이 일듯 일어나는 것을 보았다. 그러기에 나는 부상자들을 진정한 사랑과 아픈 마음으로 싸매주고 끌어 안아주어서 조금이라도 피를 덜 흘리고 평안하게 해주려고 잠자는 것도 먹는 것도 잊어버리고, 누가 시키지도, 강요하지도, 지워진 책임도 아닌 일을 며칠이나 계속해서 해냈는지 모른다.
>
> 나는 총소리 요란한 위험한 거리에 뛰어들어 부상한 학생을 실어 들이는 용감한 학생과 이를 받아 치료하는 의사와 이를 도와 간호하는

간호원, 또한 모든 의료진이 그때처럼 호흡이 맞고 눈동자가 서로 부딪치고 손발이 맞아 일하는 거룩한 모습을 본 일이 없다. 또 그처럼 처절하게 사랑으로 환자를 돌보아주는 모습도 본 일이 없었다.
더욱 기이한 것은, 시간과 인원과 시설에 비해 초인간적인 일을 해낼 수 있었다는 사실도 처음 알았다. 이 모든 기적과 같은 사실들이 어떻게 이루어졌을까, 하고 나중에 깊이 생각하게 되었는데, 나의 둔한 머리로 귀결을 지은 것은 '그들 모두의 마음 깊이 흐르고 있는 나라와 민족을 사랑하는 마음', '이 눈에 보이지 아니하는 것'이 여러 귀중한 젊은 생명을 구해낼 수 있었던 기적을 낳았다고 생각했다.[5)]

수많은 젊은이의 목숨을 앗아간 이승만 정권은 결국 백기를 들고 말았다. 4 · 19혁명 1주일만인 4월 26일, 이승만 대통령이 하야를 발표함으로써 국민이 승리한 것이다.

메풀은 4 · 19혁명을 겪으며 '나'를 버리고 혼신을 다해 사상자들을 보살핀 제자들의 의지와 열정을 다시 한 번 발견할 수 있었다. 그리고 그들의 참된 간호정신을 더욱 확고하게 정립시켜주어야 한다고 결심했다. 그러기 위해서는 더욱 체계적인 학문 연구와 간호철학을 정립해야 했다. 메풀은 새로운 도전을 실행에 옮겨야 할 때가 왔다고 생각했다.

---

5) 기독의사, 1969년 6월호, '우리도 힘을 합하여' 중에서

밑지는 삶을 살아라

해방과 전쟁, 4 · 19와 5 · 16 등 파란만장한 역사의 질곡 속에서 메풀은 네 아이의 어머니로서 늘 온화하고 충실했다. 그리고 아이들은 모두 부모에게 순종적으로 성장했다.

메풀은 출근도 일찍 하지만 밤늦은 시각까지 제자들과 함께 생활하거나 홀로 연구 활동을 하는 관계로 아이들과 함께하는 시간이 상대적으로 적었다. 한 사람의 아내로서, 네 아이의 어머니로서 비교적 자유롭게 사회생활을 할 수 있었던 데에는 시어머니의 도움이 매우 컸다. 시어머니는 뒤늦게 사회로 나선 며느리를 위해 아이들을 돌보는 일을 자청했고, 집안일도 가능한 한 며느리의 손이 가지 않도록 지원을 해주었다. 건설업을 하는 남편은 사업상 출장이 잦아 아이들 교육은 시어머니와 메풀의 몫이었다.

교수로서의 삶을 시작한 후 아이들과 많은 시간을 보내지 못하는 메풀은 틈만 나면 아이들과 시간을 보내기 위해 노력했다. 시장에 갈 때는 아이 넷을 모두 데리고 다니기도 했고, 공휴일에는 도시락을 싸서 고궁 나들이를 즐겼다. 나들이를 가면 도시락을 먹으며 그동안 못다 한 이야기꽃을 피웠고, 아이들 손을 잡고 산책을 하며 따뜻한 정을 나누었다.

메풀의 자녀교육관은 확고했다. 그것은 바로 '엘리트가 아닌 선한 시민이 되게 하는 것'이었다. 그러나 메풀은 자신의 철학을 한 번도 강요하지 않았다. 다만 솔선하여 실천하는 것으로 가르침을 대신했다. '하루 한 가지씩 선한 일을 하자'는 자신의 평소 생각을 실천하며 자식들에게 몸으로 보여준 것이다.

메풀은 또 자식들에게 바른 신앙과 양심을 심어주기 위해 하루의 시작과 마무리를 언제나 기도로 하였다. 그리고 어떤 갈등이나 어려운 문제가 생겼을 때는 '주님이라면 어떻게 하셨을까' 하는 생각부터 하며 해결책을 찾았다. 네 아이들에게는 하나님의 말씀을 자주 들려주었고, 자신 또한 하나님의 말씀에 따라 자식들을 가르쳤다.

"너희들은 모두 하나님이 엄마에게 주신 거란다. 자녀를 통하여 이루고자 하시는 하나님의 뜻이 계셔서 너희들을 보내신 거야. 그러니 항상 행동거지를 바르게 해서 하나님이 보시기에 떳떳하도록 해야 한단다."

자식들이 어린 시절, 메풀 부부가 일 년 중 가장 소중히 생각한 날은 바로 크리스마스였다. 아무리 형편이 어려워도 메풀은 자식들을 위해 카드와 선물을 준비해 산타할아버지에 대한 꿈을 심어주었다. 그것은 가족만이 아니었다. 메풀은 크리스마스가 다가오면 언제나 신문배달원 아이들과 부모가 없는 아이들을 위해 양말과 장갑을 넉넉히 마련하곤 했다. 그리고 직접 나서지 않고 항상 마을 대표나 교회 청년회를 통해 사랑을 전했다.

크리스마스 이브는 둘째 아들의 생일이기도 했다. 그래서 둘째는 매번 크리스마스 선물이 곧 생일 선물이었다. 그런데 둘째는 어린 마음에 이를 서운히 여겼다. 그럴 때 메풀은 이렇게 타일렀다.

"아들아. 두 번 받을 선물을 한 번 받으니까 손해 보는 것 같지? 하지만 아들아, 손해 보는 게 좋은 삶이란다. 항상 손해를 보고 밑지는 삶을 살아라. 그것이 올바른 삶이란다. 그러면 남의 것을 탐내지 않고 항상 베푸는 삶으로 살 수 있단다."

이렇듯 메풀은 자식들에게 이웃과 더불어 사는 공동체적 삶을 가르쳤다.

메풀은 또 자식들이 아플 때는 스스로 병을 이길 수 있는 지식과 자신감을 가지라고 가르쳤다. 둘째 아들이 초등학교 3학년 때였다. 그때 둘째 아들은 폐결핵을 앓았는데, 메풀은 병의 원인과 스스로 해야 할 처치에 대해 세심하게 가르치며 자식이 스스로 병을 극복할 수 있도록 했다.

"아들아, 결핵이 왜 걸렸는지 아니? 그건 바로 네가 좋아하는 한

가지 음식만 먹는 편식 습관 때문에 그런 거야. 또 너는 음식을 급하게 먹는 버릇도 있지? 결핵 같은 소모성 질환에는 영양소를 골고루 섭취해야 한단다. 그러니 편식하지 말고 음식도 천천히 꼭꼭 씹어 먹어야 하는 거란다."

둘째 아들이 결핵을 치료할 당시 메풀은 날마다 달걀 프라이를 해주었다. 당시만 해도 달걀은 귀한 음식이었다. 그래서 나머지 세 아들들이 군침을 흘리며 어머니가 둘째만 사랑한다고 질투를 하기도 했다. 그럴 때 메풀은 이렇게 말하곤 했다.

"너희도 같이 먹이면 얼마나 좋겠니. 하지만 형편상 다 해줄 수는 없단다. 지금 둘째는 아주 잘 먹어야 치료가 되는 병에 걸렸단다. 그러니 너희가 이해를 해주렴. 그리고 아픈 둘째보다 너희가 더 행복한 사람이라는 걸 알아야 한단다."

자식들이 성장하면서는 종종 친구와 싸우는 일도 많았다. 메풀은 형제들 간에 다투는 것은 물론이고 친구와 싸우는 것도 절대로 그냥 넘어가지 않았다. 어떤 이유라도 자식들이 싸움을 하거나 하면 호되게 야단을 쳤다.

어느 토요일 오후 메풀이 막 집에 도착했을 때 방 안에서 싸우는 소리가 들려왔다. 그때 둘째 아들은 초등학교 4학년이었다.

메풀은 한동안 밖에서 가만히 듣고만 있었다. 싸움의 원인도 알고 어떤 방식으로 대처하는지 지켜보기 위해서였다. 그런데 메풀은 한순간 깜짝 놀라고 말았다. 둘째 아들이 집으로 놀러 온 친구와 싸우는 모양인데 해서는 안 될 욕설이 튀어나왔던 것이다. 그때까지 메풀은 자식들 입에서 욕을 들어본 적이 없었다.

메풀은 황급히 방문을 열고 들어갔다. 그러자 아이들은 한순간 정지된 듯 싸움을 멈추고서 메풀을 바라보았다. 어머니의 표정이 심상치 않은 것을 본 자식들은 몸이 굳어버린 채 꼼짝도 못했다.

"무슨 일이니? 첫째가 말해보거라."

메풀이 첫째 아들에게 물었다. 첫째는 무릎을 꿇고 용서부터 빌었다.

"어머니, 잘못했습니다. 용서해주세요."

첫째 아들이 화난 메풀의 얼굴을 살피며 울먹였다. 그러자 둘째도 형을 따라 무릎을 꿇고서 잘못을 빌었다.

"무엇을 잘못했느냐? 어서 말해보거라."

메풀은 자식들이 진정으로 잘못을 알고 있는지 보기 위해 물었다.

"어른들이 안 계실 땐 제가 어른인데, 동생이 친구와 싸움을 하는 것을 보고만 있었습니다. 잘못했습니다."

"둘째는?"

"친구들과 사이좋게 지내라는 말씀을 지키지 못했습니다."

"그것뿐이니?"

메풀은 형제를 차례로 보며 물었다. 그러나 아무도 다음 말을 하지 못했다.

한동안 말없이 있던 메풀이 둘째 아들에게 물었다.

"어디에서 그런 상스러운 욕을 배웠니?"

"……."

그제야 잘못을 깨달은 둘째는 아무 말도 못하고 고개만 푹 숙였다.

"나는 너희가 어른들이 집을 비운 사이 이렇게 싸우고 욕까지 하는 줄은 몰랐다. 다 내가 너희를 잘못 가르친 탓이다."

말을 마친 메풀은 선반에서 회초리를 들고 왔다. 그러고는 자신의 바지를 걷어 올려 종아리를 사정없이 내려치기 시작했다. 회초리를 맞을 생각에 잔뜩 움츠려 있던 자식들이 어머니의 행동에 깜짝 놀라 눈물을 찔끔거리더니 이내 소리 내어 울기 시작했다. 가장 서럽게 운 건 둘째 아들이었다.

"어머니, 앞으론 절대로 나쁜 욕을 하지 않을게요. 고운 말만 쓸게요. 용서해주세요."

동생이 울면서 매달리자 형도 어머니의 품으로 안기며 서럽게 울기 시작했다. 그제야 메풀은 회초리를 내려놓고 자식들을 감싸 안았다.

"상스러운 욕을 하거나 싸움을 하는 폭력은 절대로 하지 말거라. 설령 누가 너희 뺨을 때린다 해도 절대로 욕을 하거나 주먹질을 해서는 안 된다. 차라리 다른 쪽 뺨도 내주어라."

이 일이 있은 후 아이들은 절대로 입에 욕설을 담지 않았다. 그리고 싸움도 눈에 띄게 줄어들었다.

메풀은 형제간의 우애와 화목을 가장 크게 생각하고 가르쳤다. 그리고 벗과는 항상 신의를 지켜야 한다고 강조했다. 무엇보다 엄하게 가르친 것은 정직이었다. 장차 책임 있는 사회인으로 성장하기 위해서는 정직이 가장 필요한 덕목이라고 생각한 것이다. 그래서 메풀은 행여 실수로 남의 물건에 손을 대는 것도 용납하지 않았다.

메풀은 자식들이 자신의 행동에 책임을 질 줄 아는 사람으로 자라길 바랐다. 그래서 사소한 실수도 그냥 지나치지 않고 스스로 잘못을 깨닫도록 가르쳤다.

이렇듯 메풀의 자녀교육관은 확고했다. 선한 시민이 많은 국가가 발전한다는 철학을 금과옥조처럼 여겼던 메풀은 자녀들이 엘리트보다는 선한 시민으로 자라기를 바랐다. 그리고 선한 시민을 길러내는 것은 어머니의 몫이자 가정의 몫이며, 나아가 사회의 몫이라고 믿었다. 또한 사랑은 모든 성장 발전의 원천이며, 밝은 사상과 밝은 지식, 밝은 철학은 사랑에서 나온다고 확신했다. 이러한 자녀교육관은 진실로 인류를 위한 간호사가 되려면 사랑과 봉사의 깊은 철학을 지녀야 한다는 메풀의 간호철학과도 일맥상통하는 것이었다.

최초의 여성 장로

메풀의 간호철학 근간은 신앙이었다. 목사인 아버지와 장로인 어머니의 가르침을 받아 어려서부터 성경을 동화처럼 들으며 그리스도의 사랑으로 자란 메풀에게 신앙은 절대적인 삶이자 철학이었다. 훌륭한 간호사 또는 간호학자가 되기 위해서는 신앙이 바탕이 되어야 한다고 메풀은 믿었다. 제자들에게도 신앙심이 강한 사람이 훌륭한 간호사가 될 수 있다고 늘 강조하곤 했다.

독실한 신앙인이었던 메풀의 선택 기준은 명확했다.

'이럴 때 주님이라면 어떻게 하실까?'

자녀교육은 물론이고 무언가 중요한 결정을 내리거나 선택을 해야 하는 순간이면 메풀은 항상 이 생각에서 출발했다. 그리고 결정을 내린 일에 대해서는 확신을 가지고 정열적으로 추진해나갔다.

메풀의 신중함과 추진력은 교회활동에서도 곧잘 빛이 났다. 해방 후 메풀은 삼청동 집 가까이에 있는 삼청동 감리교회와 인연을 맺었는데, 이후 메풀은 여러 번의 이사를 다니면서도 교회만큼은 삼청교회를 다녔다. 메풀에게 삼청교회는 신앙과 마음의 고향이었다.

메풀의 집은 삼청교회와 대문을 마주보고 있을 만큼 가까웠다. 메풀은 틈이 나면 늘 교회를 찾아 기도를 드리곤 했으며, 주일에는 주일학교 교사로 봉사활동을 하기도 했다.

메풀과 삼청교회의 인연은 1957년 누전 사고로 교회에 불이 난 이후 더욱 깊어졌다. 당시 교회는 예배당을 잃은 것도 큰 문제였지만 설상가상으로 주변 민가에까지 화재가 미쳐 주민들의 보상 요구로 곤경에 처해 있었다. 당시만 해도 삼청동은 서울에서 가장 가난한 동네였다. 그래서 교인들의 힘으로는 민가 보상은 물론 재건축도 엄두를 내지 못하는 형편이었다. 게다가 피해 보상과 교회 건축비 조달 등이 해결될 때까지 근 2년 동안 인근의 민가를 전전하며 예배를 봐야만 했다.

이때 메풀은 남편과 상의한 끝에 당시 한기모 담임목사를 찾아가 자신의 집을 교회로 쓰도록 권했다.

"목사님, 교회와 제 집이 지척이니 당분간 제 집을 교회로 쓰시지요."

"교수님 댁을요? 뜻은 감사합니다만, 본디 교회라는 곳이 다양한 사람들이 오가는 곳이라 이만저만한 수고가 아닐 텐데요……."

"아닙니다. 저희 아버님이 목사님이어서 저에겐 익숙한 일입니다. 그리고 어릴 때 저희 아버님도 이렇게 하셨습니다. 오히려 저희 집이 예배당이 된다는 게 영광이지요."

"정말로 괜찮겠습니까?"

"그럼요, 제 집이 교회 지척에 있는 것도 하나님의 뜻이라 생각합니다."

이렇게 해서 메풀의 집은 불에 탄 교회 건물의 외벽이 완성될 때까지 6개월 남짓한 기간 동안 예배당으로 쓰였다.

교회 재건축 움직임이 본격화한 것은 1959년 봄 이재은 목사 부임 이후부터였다. 이재은 목사는 교인들과 함께 사방으로 교회 재건을 위해 뛰어다녔고, 그 결과 다행히 교회를 새로 짓는 일에 착수할 수 있었다. 이때 메풀은 교인들과 함께 인근의 공사장에서 직접 흙을 퍼 나르며 교회의 대지를 쌓는 등 온 마음을 다 바쳤다.

교인들의 열성으로 교회는 새롭게 완성되어 갔다. 그 무렵 메풀은 삼청교회 최초의 장로로 추대되었다. 그때까지 삼청교회는 규모도 작고 안정이 되지 않아 장로제도가 없는 상황이었다.

여성 장로를 추대하는 일은 당시로서는 매우 파격적인 일이었다. 여성의 사회적 지위가 매우 미약했던 시절인데다 교계 풍토상 여성을 장로로 세우는 일이 드물었던 것이다. 그러나 메풀의 장로 추대를 반대하는 교인들은 아무도 없었다. 목사의 딸로 신앙심과 신앙생활 모든 면에서 존경을 받고 있을 뿐만 아니라 사회적으로 존경받는 직업을 가지고 있기 때문이었다. 특히 교회 재건축 과정에서 보여준 봉사정신은 다른 교인들의 귀감이 되었고, 이는 자연스러운 장로 추대로 이어졌다.

장로 취임 예배는 1963년 4월 21일 새 예배당 건립 봉헌 예배와 함께 거행되었다. 그날 메풀은 연한 옥색 한복을 단아하게 차려 입은 모습으로 참석하여 그토록 염원하던 새 교회 건물에서 감격스러운 예배를 드렸다. 그리고 기쁨과 감동의 기도를 올렸다.

"나의 말과 작은 행실이 내 이웃을 위한 일이 되게 하소서. 당신을 향한 나의 작은 부르짖음이 단지 나의 것만이 아닌 내 이웃과 인류를 위함이도록 하소서. 그리하여 저로 하여금 당신께서 뜻하고자 하는 좋은 도구가 되게 하여 주소서."

메풀의 장로 취임은 기독교인으로서 신앙에 대한 귀감뿐 아니라 남존여비 사상이 지배하고 있던 시절 여성도 남성과 평등하게 사회에 봉사할 수 있다는 선례를 남긴 의미 있는 일이었다.

메풀은 목사들이 가장 존경하는 장로 중 한 사람이었다. 어려서부터 목회자인 아버지를 보고 자란 그는 삼청교회 초대 장로로서 교회 발전을 위해 전심을 다했다.

메풀은 화재로 인해 흩어진 교인들을 한마음으로 모이게 하기 위해 늘 이재은 목사와 함께했다. 그러나 어떠한 경우에도 목사 앞에 나서는 일은 없었다. 교회를 운영하는 데 의견이 달라도 반대하는 일이 없었고, 인생의 선배이자 장로로서 목사에게 부족한 점이 보여도 충고를 하거나 잘못을 지적하지 않았다.

그러던 어느 날, 주일 예배를 마친 메풀은 목사 부부를 초대해 즐겁게 식사를 함께했다. 식사를 마칠 무렵, 메풀은 목사의 부인인 최재옥 사모에게 조용히 봉투 하나를 내밀었다.

"목사님이 필요하신 책이 많을 겁니다. 이것은 목사님께서 책을 사서 보는 데 드리는 장로의 마음입니다."

그날 메풀은 예배를 보면서 목사의 설교가 평소보다 감동이 덜하다고 생각했다. 그래서 목사 부부를 초대하여 자신의 뜻을 전하는 지혜를 발휘했던 것이다.

이처럼 메풀은 직접적인 충고보다는 간접적으로 자기계발을 할 수 있도록 지원하는 방법으로 조언과 충고를 했다. 이런 모습에 이재은 목사 부부는 메풀과 가족처럼 허물없이 지냈고, 이는 이후 삼청교회에 부임하는 모든 목사들에게도 똑같이 적용되었다.

메풀은 학교 업무로 눈코 뜰 새 없이 바쁜 시간을 보내면서도 주일에는 어김없이 하나님 앞에 나아가 기도를 드렸다. 신앙인으로서, 장로로서 맡은 바 일을 묵묵히 수행하는 즐거움과 기쁨은 형언할 수 없는 행복이었다.

더 넓은 세상으로

어느덧 시간은 흘러 메풀이 간호대학 교수로서 새로운 삶을 산 지 10년이란 세월이 흘렀다. 그동안 메풀의 가르침을 받은 제자들은 삶과 죽음이 공존하는 간호 현장에서 제각각 역할들을 훌륭하게 해내고 있었다. 그리고 메풀은 어느 누구보다도 간호학에 대한 열정이 깊은 교수로 인정을 받았다.

하지만 메풀은 해가 갈수록 마음이 무거워만 갔다. 또 한편으로는 마음 어딘가가 텅 비어 있는 듯한 기분도 들었다. 그것은 더 넓은 세계로 나아가 선진 간호학문을 배우고 돌아와야 한다는 생각 때문이었다. 한 자리에 오래 머무는 것은 더 이상 발전이 아니었다.

사회는 급변하고 있었다. 그에 맞추어 간호학의 위상도 시급히 정립되어야 했다. 그러기 위해서는 선진 간호학문을 연구하고 돌아와 전파하는 것이 급선무였다.

10년이라는 긴 세월 동안 메풀은 간호 현장에서 불확실한 미래를 고민하고 현실에 좌절하는 제자들을 보면서 보다 근본적이고 인도주의적인 간호학을 하루 빨리 정립해야 한다고 생각했다. 간호는 인간 대 인간의 관계에서 이루어져야 하며, 사람이 사람에 대하여 행하는 전문적 기술이 되기 위해서는 좀 더 체계적으로 간호학 이론을 발전시키고 확립해야 한다고 생각한 것이다.

이러한 메풀의 생각과는 달리 당시의 간호교육 현장은 후진성을 면치 못하고 있었다. 간호교육 제도 또한 간호고등기술학교, 간호학교, 간호학과 등 3원화 체제로 이루어져 있어 간호학을 진정한 전문직이나 학문으로 정립하기에는 많은 어려움을 가지고 있었다.

당시 한국 사회는 범국가적으로 경제개발이 착수되어 농경사회에서 산업사회로 급속히 전환되고 있었다. 이러한 급격한 변화는 사회 각 분야의 다양한 변화를 촉구하고 있었다. 간호학 역시 의사의 보조자 양성을 위한 단순 교육에서 환자 요구 중심의 서비스를 지향하는 주체자로서의 학문 정립이라는 일대 갈림길에 서 있었다.

이 무렵 연세대학교는 사회 각 분야의 변화에 맞추어 간호학과에 한국 최초로 간호학 석사 과정을 신설하여 간호학 정립을 위한 토대를 마련하고자 하였다. 다른 대학 또한 석사 과정을 서두르고 있었다. 그러나 교육 과정과 체제를 정비한다고 하여 간호학이라는 학문이 정립되는 것은 아니었다. 메풀의 고민은 여기에 있었다. 그리고 이는 더 넓은 세계로 나아가 간호학 연구에 정진해야 하는 이유이기도 했다.

메풀은 더 이상 망설일 이유가 없었다. 오랫동안 품어온 계획을 더 이상 지체하거나 미룰 수가 없었다. 이제는 선진화된 다른 나라로 건너가 그들이 먼저 이룩해놓은 학문을 배우고 실천해야 했다. 이를 통해 이상과 다른 현실에서 갈등하는 제자들에게 더 큰 깨달음을 주고, 학문적 성찰과 함께 한국적인 간호학 이론과 체계를 만들어야 했다.

마침내 메풀은 결심을 실행에 옮겼다. 미국 유학을 떠나기로 한 것이다.

그러나 현실은 그리 간단하지 않았다. 무엇보다 성장기에 있는 자식들이 가장 큰 문제였다. 메풀이 유학을 결심하던 1964년, 당시 첫째 우영은 군 입대를 앞두고 있었고, 둘째 인영과 셋째 희영은 고등학생이었다. 특히 막내 문영은 초등학생이었는데, 젖먹이 때부터 사회생활을 하느라 곁에 함께 있어 주지 못한 마음이 늘 미안하고 안쓰럽기만 했다.

시어머니에게도 죄스러웠다. 하루를 온통 학교에서 보내느라 늦게 귀가하는 자신을 대신하여 모든 살림을 도맡아 하며 손자 넷을 키운 분이었다. 남편 역시 사업이 경제적인 난항을 거듭하고 있어 홀로 유학을 가겠노라 쉽게 말을 꺼낼 수 없을 것 같았다.

고민은 좀처럼 풀릴 기미가 없었다. 메풀은 고민 끝에 박대선朴大

善 박사를 찾았다. 메풀보다 다섯 살이 많은 그는 평소 친분이 두터워 스스럼없이 고민을 나누는 사이이자, 메풀이 존경하는 연세대학교 총장이었다.

박대선 총장을 찾은 메풀은 간호학을 학문적으로 발전시키기 위해 유학을 떠나 새로운 길을 개척하고 싶다고 털어놓았다. 그러자 박대선 총장은 선진 학문을 배우고 싶다는 메풀을 격려하며 무엇이든 필요한 지원을 아끼지 않겠노라 약속했다.

"우리 학교에는 간호학을 학문으로서 정립해주실 분이 필요합니다. 의학과는 달리 간호는 일반인들의 의식부터가 달라요. 국민의식을 바로 잡는 것도 중요하고, 또 임상 현장에서 일할 훌륭한 인재를 키워낼 대학 교육도 중요합니다. 의료 선진국은 이미 간호 학문의 체계가 잡혀 있습니다. 전 교수와 같은 분이 해외에서 선진 학문을 익히고 돌아와 학생들을 지도하면 더없이 좋겠지요. 우리에겐 전 교수와 같이 열정적이고 깨어 있는 지도자들이 필요합니다."

휴전 후 간호 현장에 복귀했을 때처럼 이번에도 기회는 빨리 다가왔다. 1964년 초 학교의 배려와 미국 연합재단United Board의 도움으로 학비 일체를 지원받아 유학을 갈 수 있는 길이 열린 것이다. 학교는 미국 남부 조지아 주 애틀랜타에 위치한 에모리 대학교였다. 당시 에모리 대학교는 '남부의 하버드'로 불릴 만큼 명문이었다.

메풀은 가장 먼저 늘봄에게 이 소식을 전했다. 유학을 가장 기뻐할 이는 바로 아버지였기 때문이다. 메풀은 늘봄에게 편지를 썼다.

아버지, 드디어 하나님께서 제게 기회를 주셨습니다. 첫째 우영을 낳고 퉁퉁 부은 몸으로 산후 조리를 하던 저에게 아버지는 영한사전을 선물로 주셨지요. 그리고 언젠가는 사용할 때가 있을 것이라 하셨지요. 아버지는 언제나 제게 진정한 나이팅게일이 되라시며 동기를 부여해주셨습니다. 그리고 제 인생을 늘 선견지명으로 열어 주셨습니다. 이 감사함을 어떻게 표현해야 할까요?

늘봄은 마치 자신이 유학을 떠나는 것처럼 기뻐했다.

사랑하는 내 딸 메풀아, 내가 너의 인생을 열어준 것이 아니라 하나님께서 네 마음을 읽은 것이란다. 하나님께서는 앞으로도 너를 지켜주실 것이다. 너의 길을 당당히 가거라. 그리고 열심히 공부하고 돌아와 네 뜻을 마음껏 펼치거라. 너는 언제나 믿음직한 내 딸임을 기억하기 바란다.

늘봄의 격려는 가족에 대한 걱정으로 마음이 무거운 메풀에게 큰 위안과 용기를 주었다.

남편과 시어머니는 이번에도 메풀의 뜻을 꺾지 않았다. 오히려 더 늦기 전에 다녀오라며 격려해주었다. 어려운 상황에서도 자신을 이해해주는 남편과 시어머니가 메풀은 고맙기만 했다. 이제 남은 것은 자식들이었다. 이는 메풀에게 가장 어려운 일이었다. 그러나 네 아들들도 메풀이 미국으로 유학을 간다는 사실에 한편으로는 놀라면서도 반대하지는 않았다. 다만 어머니의 부재를 미리부터 두려워했다.

가족의 동의를 구한 메풀은 비록 짧은 시간이지만 어학 공부에 심혈을 기울이며 유학을 준비했다. 늘봄의 영향으로 꾸준히 영어 공부도 해왔고 학생들을 가르치는 바쁜 시간을 쪼개어 국제대학 영문과에서 학사학위도 받았지만 그것만 가지고는 부족했던 것이다.

메풀은 미국의 문화와 생활, 예절과 지식, 에티켓에 대해서도 꼼꼼하게 배워나갔다. 이는 당시 선교사로 한국에 나와 간호학과에 재직하고 있던 왕매련Marian Kingsley 교수의 도움을 받았다. 왕매련 교수는 미국 인디애나 대학교 대학원 출신으로 훗날 한국 호스피스 활동의 선구자인 최화숙崔華淑 박사와 함께 세브란스 암센터에서 호스피스 팀을 창설하여 가정간호 호스피스 활동 프로그램을 본격적으로 시작한 사람으로, 머나먼 이국으로 유학을 떠나는 메풀에게 많은 도움을 주었다.

이윽고 미국 유학이 하루 앞으로 다가왔다. 그날 밤 메풀은 가족과 함께 가족예배를 드렸다. 가족예배는 주로 메풀이 주관하였는데, 이날은 남편이 주관했다. 처음 찬송가를 부를 때까지는 모두가 담담한 마음이었다. 그러나 메풀이 가족을 위한 기도를 올릴 때 그만 눈물바다로 변하고 말았다. 막내 문영이 눈물을 참지 못하고 울음을 터트리자 형제들이 모두 울고 만 것이다.

"한번 지나가버린 기회는 다시 오기 어렵고, 다시 오더라도 늦은 기회일 뿐이란다. 그리고 기회는 준비된 사람의 몫이란다. 너희 어머니는 늘 기회를 준비해온 사람이란다. 그러니 우리 모두 어머니를 기쁘게 보내드리자."

전태흥이 자식들을 달래며 늘 어머니를 위해 기도를 드리자고 했다. 메풀은 미어지는 가슴을 달래며 형제들을 오랫동안 차례로 보았다.

"사람은 큰 뜻을 품고 살아야 한단다. 엄마도 더 큰 사람이 되기 위해 더 많은 공부를 하는 것이란다. 너희들이 엄마를 믿는 것처럼, 엄마도 너희들을 믿는다."

그러나 어머니의 미래를 축복하면서도 쏟아지는 눈물을 어쩌지는 못했다. 메풀은 자신의 무릎에 앉아 훌쩍거리는 문영의 뺨을 가만히 어루만졌다. 그리고 우영이와 인영이, 희영이를 차례로 안으며 이제는 훌쩍 커버린 자식들의 등을 가만히 쓰다듬어 주었다. 그렇게 가족의 사랑과 체온을 보듬어 안고서 그는 여호수아 1장 9절의 말씀을 가슴에 새겼다.

> 내가 네게 명령한 것이 아니냐. 강하고 담대하라. 두려워하지 말며, 놀라지 말라. 네가 어디로 가든지 네 하나님 여호와가 너와 함께 하느니라 하시니라.

제5장

아름다운 도전

- 미국의 '젊은 전산초'
- 꺼질 줄 모르는 기숙사의 불빛
- 항상 기뻐하며 범사에 감사하라
- 지지 않는 별 '늘봄', 가슴에 묻다

* 1978년 11월 싱가폴에서 메풀이 그린 그림

미국의 '젊은 전산초'

1964년 봄, 메풀은 2년 과정의 간호학 석사 과정을 밟기 위해 미국의 에모리 대학교Emory University에 도착했다. 이때 그의 나이 44세였다. 넓은 녹지대에 자리 잡고 있는 에모리 대학교는 조지아 주 애틀랜타 시 번화가에서 동북쪽으로 약 15분 떨어진 거리에 위치하고 있었다.

한국과 인연이 깊기로 유명한 에모리 대학교는 듀크 대학교, 밴더빌트 대학교, 버지니아 대학교 등과 함께 미국 남부의 명문 대학으로 손꼽힌다. '남부의 하버드'라 자부하는 이 학교는 1836년 애틀랜타 시가 형성되기 전 뉴턴카운티 감리교도들이 '옥스퍼드'라는 새로운 마을을 이룰 때에 감리교단 창시자인 존 웨슬리의 설립 정신에 입각해 단과대학을 만들면서부터 출발하였다.

이후 충실한 교육에 중점을 두는 대학을 표방하는 가운데 연구 중심 대학으로 성장하며 현재까지 공공봉사와 윤리적 적용을 위한 지식을 배양한다는 오랜 전통을 지켜오고 있다. 현재 문리과대학을 비롯해 경영대, 법대, 간호대, 의대, 신학대, 보건대학 등이 있으며, 특히 의학 분야가 강세여서 의과대학의 6개 학과는 미국 내 상위 10위권 안에 들어 있다. 또한 에모리 대학교의 캔들러 신학대학은 미국 최고 수준을 자랑한다. 그리고 미국의 대학 종합평가에서 전국 4,000여 대학 중 최상위권을 유지하고 있다.

에모리 대학교는 특히 전공 분야와 문화적 배경이 다양한 분포를 이루고 있는 100여 개 국가 출신 2,500여 명의 교수진을 자랑한다. 또한 애틀랜타에는 국제적 명성을 가진 다양한 의료 관련 기구들이 많다. '질병예방통제센터'는 미국뿐 아니라 세계에서 가장 규모가 큰 공공보건연구 기관이며, 학교 건너편에 자리한 '미국 암 연구소'는 미국 최대 규모를 자랑한다. 이곳에 위치한 세계 최대 백신연구소에서는 에이즈AIDS와 HIV인간면역결핍바이러스 연구에서 뛰어난 업적을 보이고 있는데, 현재 세계적으로 가장 널리 쓰이고 있는 AIDS와 HIV 백신은 바로 이곳에서 개발한 것이다. 지미 카터 전 대통령을 기념해 설립한 연구소이자 도서관인 '카터센터' 역시 세계적으로 그 명성이 높다.

학생보다 교직원이 더 많은 학교로 유명하여 질적으로 우수한 교육 여건을 제공하고 있는 에모리 대학교와 한국과의 인연은 지금으로부터 약 120년 전으로 거슬러 올라간다. 1890년 구한말의 선각자

윤치호尹致昊 선생이 이 학교에 유학을 하여 2년 동안 인문사회과학과 자연과학을 수강하였는데, 당시 그는 학교의 토론팀 멤버로도 활동할 정도로 매우 우수한 학생이었다. 이러한 인연으로 에모리 대학교는 윤치호의 일기를 영문과 한글로 출판하기도 하였다.

이후 많은 한국 유학생들이 이 학교를 거쳐 정계와 학계, 종교계, 여성계 등에서 활발한 활동을 하고 있다. 특히 주한미국대사를 지낸 제임스 레이니James T. Laney 목사는 한국에 대사로 오기 직전까지 이 학교의 총장으로 오랫동안 재직하여 한국의 민주화에 지대한 관심을 보인 인사로 유명하며, 김대중 전 대통령도 이 학교에서 명예 박사학

아들에게 보내기 위해 찍은 사진과 메시지
메풀은 미국 유학시절 편지를 통해 가족들에게 희망과 행복을 이야기했다.

위를 받은 바 있다.

미국에 오기 전 이미 미국 문화와 생활을 배워 온 메풀이었지만 낯선 땅에 발을 디뎠다는 긴장은 감출 수 없었다. 당시 에모리 대학교에는 열다섯 명 정도의 한국 유학생들이 건너와 공부를 하고 있었다. 훗날 교육부총리를 지낸 한완상韓完相 박사와 목원대 이사장을 역임한 남기철南基哲 목사, 서울신학대학교 총장을 역임한 조종남趙鍾男 목사 등이 그들이었다.

한국 유학생들 사이에서 메풀은 처음부터 특별한 존재로 인식되었다. 만학도라는 점 말고도 여성이고 네 아이의 어머니라는 점이 그들에겐 이색적으로 비쳤다. 학생들은 가족을 두고 늦은 나이에 홀로 유학을 온 메풀을 보며 그 맹렬한 모습에 경이로운 시선을 보냈다. 어떻게 보면 상당히 이질적인 학생인 셈이었다.

그러나 학생들은 메풀과 교분을 쌓아가면서 어느 누구도 그를 네 아이의 어머니로 대하지 않았다. 메풀 역시 많게는 20년가량 나이 차이가 나는 한국 학생들과 어울리며 전혀 나이 든 태를 내지 않았다. 학업에 대한 열정은 그 누구보다도 컸고, 토론회나 소풍 등의 크고 작은 모임에도 항상 참여하여 온화한 미소와 조용한 말투로 모임을 부드럽게 만드는 역할을 하였다.

늘봄 전영택 목사의 장녀라는 사실도 메풀을 신뢰하는 데에 큰 몫을 하였다. 신학생들 중에는 과거 늘봄의 강의를 들은 이도 있었다. 메풀은 그를 통해 아버지 늘봄이 태평양신학교 유학 당시 고국에 두고 온 딸이 보고 싶어 이름을 부르며 눈물을 흘렸다는 이야기도 들을 수 있었다. 전혀 예상하지 못한 곳에서 아버지 이야기를 듣게 된 메풀은 자신에 대한 아버지의 사랑에 더욱 감사를 느낄 수 있었다.

동료 유학생들은 유일한 여성 유학생인 메풀이 공부하고 있는 간호학에 대해 지식이 전혀 없었다. 당시만 해도 한국에 간호학이 정립되어 있지 않았으니 당연했다. 메풀은 그들에게 참 간호의 의미와 정신을 새겨주며 간호에 대한 잘못된 인식을 바꾸기 위해 토론도 마다하지 않았다. 특히 조종남 박사와는 많은 일화가 있다. 당시 조종남 박사는 에모리 대학교 대학원에서 목회학 석사를 취득한 후 철학박사 학위 과정에 있었다.

하루는 조종남 박사가 물었다.

"전 장로님. 장로님이 유학까지 와서 이렇게 열심히 공부하는 걸 보니 간호부란 직업이 일반인들이 생각하는 것처럼 단순히 의사 보조 역할만 잘하면 되는 것이 아닌 것 같군요."

"간호부요? 방금 간호부라고 하셨어요?"

메풀은 간호부라는 말을 서슴없이 사용하고 있는 조종남 박사의 인식을 바꿔주어야겠다는 마음으로 일부러 목소리를 높였다. 순간 당황한 조종남 박사가 뭐가 잘못이냐는 듯 눈을 동그랗게 뜨고는 메풀을 빤히 쳐다보았다.

"진정 간호부란 말이 무슨 뜻인지 모르고 말씀하시는 건가요?"

"그럼 간호부가 아닌가요?"

"크게 잘못 알고 계신 거예요. 간호부란 일본인들이 간호직을 폄하해서 낮춰 부르던 말입니다. 전문지식이 필요한 전문직인데도 불구하고 병원에서 의사 심부름이나 하는 의사 보조 여성 정도로 폄하해서 불렀던 거죠. 하지만 이제는 독립 이후 1946년부터 간호부 대신 간호원이란 명칭을 사용하고 있어요. 그게 벌써 20년이나 되어가는데 아직도 간호부라는 명칭을 쓰고 있으니 대단히 잘못됐지요."

메풀은 간호부라는 명칭에서부터 시작하여 간호학의 의미와 정신에 이르기까지 알기 쉽게 조목조목 설명해주었다. 그러자 조종남 박사는 사과와 함께 이제야 간호학의 참 의미를 알겠다며 마음으로 고마워했다.

시간이 흐르며 유학 생활은 어느덧 조금씩 몸에 익어갔다. 메풀은 한국 유학생들뿐 아니라 미국 학생들에게도 눈에 띄는 학생 중 하나였다. 만학晩學의 동양 여성이 젊은 학생들과 어울리며 공부하고 있으니 눈에 띄는 건 당연했다. 학교 생활도 왕성하게 하여 스포츠에도 적극적이었는데, 특히 탁구는 미국의 젊은 남학생들과의 경기에서 거의 져본 적이 없을 정도로 넘치는 에너지를 과시하곤 했다. 탁구 경기에 임할 때면 메풀은 언제나 다리를 훤히 드러낸 짧은 바지를 입었다. 그래서 메풀이 대학생 아들을 둔 어머니라는 사실을 처음에는 아무도 믿으려 들지 않았다.

여름에는 학생들과 어울려 수영을 즐기며 학업에서 오는 스트레

스를 풀었다. 몸이 드러나는 수영복을 입는다는 것이 부끄러워 한국 학생들은 수영을 꺼렸지만 메풀은 거리낌 없이 수영을 즐겼다. 한국 유학생 중 가장 연장자인 그가, 그것도 남녀가 유별한 한국 여성이 수영복을 입고 탁구 실력 이상의 수영 솜씨를 뽐내자 이내 부러움의 대상이 되었다. 학업뿐 아니라 모든 것을 억척스럽게 적응하며 배워 가는 그의 모습은 한국 유학생뿐 아니라 미국 학생들에게도 좋은 귀감이 되었다.

이런 그는 한국 유학생들에게 어머니와 같은 존재였다. 어려운 시대에 결단을 내리고 머나먼 미국까지 유학을 온 한국 학생들은 힘겨울 때마다 메풀을 찾곤 했다. 그때마다 메풀은 함께 기도를 하며 격려를 아끼지 않았다. 그리고 한국 유학생들과 '토요회'를 만들어 정기적으로 기도와 찬송의 시간을 가지곤 했다. 당시 에모리 대학교에는 유독 신학도들이 많았는데, 메풀은 그들과 함께 매주 토요일마다 예배를 보며 힘든 유학생활을 이겨냈던 것이다.

한국 유학생들은 그런 메풀을 '전 장로님'이라 불렀고, 메풀은 토요회를 한 번도 거르지 않고 학생들과 함께 예배를 드리며 고향에 대한 향수를 달랬다. 메풀이 2년간의 유학 과정을 별다른 어려움 없이 보낸 것도 그들과 함께 하나님을 섬기며 생활하였던 것이 큰 위안으로 작용하였기 때문이다. 에모리 대학교에서의 일상은 그렇게 메풀의 새로운 청춘이자 신앙과 학업의 아름다운 조화로 자리 잡아가고 있었다.

꺼질 줄 모르는 기숙사의 불빛

매주 토요일 한국 학생들과 보내는 시간을 제외하고 메풀은 간호학 강의실과 기숙사를 떠나지 않았다. 언어 문제를 안고 있는 한국 학생이 대학원 수업을 따라가는 일은 그리 쉬운 일이 아니었다. 한국에서 아무리 영어를 열심히 공부하고 왔다 해도 언어는 여전히 메풀에게 큰 고통이었다. 당연히 타국 생활의 외로움과 학점에 대한 좌절을 맛봐야 했다. 하지만 메풀은 간호학이 발달한 나라에서 젊은이들과 공부할 수 있는 기회를 소중히 생각하며 최선을 다했다.

미국 학생들과의 경쟁에서 뒤처지지 않는 방법은 오직 하나뿐이었다. 그것은 다른 학생들보다 더 열심히, 더 많은 시간을 공부하는 것뿐이었다. 그래서 메풀의 기숙사에는 언제나 밤늦게까지 불이 꺼지는 일이 없었다. 다행히 간호학 교수들은 메풀이 한국에서 교수로 재직하다 온 사실을 알고 교수로서 우대를 해주며 세심한 배려를 해주어 큰 어려움은 없었다. 그러나 수업 내용을 줄줄이 암기하고 열심히 하여도 단 몇 개월의 언어 습득만으로 원어민을 따라간다는 것은 고통스러운 일이었다.

메풀이 개인적으로 관심을 기울였던 분야는 미국의 간호교육제도와 그에 따른 간호사상이었다. 미국은 이미 1916년에 콜롬비아 대학 교육대학원Teachers College, Columbia University과 프레즈버티어리언 병원학교Presbyterian Hospital School of Nursing가 공동으로 5년제 학제를 발족시키고 간호교육과 사업의 발전에 눈부신 기여를 하고 있었다. 이는 간호사가 전문직업으로 자리를 잡는 데 크게 공헌하였다. 의사와 독립된 간호사가 자율적으로 간호 진단을 내리고 과학적 지식에 근거를 두고 간호계획을 세우는 시스템 정립이 벌써부터 이루어졌던 것이다.

또한 미국은 Associate Degree(준학위)라는 2년제 대학 과정과 Diploma의 3년제 프로그램, Baccalaureate의 4년제 학사 프로그램 등 각기 다른 세 가지 간호교육 과정들이 정립되어 있었다. 그리고 이 과정들을 졸업한 학생들에게는 각 주의 면허시험을 볼 수 있는 동등한 자격이 주어졌다. 메풀이 유학 중일 무렵에는 3년제 과정이 크게 줄고 2년제를 4년제 대학의 병설로 두는 학교 수가 점차 늘고 있는 추세였는데, 이는 다원화된 교육제도에 대한 문제점을 개선하기 위한 것이었다.

이에 비하면 한국은 열악하기 그지없는 현실이었다. 미국의 간호교육기관이 입학 자격을 고등학교 졸업자로 제한하고 있다면, 한국은 간호고등기술학교가 잔재해 있어 입학 자격부터가 판이하게 달랐던 것이다. 메풀은 미국의 선진 의료교육 체계를 접할 때마다 놀라움을 금치 못했다.

그러나 메풀이 더 놀란 것은 다른 것이었다. 당시 미국간호협회ANA는 미국 간호사의 최저임금을 연 6,500달러로 할 것을 정부 및 의료기관 운영자들에게 요구하며 각 주와 기관 단위별로 활발한 운동을 전개하고 있었다. 한국의 20배가 넘는 임금이 일반적인 대우가 아닌 최저임금이라는 사실도 놀라웠지만, 무엇보다 당당하게 자신들의 권리를 주장하는 그들의 태도가 메풀의 눈에는 신선함을 넘어 경이롭기까지 했다. 메풀은 그 당당함 속에 전문직업인이라는 자부심이 깔려 있다고 생각했다.

미국의 선진 간호 환경을 체험하면서 메풀은 한국에 돌아가면 전문직으로서의 간호학 정립이 최우선이라는 결심을 굳혔다. 유학을 결심하던 처음 생각을 하나씩 구체화하여 그 자신부터 발상의 전환을 거듭해가며 간호학을 정립해나가기 시작한 것이다.

메풀은 미국 대학의 학제와 간호사의 역할과 위상, 간호사의 처우 문제 등에 대해 끊임없이 교수들과 토론하고 연구했다. 간호교육자로서 한 단계 더 큰 미래를 내다볼 수 있는 혜안을 가지기 위해 불철주야 노력한 것이다. 그리고 한국으로 돌아가면 우리 현실과 문화에 맞는 한국적인 간호학을 정립하고야 말겠다는 투지를 불태웠다.

수업은 강의실에서뿐만 아니라 곳곳에서 이루어졌다. 그중 메풀이 정성을 쏟았던 강의는 루스 브라이스 박사의 임상 수업이었다. 임상 수업은 에모리 대학병원에서 치료를 받고 있는 환자 한 사람을 택해 간호사가 환자 스스로 할 수 없는 일들을 도와주는 역할을 수행하는 일이었다.

메풀은 절친한 동기인 마크 샐몬Mark Selmon이라는 미국인과 한 조가 되어 진폐증에 걸린 가난한 중년 남성을 돌봤다. 일생을 방직공장에서 일하다 진폐증에 걸려 오랫동안 병을 앓아온 그는 비록 에모리 대학병원에서 치료를 받고는 있었지만 나아질 기미는 물론 회복도 예측하기 어려운 상태였다.

한 집안의 가장인 그는 애틀랜타 북부에서 60마일 정도 떨어진 조지아 주의 로마라는 소도시에 가족을 두고 있었다. 가난한 그의 가족이 오랜 시간 질병과 싸우는 가장을 보기 위해 애틀랜타까지 오는 것은 불가능했다. 그래서 환자는 견딜 수 없는 외로움 때문에 고통이 더욱 컸다. 그를 찾아오는 이는 아무도 없었고, 비용 부담이 큰 장거리 통화는 꿈도 꿀 수 없었다.

그런 그에게 메풀은 마크와 더불어 가족이나 다름없었다. 메풀은 수업이 끝나면 마크와 번갈아가며 그의 병실을 찾아 말벗이 되어 주었고, 치료법에 대해서도 자세히 설명해주었다. 그리고 환자가 퇴원을 할 때는 마크와 함께 퇴원 준비는 물론 산재처리에 대한 복잡한 절차를 마치 자기 일처럼 뛰어다니며 도와주었고, 마크의 차를 이용하여 그의 고향집까지 바래다주는 배려도 잊지 않았다. 이 소중한 인연은 훗날 메풀이 한국으로 돌아온 이후까지도 계속되었다.

더불어 함께 사는 삶을 몸과 마음으로 실천하는 메풀의 열정은 동료는 물론 교수들에게도 귀감이 되었다. 한국 유학생들은 어머니와 같은 메풀을 더욱 따랐고, 교수들은 마음의 존경을 담아 메풀을 대했다.

그러나 메풀의 생활은 고달픔의 연속이었다. 자는 시간도 하루 서너 시간이 보통이었다. 2년이란 시간은 많은 것들을 배우기에는 너무나도 짧기만 했다. 메풀은 그 짧은 시간과 싸우며 한국 간호의 미래를 열기 위해 희생을 감내했다. 몸이 너무 지칠 때면 눈을 감고 자식들의 얼굴을 하나하나 떠올렸다. 여느 어머니들처럼 메풀에게도 역시 아이들이야말로 시름 중에도 미소를 띠게 만드는 마음의 피난처였다.

항상 기뻐하며 범사에 감사하라

유학 시절에도 메풀은 늘 웃음을 잃지 않았다. 에모리 대학교에 오기 전 '백만 불짜리 미소'로 통했던 메풀은 바쁜 시간 속에서도 한국 음식을 만들어 동료들과 나누어 먹고 그들에게 한국 문화와 한글을 소개하기도 하며 우정을 쌓아나갔다.

메풀이 공식행사 때마다 즐겨 입었던 옷도 한복이었다. 예절은 현지 생활에 맞춰 철저히 미국식을 따랐지만 생활은 한국식으로 하며 한국인으로서의 긍지와 자부심을 잃지 않았다. 메풀의 이런 모습은 함께 수업을 받는 외국 동료들에게 세계적인 시각으로 세상을 바라보게 하는 힘이 되었다. 메풀과 함께 임상 수업을 들었던 친구 마크 샐몬은 훗날 메풀의 초청으로 한국을 방문하여 유학 시절의 메풀을 이렇게 회상했다.

미국 유학시절 메풀은 공식행사에서 한복을 즐겨 입었다.

전산초 박사는 우리에게 세계의 다양성과 그 가치를 깨닫게 해주었습니다. 그녀가 에모리 대학교에 선사한 믿음과 우정의 씨앗은 우리에게는 국제적 교우의 첫 경험이었습니다. 그리고 유학 시절의 여러 가지 삶의 경험들, 특히 국제적 의사소통의 장을 연 것은 지금 세계 간호학의 표본이 되었습니다. 그녀는 우리보다 나이가 몇 살 많았을 뿐이지만 모든 면에서 훨씬 더 성숙한 사람이었습니다.

메풀의 사교력과 인간에 대한 사랑은 한국에서뿐만 아니라 세계적으로 소통하고 있었던 것이다.

그러나 드러내지 못하는 고통 또한 컸다. 특히 유학 초기에 겪었던 어려움은 이루 말할 수 없었다. 환경의 열악함은 그래도 견딜 만한 것이었다. 무엇보다 의사소통의 어려움은 모든 행동을 위축시킬 정도였다. 더구나 중년의 나이에 들어선 그가 새로운 언어를 통해야만 일상생활을 영위할 수 있다는 것은 굉장한 중압감을 주었다.

유학 초기 메풀은 영어를 배우기 위해 잠시 랭귀지센터(언어교육원)에 적을 두었다. 랭귀지센터에서 메풀은 많은 나라에서 온 이방인들을 만날 수 있었다. 서로 다른 언어를 사용하고 생활을 하는 다양한 민족을 보며 메풀은 세상이 이토록 넓고, 또 이토록 많은 사람들이 각각의 다른 문화 속에서 살아간다는 것을 체험할 수 있었다. 메풀은 이러한 문화적 충격을 편지를 통해 가족들에게 들려주곤 했다.

사랑하는 나의 아들들 보아라.

이곳 미국은 정말 넓고 다양한 사람들이 사는 곳이란다. 백인들은 얼굴에 실핏줄이 드러날 정도로 하얗기도 하고, 어떤 흑인들은 이목구비가 보이지 않을 정도로 까맣기도 하다. 그러나 그들은 내가 가지고 있지 못한 생각과 가치들을 가지고 모두들 열심히 살아가고 있단다.

사랑하는 나의 아들들아. 이곳에서 생활하면서 받는 문화적인 충격은 이루 말할 수 없이 크단다. 그리고 너희들도 분명 언젠가는 겪어야 할 일이라고 생각한다. 그러므로 평소에 많은 책과 경험을 쌓아서 간접체험을 많이 하도록 하여라.

며칠 전이었단다. 엄마와 친하게 지내는 한 동기가 이렇게 말하더구나. "이 나라에서는 감사하다는 말을 할 줄 모르면 사람대접을 못 받습니다. 아무리 사소한 일이라도 'Thank you!'라고 말해야 한답니다. 감사한 것은 반드시 표현해야 한답니다." 그 말을 듣는 순간 이야말로 정말 좋은 문화라고 생각했단다. 평소에 감사할 줄 알고, 또 이것을 표현할 줄 아는 것은 분명 훌륭한 인격일 것이다.

그러므로 너희들도 항상 기뻐하고, 쉬지 말고 기도하며, 범사凡事에 감사하여라.

수업과 임상 실습, 바쁜 연구 활동 속에서도 가장 큰 기쁨이 있다면 한국에 있는 가족과 교회에 편지를 쓰는 일이었다. 그래서 메풀은 틈만 나면 편지를 썼다.

그러나 메풀이 떠난 가족의 상황은 벼랑 끝으로 내몰리고 있었다. 남편의 사업이 실패를 하면서 살던 집을 차압당하고 여섯 식구가 성북동 허름한 초가집에서 어렵게 생활하고 있었던 것이다. 그래서 메풀은 자신의 장학금과 생활비를 최대한 아껴 쓰며 고국으로 부쳤다. 미국에서 날아온 달러는 환전되어 아이들의 교통비와 책값으로 쓰였다.

악화일로를 걷고 있는 가족에 대한 걱정과 근심 속에서도 메풀은 언제나 활달했다. 잔잔한 미소를 잃지 않고 한 번도 고통을 밖으로 드러내는 일이 없었다. 워낙 꿋꿋하고 활동적인 탓에 사람들은 그에게 숨은 고통이 있으리라고는 아무도 생각지 못했다. 그들이 알고 있는 메풀은 가족에게 편지 쓰는 시간을 가장 행복해하는 모습뿐이었다.

메풀의 편지는 가족에게도 희망이었다. 남편과 아이들에게 보내는 편지로 메풀은 언제나 희망과 행복을 이야기했다. 사업 실패로 초조해하는 남편에게는 용기와 위안을, 어머니의 빈자리가 크게 느껴질 아이들에게는 기도하는 삶과 강인한 희망을 이야기했다.

여보, 보세요.

이곳은 참으로 다른 세상입니다. 사람들은 얼굴만 마주쳐도 씽긋 웃으며 인사를 하고, 잠시 옷깃만 스쳤을 뿐인데도 미안하다고 합니다. 그래서 나도 힘들 때나 괴로울 때나 미소를 지으려 애쓴답니다.

나는 내 공부를 위해 밤을 샌다고 하지만, 당신은 한 가족을 책임지는 가장으로서 얼마나 많은 고민과 걱정으로 날밤을 샐지 안타까운 마음뿐입니다.

고국 땅을 떠나던 날 밤, 당신은 아무 말이 없었지요. 그러나 나는 당신의 눈빛을 읽고 있었어요. 떠나는 나를 붙잡고 싶어 하는 것 같기도 하고, 또 아내인 나를 자랑스러워하는 것 같기도 했거든요. 나는 자랑스러운 당신의 아내, 엄마, 스승이 되고 싶어요. 당신이 격려해주시니 할 수 있다는 자신감이 충만하게 차오릅니다.

이곳에서 나는 하루 일과 중 가장 중요한 시간을 당신과 아이들을 위한 기도로 보내고 있어요. 비록 몸은 멀리 떨어져 있지만 나의 기도와 사랑이 당신 마음에 충만해 있음을 잊지 마세요.

메풀은 한 번도 약한 모습을 보이지 않았다. 자신이 약한 모습을 보이면 희망이 사라지리라는 것을 누구보다 잘 알고 있기 때문이었다. 그리고 어머니의 손길이 필요한 자식들에게 보내는 편지에는 미국 생활의 문화적 단상과 함께 사랑을 담았다. 아이들은 어머니 메풀의 편지를 받을 때마다 어머니가 자신들과 함께하고 있다는 것을 느낄 수 있었다.

우영, 인영, 희영, 문영 네 아들 보거라.

사랑의 손길이 더욱 필요한 이때 너희들을 고국 땅에 두고 온 것이 엄마는 내내 마음에 걸린다. 너희들 또한 엄마와 떨어져 지내는 것이 쉽지 않으리라 생각한다. 그러나 엄마는 항상 너희들 곁에 있단다. 너희들을 위해 드리는 기도에 하나님 아버지의 사랑이 늘 곁에 있음을 느낄 수 있단다.

엄마는 여전히 바쁜 일상들로 하루를 보낸단다. 그 하루는 너희들을 위한 기도로 시작해서 또 너희들을 위한 기도로 마무리한단다. 기도

메풀은 에모리대학교 졸업식에서 전체 학생들을 대표하여 석사학위를 받았다.

는 인간의 사고와 행위의 기본이 되며, 기도할 수 있는 능력이 항상 우리에게 주어질 때 우리는 참다운 삶을 누리는 기쁨의 생활을 할 수 있단다.

사랑하는 아들들아! 기독교적 삶을 살아라. 그리고 늘 발전적인 비전을 염두에 두고 살아라. 이제는 인식이나 관념들도 국제화되어야 하는 것이 필수인 시대인 것을 잊지 말아라.

너희가 나를 믿는 것처럼 나도 너희를 믿는다. 데살로니가 전서 5장 16~18절 말씀을 끝으로 글을 맺는다.

'항상 기뻐하라. 쉬지 말고 기도하라. 범사에 감사하라. 이것이 그리스도 예수 안에서 너희를 향하신 하나님의 뜻이니라.'

가족뿐만이 아니었다. 메풀은 미국에서도 삼청교회와의 인연의 끈을 놓지 않았다. 이재은 목사는 매주 발행되는 교회 주보를 메풀에게 전했고, 메풀은 주보를 통해 교회의 상황을 속속들이 알 수 있었다. 그리고 교회가 어려움에 처해 있을 때는 십시일반의 마음으로 자신이 가진 것을 나눴다. 한 예로, 여름철 교회가 너무 더워 예배 보는 일이 버겁다는 짧은 글을 본 메풀은 선풍기를 사라며 선뜻 500달러를 송금해 교인들을 감동시키기도 했다.

이렇듯 메풀은 미국에서 공부를 하고 있으면서도 가족과 신도들, 제자들에게 자신의 빈자리가 느껴지지 않도록 하기 위해 노력했다.

어느덧 시간이 흘러 고국으로 돌아가야 하는 순간이 다가왔다. 2년 과정의 학업을 마치고 마침내 졸업을 맞게 된 것이다. 머나먼 타국 땅에서 만학으로 힘겹게 공부해 온 메풀은 수석 졸업이라는 값진 결실을 맺었다.

1966년 6월, 졸업식에서 메풀은 전체 학생들을 대표하여 석사학위를 받는 영광을 안는다. 이는 불혹이 넘은 나이에 언어 문제를 극복하고 열정을 다한 메풀에 대한 에모리 대학교의 경의였다.

졸업식을 마치고 메풀은 지난 시간을 회상하며 그동안 정든 교정을 차분히 둘러보았다. 많은 것을 경험하고 많은 것을 깨닫게 한 지난 시간들이 주마등처럼 스쳐갔다. 그리고 에모리 대학교에서 얻은 것들을 한국에서 어떻게 적용할 것인지는 이미 머릿속에 그려져 있었다.

지지 않는 별 '늘봄', 가슴에 묻다

에모리 대학교 대학원에서 간호학을 전공하고 이학석사 학위를 획득한 메풀은 다시 한국의 일상으로 돌아왔다. 에모리 대학교에서의 시간은 학업의 연장이라는 본래의 목적과 함께 가족의 의미와 소중함을 다시 한 번 새기는 시간이기도 했다. 그러나 이 무렵 집안 사정은 경제적인 위기에 처해 있었다. 눈덩이처럼 불어난 빚 때문에 집은 이미 차압당한 상태였고, 집안을 살리기 위해 노심초사하며 뛰어다니던 남편은 고혈압으로 쓰러지고 말았다.

전태홍이 마비 증상을 보이며 쓰러진 것은 크리스마스를 며칠 앞둔 몹시 추운 날이었다. 그날은 아이들이 모두 크리스마스 행사 준비로 교회에 가고 없었다. 메풀은 황급히 구급차를 불러 세브란스병원으로 향했다. 병원으로 향하면서 메풀은 남편이 쓰러진 것이 마치 자신의 탓인 양 오열했다. 아내의 유학을 후원하며 가족의 부양을 위해 헌신하다 쓰러진 남편을 보며 미안함에 가슴이 찢어졌던 것이다.

급보를 받고 달려온 자식들은 병원에 도착하여 힘없이 울고 있는 어머니의 모습에 깜짝 놀랐다. 늘 침착하던 어머니가 그처럼 우는 모습을 처음 보았기 때문이었다. 놀라움 속에서도 아이들은 아버지에 대한 어머니의 깊은 사랑을 새삼 느낄 수 있었다.

중풍으로 반신마비 상태가 된 남편을 간호하는 메풀의 생활은 고난의 시작이었다. 일밖에 모르던 전태흥에게 자리에 누워 있어야만 하는 현실은 곧 절망의 시간들이었다. 또한 자리보전한 남편의 병간호와 함께 학교 일을 병행해야 하는 메풀에게는 고통의 시간들이었다. 그러나 메풀은 희망을 버리지 않고 남편의 재활치료에 전심을 다했다. 메풀은 행여라도 남편의 근심이 쌓이지 않도록 눈물을 삼키고 밤을 지새우며 병수발을 들었다.

지극정성으로 간호한 메풀의 마음과 몇 개월에 걸친 집중적인 재활 훈련은 남편을 다시 일어서게 했다. 전태흥은 자리를 털고 일어나자마자 재기를 꿈꾸며 사업에 매달렸다. 무엇보다 그는 집안을 추스르기 위해 새로운 집을 짓고 싶었다. 그리고 새로 지은 보금자리에서 가족을 안정시키고 사업 또한 성공을 거두고 싶었다. 그것만이 자신을 믿고 의지하는 아내와 자식들에게 보답하는 길이라고 생각했다. 그래서 그는 집을 새로 짓는 일에 모든 공을 다 들였다.

그러나 집이 완성될 즈음 또다시 쓰러지고 말았다. 이후에도 전태홍은 고혈압으로 몇 차례 큰 위기를 맞아야만 했다. 하지만 메풀은 고통의 마음을 단 한 번도 내색하지 않고 남편의 재기를 위해 헌신을 다했다.

그러던 어느 날이었다. 남편을 돌보며 한국 간호계의 발전을 위해 초석을 쌓고 있던 메풀에게 뜻하지 않은 불행이 찾아왔다. 그것은 아버지 늘봄의 사망이었다.

메풀이 유학을 마치고 돌아왔을 당시 늘봄은 한국일보 주필을 거쳐 일본 동경에 있던 한국복음신문의 주간을 역임하는 등 왕성한 활동을 하고 있었다. 그리고 일본에서 돌아와서는 한국문인협회 이사장, 기독교문인협회 회장으로 활동하며 서울시 문화상, 대한민국 문화포장 대통령장을 수여받는 등 문인과 목사로서 인생의 황금기를 보내고 있었다.

아버지 늘봄과의 이별은 예기치 않게 찾아왔다. 1968년 1월 16일, 당시 종로2가 대한기독교서회에서 편집회의를 마치고 집으로 돌아가던 늘봄은 퇴근길에 불의의 교통사고를 당해 갑작스러운 죽음을 맞았던 것이다. 늘봄의 죽음은 메풀뿐 아니라 그의 인격을 사랑하고 그의 문학을 사랑한 모든 이들에게도 충격이었다. 그때의 심경을 메풀은 이렇게 회고했다.

학교에서 퇴근길에 아버지의 사고 소식을 들었다. 순간 나의 두 다리는 기운이 쑥 빠지고 몸을 지탱할 힘조차 없었다. 허겁지겁 보문동 병원에 도착하여 보니 아버지는 이미 맥박이 끊어지신 뒤였다. 깨끗이 편안하게 누워계신 아버지는 귀 밑에 약간의 출혈이 있을 뿐이었다. 나에게 큰 타격이 있을까봐 오히려 나보다 먼저 도착하신 어머니는 나를 위로하시기에 바빴다.

아버지께서 숨을 거두셨을 땐 억울하고 분한 생각만이 가슴에서 용솟음쳐 아버지를 비명에 가시게 한 데 대해 하나님을 원망도 해보았지만, 이젠 아버지께서 남기신 글을 정리하는 것과 아버지가 못다 하신 일을 아버지의 뜻을 받들어 모든 사람에게 전함으로써 자녀로서의 도리를 다하고자 한다.

불의를 용납지 못하시고 옳지 못한 일을 당하셨을 때 괴로워하시고 눈물 흘리시던 아버지의 모습이 지금도 기억에 새롭다.

내가 유치원 다녔을 때다. 아버지는 일 년에 한 번씩은 꼭 석왕사에 가셨다. 맏이라고 가장 사랑을 기울여주셨던 아버지는 나를 데리고 그곳엘 갔다. 잠시 잠자는 나를 여관방에 두시고 아버지는 그 밑에 약수터에 가셨다. 잠이 깬 내가 울면서 아버지를 찾으면서 밖으로 나왔을 때, 먼 곳에서부터 나의 목소리를 듣고 뛰어오시던 아버지. 지금도 내가 괴로워 뛰어나가면 아버지는 어디선가 나의 호소를 듣고 뛰어오시겠지.[6)]

---

6) 전산초, '아버지 늘봄' 중에서, 주간기독교, 1972년 1월 23일자

아버지 늘봄 전영택(왼쪽 첫 번째)과 홍사단 대회에 참석한 메풀.
늘봄은 일상의 부녀 관계를 넘어 모든 인생의 굴곡에서 지렛대 역할을 한 인생의 선배요, 스승이었다.

일제 침략의 비극의 시대에 나라 잃은 슬픔과 울분을 문학으로 승화하여 우리 국민의 감성을 울렸던 작가 늘봄 전영택. 그는 소설과 시, 동화, 희곡, 성경이야기 등 장르를 가리지 않고 활발하게 문학 활동을 해온 인도주의 사상의 작가이자 인간적인 목사였다. 늘봄의 그러한 인도주의 사상을 누구보다 깊이 전수받은 사람이 메풀이었다. 메풀에게 늘봄은 일상의 부녀 관계를 넘어 모든 인생의 굴곡에서 지렛대 역할을 한 인생의 선배요, 스승이었다. 자신을 좇아 문학가가 되기를 은근히 바랐던 늘봄이었지만, 나이팅게일이 되겠다던 맏딸을 가장 가까이에서 묵묵히 지켜보며 마음으로 성원해준 크나큰 힘의 원천이었다.

늘봄의 사망은 메풀에게 정신적인 지주가 사라지는 것을 의미했다. 그래서 메풀은 세상을 떠난 늘봄을 그리워하며 아버지에 대한 애틋한 마음을 글로 표현하곤 했다.

> 우리 집 막내 아이는 우리 교회 노 목사님을 예수님과 동일인으로 혼동하여 생각하는 모양이다. 그 아이는 언제나 목사님을 예수님이라고 부른다.
>
> "엄마 엄마, 예수님 오셨다 가셨어요."
>
> 이는 목사님이 집에 다녀가셨다는 보고다. 원칙적으로는 큰 모순이나 어린이 눈에 비친 목사님이 예수님과 같이 어질게 비치었다면 도리어 좋은 일이라고 생각했다.
>
> 나는 이것을 시정은 해주었으나 나쁘지는 않다고 생각했고, 귀엽게 느껴져 나 혼자 마음속으로 미소 짓곤 했다.
>
> 그런데 어버이가 가신 후 나에게도 이와 유사한 현상이 일어나고 있다. 오월이 오면 어버이날에 이렇게 애타게 아버지를 그리워 마음이 간절해지고, 이 마음은 어느 새 아버지와 하나님, 예수님을 구별할 수 없게 넘나드는 혼동의 세계에 빠져버리곤 한다.

그러나 아버지를 생각하는 간절한 마음이 하나님을 생각하고 의지하게 되고, 이 마음은 아무 거리낌도 없이 자연스럽게 신앙심으로 옮겨진다.

엄격히 따져서 다 큰 어른에게 이것은 큰 모순이다. 그러나 내 마음은 그러한 방향으로 흘러가서 주를 따라 그 뜻대로 살아보려는 노력과 가냘픈 신앙심이 아버지를 그려 생각하는 비례에 따라 더욱 자라간다.[7]

메풀의 늘봄 사랑만큼이나 늘봄의 맏딸에 대한 사랑도 지극했다. 그리고 늘봄은 메풀이 종사하고 있는 간호에 대한 사랑 또한 깊었다. 늘봄은 종종 간호에 대한 단상을 글로 발표하기도 하였는데, 이는 한국 간호계를 정립하려는 메풀의 뜨거운 열정에 격려를 보내는 것이기도 했다.

아버지는 저에게 인생의 스승이셨습니다. 저에게 사랑이 무엇인지 몸소 실천으로 알려주셨고, 제가 길을 갈 수 있도록 안내해주셨습니다.

정동제일교회에서 열린 장례식에서 메풀은 그렇게 아버지 늘봄을 가슴에 묻었다. 그리고 늘 사회의 지도자가 되어야 한다고 말씀하

---

7) 전산초, '오월이 오면' 중에서, 세브란스, 1970년 12월 15일자

던 늘봄의 뜻을 새기며 한국의 간호학을 구현하기 위한 마음가짐을 새롭게 했다.

제6장

새로 쓴 한국 간호 역사

- 인간 중심의 전인간호를 주창하다
- 한국 간호의 길을 제시한 간호학 교재
- 한국 간호학의 초석을 놓다
- 끊임없는 개혁으로 간호발전의 기틀을 다지다
- 새로운 역사를 창조한 전인간호
- 전인간호 사상을 뿌리내린 간협신보
- 간호사의 지위 향상으로 국민의 삶의 질을 높이다
- 파독간호사의 권익을 향상시키다

* 1971년 11월 싱가폴에서 메풀이 그린 그림

인간 중심의 전인간호를 주창하다

학교에 복귀한 메풀은 유학 전에 맡고 있던 '간호윤리' 강의 대신 '내 · 외과 간호학' 강의를 담당하게 되었다. 메풀은 에모리 대학교에서 정립한 간호철학을 전파하기 위해 그동안 한국에서 했던 강의와 방식을 완전히 달리하여 강의에 임했다. 그것은 자신의 간호철학인 '전인간호'Comprehensive nursing care를 실현하기 위한 것이었다.

메풀은 세계의 간호 상황을 전하는 것에도 심혈을 기울였다. 특히 선진국인 미국의 동향을 시시때때 파악하여 전하기 위해 미국의 간호 관련 잡지와 간호학자들의 연구 결과를 번역하여 국내에 알리는 한편, 이를 바탕으로 『대한간호』 등 학술지에 간호에 대한 개념 재정립을 목적으로 활발히 글을 기고하였다.

메풀이 도입한 토론식 강의는 수업 분위기를 완전히 바꾸었다.

교수는 강의를 하고 학생들은 듣기만 하는 일방적인 강의에서 벗어나 임상 실습에 기반을 두어 각자 실습을 통해 경험한 사례들을 자유롭게 토론하고 공유하는 양방향 강의를 통해 학생들의 자질을 더욱 높인 것이다.

메풀의 토론식 강의는 학생들에게 많은 변화를 가져다주었다. 토론식으로 이루어지는 수업에 참여하기 위해서는 자연히 많은 준비를 해야 했는데, 이로 인해 학습에 대한 열의가 눈에 띄게 높아진 것이다. 이는 당시로서는 매우 파격적인 강의법이어서 연세대학교뿐만 아니라 다른 대학에까지도 화제가 되었다.

강의는 언제나 뜨거운 열기로 가득했다. 학생들은 새로운 방식인 메풀의 강의에 폭발적인 호응을 보이며 수업시간 이외의 시간에도 토론을 즐겨하였다. 그리고 한번 토론이 시작되면 시간 가는 줄을 몰랐다.

이러한 강의를 바탕으로 하여 메풀은 마침내 자신의 오랜 신념이자 그동안 배워온 간호학의 결정체인 전인간호를 설파해나가기 시작했다. 메풀이 설파한 전인간호는 간호의 초점을 질병이 아니라 인간으로 보는 인간 중심의 간호이론이었다.

환자는 환자이기 전에 인간이다. 너무나 당연한 이 말이 그런데 병원에서는 무심히 간과된다. 질병 치료에만 우선적인 관심을 두다 보니 환자들이 인간으로서 느끼는 무력감이나 두려움 등 정서적인 측면은 환자 자신이 넘어서야 할 문제로만 치부된다. 환자의 정서와

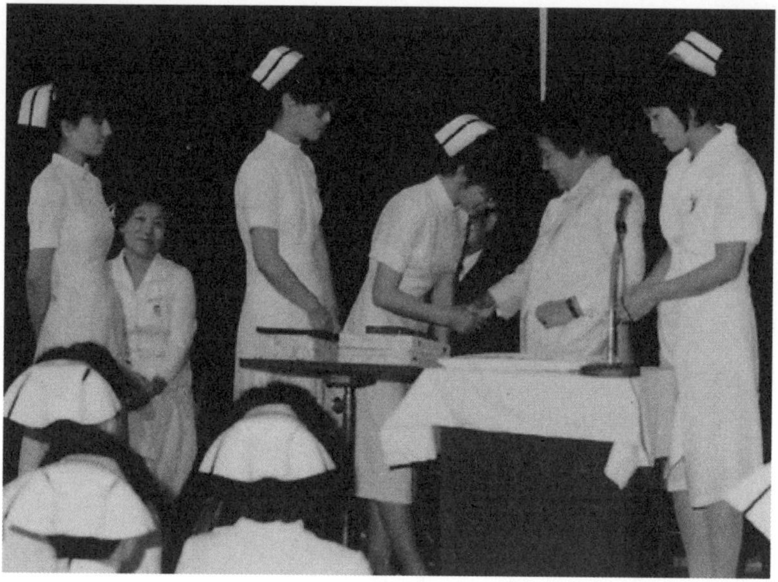
메풀은 전인간호를 실천하기 위해서는 스스로 좋은 사람이 되어야 한다고 제자들을 격려하곤 했다.

마음가짐은 치료 자체에도 중요한 영향을 미치는데, 이에 대한 적극적인 고려보다는 주사 맞는 시간을 잘 지키는 것에만 더 신경을 쓰는 것이 그때까지의 현실이었다.

그러나 메풀은 환자에게 생기는 질병과 육체적 문제뿐 아니라 이와 관련된 정신, 심리, 정서, 환경, 사회 경제 및 교육적 문제까지도 찾아내어 이들의 요구를 충족시켜주고 이 문제를 해결할 수 있도록 도와주고 북돋워야 한다고 강조했다. 또한 그들이 다시는 그러한 문제에 봉착하지 않도록 보다 향상된 위치로 이끌어주고 돌봐주는 일까지도 간호의 영역에 포함시켰다. 간호의 궁극적 목표는 이처럼 전인간호 혹은 완전간호에 있다는 것이 메풀이 설파하는 간호철학의 핵심이었다.

때문에 메풀은 전인간호를 실현하기 위해서는 먼저 간호사 자신이 좋은 사람이 되어야 한다고 수시로 강조했다.

> 전인간호를 실현할 수 있는 좋은 간호사가 되려면 먼저 여러분 스스로부터 좋은 사람이 되어야 합니다. 진정한 간호는 환자의 요구에 기초를 둔 환자 중심의 간호이어야 하는데, 사람을 이해하지 못하면 그것은 불가능합니다.
> 인간을 이해한다 하면 어찌 보면 철학이나 인류학에 가깝다고 할 수 있을 것입니다. 그렇습니다. 간호란 고통의 자리를 같이 하는 인간학이며 철학입니다. 또 간호는 인간의 삶을 함께 나누고, 귀 기울이고, 자리를 같이하는 사랑과 봉사입니다.
> 그동안 우리는 하루 24시간을 환자 곁에 있으면서도 사실은 환자와 멀리 떨어져 있었습니다. 단순히 아픈 곳을 치료하는 것은 전인간호가 아닙니다. 환자의 문제에 더 뿌리 깊이 파고 들어가서 그들이 요구하는 것을 충족시켜야만 비로소 전인간호라 할 수 있습니다.
> 시대는 지금 전인간호를 요구하고 있습니다. 그리고 세계는 이미 전인간호를 실현하고 있습니다. 그러므로 여러분도 우리만의 전인간호, 한국적인 간호철학을 새롭게 정립해나가야 합니다. 그것이 이 새로운 시대 간호사로 복무하는 우리의 길입니다.

인간 중심의 간호이론을 주창한 메풀의 전인간호는 당시 학생들에게는 매우 생소한 이론이었다. 학생들뿐만 아니라 국내 간호계에 센세이션을 불러올 만큼 새로운 이론이기도 했다. 단순히 환자를 돌보는 간호 수행에서 벗어나 진정으로 인간을 이해하면서 그 내면까지 간호한다는 전인간호는 이처럼 메풀에 의해 처음 정립되기 시작했다.

그 무렵 미국에서는 간호의 개념 정립에 급격한 변화를 겪고 있었다. 그리고 새로운 간호의 개념을 현실에 적용하고 있었다. 이는 매우 중요한 변화였다. 그때까지만 해도 간호의 사회적 책임이나 문제 해결은 오직 간호사만이 책임을 지고 해결해나가야 한다는 주장이 우세한 실정이었다. 그러나 새로운 간호의 개념 정립을 통해 간호사만으로는 모든 문제를 평가하고 해결할 수 없다는 것을 인식하게 되었다. 간호에는 의학을 비롯하여 인문 · 사회과학, 자연과학, 교육학, 심리학, 경제학 등의 여러 문제가 내포돼 있다는 것을 사회적으로 인식하게 된 것이다.

당시 미국간호협회는 각 분야의 권위 있는 학자들로 구성된 연구위원회를 조직하고, '간호전문직을 위한 프로그램'A program for the nursing profession이라는 보고서를 통하여 급변하는 사회개혁 시대의 간호사업의 역할을 규명하는 한편, 제반 문제 해결을 위해 모든 노력을 아끼지 않았다. 그 결과 환자 중심의 간호 개념이 등장하게 되었으며, 이는 일상화된 간호 기술과 행위를 뛰어넘어 환자의 문제를 과학적 원칙에 따라 조정할 수 있는 전문적 책임을 거론하는 것으로까지 발전하였다.

메풀은 랄프 타일러Ralph Tyler, 애니 굿리치Annie Goodrich, 에처 브라운Esther Brown 등 선진국 간호학자들의 이론을 끊임없이 연구하고 소개하며 전인간호 이론을 확립해나갔다. 간호에 처음 입문했던 시절부터 이미 환자 중심의 간호를 펼쳤던 메풀에게 전인간호 이론의 확립은 곧 그동안의 신념을 이론적으로 확립하는 것이기도 했다.

훗날 메풀은 이 시기에 정립하기 시작한 한국의 '전인간호론'을 이렇게 정리하였다.

> 전인간호는 지역사회 일원인 인간을 중심으로 각각 환경이 다른 환자에게 개별적인 간호를 하는 데 그 시점을 두고 있습니다. 비록 같은 질병을 앓고 있는 환자라 할지라도 그가 지닌 사회적 배경이 각각 다르고, 그들의 요구와 이것이 충족되지 못할 때 발생하는 문제점이 각각 다를 것입니다. 따라서 그 문제에 대한 환자의 반응도 각각 다른 태도로 나타날 것이므로 그들 각자의 문제의 해결 방안도 각각 다를 것이라는 데 초점을 두는 것입니다.
>
> 환자들이 지니는 간호 문제는 일반적으로 육체적 요구, 정신·심리적 및 정서적 요구와 사회경제적 요구, 환경적 요구 및 교육적 요구가 충족되지 못할 때 발생하게 됩니다.
>
> 전인간호는 이와 같은 인간의 요구가 충족되지 못할 때 발생되는 문제점을 찾아내 이것을 분석 규명하여 간호진단을 내리고 진단에 의해

문제 해결 방안을 모색하여 이를 충족시켜주거나 스스로 해결할 수 있도록 도와주기 위한 것입니다. 이를 위해 간호계획을 세우고 이 계획에 따라 직접 간호 활동으로 옮겨 시행하고, 이 활동에 대하여 결과를 평가하면서 보다 더 효과적인 방안을 모색하고 판단하여 간호하는 것입니다.

궁극적으로는 환자가 다시 그의 지역사회의 일원으로 되돌아갔을 때 다시는 이런 문제가 재발하지 않도록 도와주는 것은 물론, 계속하여 건강을 유지하며 스스로 자기 건강을 증진시킬 수 있는 능력을 갖도록 교육하고 도와주는 데 그 최종 목적이 있는 것입니다.

이와 같이 환자가 퇴원해서 지역사회에 돌아간 후에까지도 간호의 영역을 연장시켜 궁극적인 목적을 달성하는 부분을 전인간호에서는 추후간호Follow-up care라고 하는데, 이것의 목적이 끝났을 때 비로소 임상간호에 있어서는 전인간호의 목적을 달성했다고 할 수 있을 것입니다. 이는 지역사회로 연결됩니다.[8)]

이렇듯 메풀이 주창한 전인간호론은 간호의 개념 자체를 완전히 새롭게 바꿔놓은 이론이었다. 과거의 간호가 지녔던 의사의 진료 보조를 위한 기능적 수단에서 벗어나, 환자의 다양한 요구를 해결하기 위해 목표와 계획을 세우고 계획에 따라 실행 하며 평가를 하는 광

8) 전산초, '임상간호사회 창립 15주년 학술 심포지엄', 임상간호사회, 1990. 16p

범위한 인간 간호로 바꾸었다. 때문에 간호 행위를 독자적 · 과학적으로 접근해야 한다는 이 전인간호론은 한국 간호사에 커다란 획을 긋는 사건일 수밖에 없었다.

'간호학은 인간을 이해하기 위한 심오한 학문'이라는 메풀의 간호사상은 단순히 간호사가 보다 인간적이어야 된다는 추상적인 구호가 아니었다. 쉽게 풀어 말하면 이는, 똑같은 병을 앓고 있는 환자라 할지라도 사람마다 처한 환경과 내면 정서까지 섬세하게 반영하여 개별적인 간호 목표와 간호 행위를 가져야 한다는 뜻이다. 이는 간호의 기본을 '만남'과 '소통'으로 보는 것으로써, 간호사의 역할을 '영혼의 위로자'로까지 끌어올리는 지극히 심원한 인간주의 철학이었던 것이다.

이러한 전인간호 철학이 한국 간호계에 크나큰 파장을 불러일으킨 건 당연했다. 당시는 한국 간호학이 학문으로서 대학 과정에 설립된 지 불과 15년 남짓 되었을 때였다. 이제 겨우 학문으로서의 개념이 도입되던 시기에 고도의 휴머니티가 내재된 철학적 선언을 한 셈이었으니 경탄하지 않을 수 없었을 것이다.

그리하여 메풀의 전인간호론은 1960년대와 1970년대의 한국 간호를 크게 변화시키는 결정적인 결과를 낳았다.

간호사는 이제 의사의 지시에 따르는 수동적인 보조자가 아니라 환자의 요구에 맞는 간호를 위해 정확한 관찰과 판단을 하고, 그 바탕 위에서 스스로 적절한 계획을 세우는 치료 주체자가 되었다. 그리고 전인간호의 최종 목표는 환자를 지역사회의 일원으로 다시 돌아가게끔 하며, 또한 다시는 같은 문제점이 반복되지 않도록 하는 것이므로 간호사의 영역이 병원 이외의 여러 곳으로까지 확대되었다. 또한 유능한 간호를 하기 위해서는 과학적인 원리에 대한 지식과 전문적인 판단이 요구되므로 간호사에게도 지속적인 수련과 지식 교육이 필요하게 되었고, 나아가 환자와의 대인관계를 통하여 심리적인 요구를 발견하고 도와주는 역할이 중요하게 대두되었다.

메풀의 전인간호론은 또 국내 간호계의 새로운 이론 연구와 활동으로 이어졌다. 메풀 또한 자신의 사상과 철학을 더욱 구체화하기 위해 연구에 연구를 거듭했다. 그리고 학생들에게는 인간에 대한 깊은 이해를 바탕으로 실현되는 전인간호 사상을 확립해주기 위해 강의와 각종 기고문을 통해 전인간호를 설파했다. 특히 새롭게 전인간호의 뜻을 익혀 사회에 진출하는 학생들에게 각별한 애정을 쏟았다.

졸업을 앞둔 학생들에게

요즈음 우리 사회의 현상을 보면 사람들의 가치관이 변해가는 것을 봅니다. 사람이 약고 빈틈없을 뿐 아니라 대인관계에 있어서나 어떤 이해관계에 있어서도 촌보의 양보가 없는 것은 말할 것도 없고, 손해 보는 일이라곤 있을 수 없으며, 그런 일은 어리석은 사람이나 하는 것이라고 생각하게 되었습니다.

이러한 사고방식은 차차 자라나서 남이야 어찌 되었건 자기의 이득이나 권세 또는 어떤 욕심을 채우기 위해서는 수단과 방법을 가리지 않게 되어갑니다. 어떻게 해서든지 나만 잘 살면 된다, 이 잘 산다는 것에 대한 가치관이 달라진다는 말입니다. 이런 코앞에 닥친 자기의 사리사욕을 좇기에 급급한 나머지 국가나 인류사회 또는 자손만대의 장래를 위한 복지나 원대한 포부를 위한 공익이란 안중에 없는 세상이 되어 버리는 것만 같이 느껴지는 현실입니다.

이에 반하여 졸업을 앞둔 여러분 나이팅게일의 후예들은 본시 태어나기를 그 바탕부터가 남을 섬기고 돕고 돌보아주되, 인생의 가장 어려운 일부터 시작하여 그 어려운 일들을 끝까지 돌보아주어야 직성이 풀리는 여러분이 아닌가요?

또 지금까지 그것을 하기에 가장 좋은 길을 배워왔고 이제는 이렇게 몸에 젖어 언제나 환자뿐만 아니라 인간을 대하는 우리들의 태도는 이해관계를 따지기 전에 먼저 이해와 양보와 포용력을 가지고 대하게 되는 성격이 모르는 사이에 형성되었습니다.

그러므로 우리는 전자와는 애초에 바탕부터가 달리 출발하였고 지금까지 이렇게 살아왔으며 거기서 삶의 가치를 발견하고 있지 않은가요. 장차 우리는 가르치고 배우는 사람의 관계에서 더 한층 나아가 사업적으로 학문적으로 동지요, 친구의 유대를 더욱 굳게 맺어야 하는 마당에서 나는 진실로 여러분이 잘 살아주기를 바라마지 않습니다.

물론 여러분이 간호학을 전공했으니 좋은 간호사가 되라고 해야 마땅하겠지만 우리는 좋은 간호사가 되기 전에 좋은 인간이 되어야겠다는 것입니다. 좋은 사람이 된다는 일은 절대로 누구나가 될 수 있는 일이 아닙니다. 그러나 좋은 간호사는 좋은 사람이 아니고는 절대로 불가능하다는 것이 사실입니다.

사람은 생각하는 능력이 있기에 귀한 것이고, 생각하는 여성이기에 더욱 아름답다고 생각됩니다. 우리는 자기의 하는 일에 있어서 뚜렷한 주관이 있어 모든 일에 자신을 가지고 행동해야 되리라고 생각합니다. 자기 생활에 철학이 있어야겠고 자기의 주의主義를 가지고 살아나가야 하지 않겠습니까?[9]

대한간호협회에서 발행하는 격월간 기관지 『대한간호』를 통해 발표한 이 글은 메풀의 간호철학을 한눈에 보여준다. 간호사라는 직업은 인간을 사랑하지 않고서는 도저히 할 수 없으며, 이 세상에서 제일 귀한 인간을 간호한다는 철학을 가질 때 간호사라는 직업이 빛난다는 메풀의 사상은 많은 간호학과 학생과 일선 간호사들에게 공감을 얻었다. 그리고 이러한 메풀의 정신은 간호의 영역을 병원이 아닌 일상 전체로 확장시키는 결과를 낳았다.

9) 전산초, '졸업을 앞둔 학생들에게 - 좋은 간호는 좋은 인간에서', 대한간호 제6권 6호, 1967, 21~23p

한국 간호의 길을 제시한 간호학 교재

1960년대 후반부터 주창한 메풀의 전인간호론은 1973년 9월 「전인간호의 임상학적 분석과 실행에 관한 연구」라는 박사학위 논문으로 마침내 그 결실을 본다.

이 논문을 통하여 메풀은 기존의 간호에서 인간적이며 포괄적인 간호로 그 역할을 확대시킨 자신의 간호철학을 '전인간호'라고 규정하고, 이 새로운 간호 개념이 임상간호학에 미치는 영향을 고찰하였다. 또한 전인간호의 이념에 입각하여 임상간호학의 실현 방안을 분석하고 연구 모색하였으며, 이것을 위한 임상간호교육과 간호연구에 대한 자신의 견해를 밝혀[10] 현대 간호의 개념 정립을 체계화하였다.

---

10) 전산초, '전인간호의 임상학적 분석과 실행에 관한 연구', 연세대학교 박사학위 논문, 1973, 8p

메풀은 자신의 연구를 다음과 같이 결론지었다.

첫째, 현대 간호는 종래의 질병 중심의 기계적 간호에서 인간 중심의 전인간호로 변천하고 있으며, 과거의 질병치료의 보조를 본위로 한 간호에서 독립된 전문직 간호 체제를 확인하였다.

둘째, 간호의 개념은 하나의 연속체이며 무한대의 분광Spectrum의 범위를 가진 것이며, 이 개념이 내포하고 있는 의의는 일상화된 간호기술의 숙련에 구애되기보다 환자의 문제를 과학적 원칙에 따라 조정할 수 있고 전문적 책임을 갖는 데 있는 것이다.

셋째, 임상간호에서의 전인간호 개념의 실행을 구현함에 있어 내재하는 임상간호 개념의 흐름과 변천과정을 토대로 간호학도들이 자기 학문이나 직업에 대한 확고한 신념을 정립함으로써 간호의 이상과 목적을 구현할 수 있다는 이론을 전개하였다.

넷째, 논의된 간호의 철학을 정립함으로써 확고한 이념을 가지고 인간을 위한 참다운 간호를 임상에서 이룩하여야 한다.

다섯째, 치료와 간호에 대한 환자의 요구를 조사한 연구결과 모든 환자는 알지 못하는 데서 오는 심리적 압력을 받고 있음을 알게 되었고, 간호사는 환자 교육에 유의하고 환자의 개인적 요구, 불안, 불편 또는 의문을 표현할 수 있는 충분한 기회를 주어야 하며, 이들의 요구에 맞도록 과학적 방법을 적용해야 한다.

여섯째, 환자교육은 전인간호 실행에 있어서 중요한 부분을 차지한다. 이에 환자 교육의 방법을 당뇨병 치료에 있어서의 환자 교육을

메풀의 전인간호론은 1973년 9월 '전인간호의 임상학적 분석과 실행에 관한 연구'라는 박사학위 논문으로 마침내 그 결실을 맺었다.

실례로 그 중요성을 설명하였다.

일곱째, 임상간호학에서 가장 중요시되는 것은 간호사의 교육이다. 간호사의 전인간호에 대한 태도 조사를 연구한 결과, 전인간호에 대한 철저한 개념과 가치관의 확립 및 간호교육 개혁의 필요성이 요청된다.[11]

박사학위를 취득한 메풀의 다음 일은 간호학 서적의 집필이었다.

---

11) 전산초, 앞의 논문, 59p

당시만 해도 국내에는 간호학 서적이 전무하여 후학 양성을 위해서라도 교재 출판은 매우 시급한 실정이었다.

메풀은 한국의 실정에 맞는 간호학 교재를 집필하는 작업에 곧 착수하였다. 그리고 『가정간호』『외과간호학』『간호의학사전』『내·외과간호학』 등의 교재를 잇따라 간행하였다.

최초의 한글판 간호학 교재들인 이 책들은 매우 신선한 충격이었다. 그때까지만 해도 대부분 미국의 원서를 번역하여 등사를 해 공부하던 것이 전부였던 시절이어서 메풀이 집필한 간호학 서적은 단순한 출판의 의미를 넘어선 것이었다. 한글판 교재가 없는 상황에서 출판된 교재는 전국에서 주문이 쇄도했고, 이는 또한 다른 교수들에게 자극제가 되어 교재 출판 붐을 일으키는 계기가 되었다. 그만큼 메풀의 교재 출판은 선진적인 발상의 전환이었다.

교재가 전국의 간호교육기관에 널리 보급되면서 메풀의 지명도는 하루가 다르게 높아져 갔다. 이제 그는 자신의 저서로 강의하는 교수가 되어 있었던 것이다. 제자들과 동료 교수들은 메풀의 왕성한 집필 활동에 놀라움을 표시하며 그 비결을 묻기에 바빴다.

메풀은 '메모광'이라 할 정도로 모든 것을 빠뜨리지 않고 메모하는 것으로 유명했다. 전공 분야인 간호학은 물론 인문·철학·과학·사상 등 자신의 단상과 느낌, 강의 자료와 연구 자료 등 도움이 될 만한 것들은 모조리 메모하고 꼼꼼하게 스크랩했다.

당시 메풀의 제자였던 김모임 교수는 메풀의 메모 습관을 지켜보고는 놀라움을 금치 못했다.

"선생님 책상에는 작은 메모지부터 수첩, 달력에 이르기까지 종이로 된 것에는 온통 메모로 가득 차 있었어요. 게다가 그것들 전부 너무도 잘 정리되어 있어서 선생님의 성품을 고스란히 느낄 수 있었지요."

메풀에게 메모는 습관이 아닌 생활이었다. 메모는 최신 저널에서, 강의실에서, 서재에서, 교정에서 시시때때를 가림이 없었고, 이렇게 수년 동안 정리된 메모와 스크랩 자료가 나중에 한국 최초의 간호학 교재로 탄생했던 것이다.

메풀은 또 최신 간호이론을 번역하여 소개하는 일과 더불어 간호 이론과 연구에 관련되지 않은 평범한 잡지조차도 전인간호와 관련된 것이라면 빠짐없이 스크랩하였다가 번역하여 소개하였다. 그중 '지니에게 일어난 기적'이라는 글에는 간호에 대한 그의 가치관이 절절이 묻어 있다.

'지니에게 일어난 기적'은 갑작스러운 교통사고를 당하여 의식이 없었던 한 소녀에게 행한 간호사들의 지극한 간호와 사랑을 담고 있다. 번역 전문을 대신하여 여기에 소개한 메풀의 '역자의 말'만 보아도 그가 전인간호 정신을 얼마나 마음으로 설파하였는지 충분히 느끼게 한다.

나는 이 글을 읽으면서 많은 감명을 받았습니다. 그리고 이 글을 우리 회원 여러분에게 소개하고 싶었습니다. 이 글은 비록 간호사나 의사가 아닌 보통 가정주부인 어머니의 수기이나 여기서 나는 훌륭한 간호의 본질을 역력히 볼 수가 있었습니다.

이 글을 간략하게 분석해본다면 첫째, 하나의 훌륭한 '환자중심 간호연구'Patient care study라고 하겠으며, 둘째로 '재활 간호'Rehabilitative nursing care의 좋은 모범이라고 하겠으며, 셋째로는 '심리간호'의 시범을 보여준 것이라 하겠습니다.

한편 더 나아가서는 간호의 현대적 윤리관을 보여주었다고 할 수 있으며, 전인간호의 경지에 이르기까지에 모든 최선의 노력과 인내와 사랑이 충만한 간호의 결과를 증명해주었다고 보겠습니다.

과연 오늘날 우리의 간호가 여기까지 도달할 수 있다면 우리는 더 이상 바랄 것이 무엇이겠으며, 우리들의 직업의 긍지와 삶의 가치를 여기서 느끼는 동시에 스스로 돕는 발전이 올 것이라고 생각되어 이 귀한 아름다운 글을 소개하는 데 의의를 갖는 것입니다.[12)]

12) 전산초, '지니에게 일어난 기적' 역자의 말, 대한간호 제13권 2호, 1974, 23p

한국 간호학의 초석을 놓다

1973년 3월 1일, 메풀은 연세대학교 간호대학 학장으로 취임한다. 1954년 간호학교 교무주임 시절부터 간호학과 교무과장, 간호대학 교학과장 등을 두루 역임하며 간호 현장의 여러 가지 문제들을 접해오면서 오랜 경륜으로 간호교육을 정립한 그였다. 이를 바탕으로 메풀은 1983년까지 10년간 간호대 학장으로 재직하며 간호대학을 더욱 발전시키기 위해 5개년 발전계획안을 수립하는 등 모교 발전에 박차를 가했다.

이 시기의 메풀에 대해서 당시 연세대 총장이었던 박대선 박사는 메풀을 학장으로 임명한 후 간호대학의 분위기가 완전히 달라졌다고 증언하고 있다.

"교수들과 학생들이 그렇게 만족해하고 기뻐할 수가 없었다. 전

박사는 간호대학의 발전을 위해서 크게 공헌했다.”

일찍이 평양에서 메풀의 아버지인 늘봄과도 동료 교사로서 친분이 두터웠던 박대선 박사는 총장으로 부임하면서 메풀을 만났다. 이때 박대선 총장은 메풀이 연령으로 보나 경력으로 보나 정교수가 되어 마땅한 사람인데 그때까지 조교수에 머물고 있는 게 안타깝고도 놀라웠다고 한다.

거기에는 대학 사회 어디에나 있는 미묘한 문제들이 겹쳐 있었는데, 메풀의 능력을 아까워하면서도 박대선 총장은 각 단과대학의 자율성을 존중하여 교수 승진에 영향을 미치지 않았다. 그러다가 메풀이 대학원에 등록해 당당히 이학박사 학위를 취득하게 되자 마침내 학장으로 임명한 것이다.

메풀을 ‘간호계의 거두’라고까지 표현하고 있는 박대선 총장은 자신이 그를 학장으로 임명할 수 있었던 것을 매우 기쁘게 회상하면서 메풀을 최이순 가정대학장, 심치선 여학생처장과 더불어 연세대의 세 여걸이었다고 평하고 있다.

메풀은 학교발전을 도모하고 전문직 여성의 비전을 함께 나누고자 정기적으로 모임을 가졌던 ‘봉우리회’에도 적극적이었는데, 당시 활동한 이들은 최이순 가정대학장을 중심으로 이기열, 심치선, 한양순 교수 등이었다.

메풀이 학장으로 취임할 당시 연세대학교 간호대학은 국내 최초의 단과대학으로 전국의 모든 간호학과의 시선이 집중돼 있었다. 그리고 간호계에 이미 유명인사가 된 메풀의 학장 취임은 각계의 높은 관심과 더불어 기대감 또한 높았다. 무엇보다 간호학의 위상 강화를 바라는 간호계는 메풀이 몰고 올 신선한 변화의 바람에 대해 큰 기대를 가졌다.

교육자로서 메풀은 장차 간호전문직에 대한 의식이 확고하고 인도주의에 기반을 둔 인재를 배출해야 한다는 확고한 사명감을 갖고 있었다. 그리고 단과대학의 위상에 맞는 내실을 갖추어야 한다는 신념을 가지고 있었다. 메풀은 오랫동안 품어왔던 자신의 구상을 하나씩 펼쳐나가기 시작했다.

취임 초기 메풀이 가장 열정을 쏟은 사업은 교과과정 개선사업이었다. 이는 메풀이 오랫동안 가져왔던 소신이었다. 메풀은 학장이 되기 이전인 1971년에 이미 『대한간호』 기고를 통해 간호교육 · 철학의 필요성을 강조하면서 '교과과정의 수정'에 대하여 이렇게 기술한 바 있다.

> 교과과정은 고정됐거나 변화할 수 없는 것이라고 생각하는 것은 잘못된 생각이다. 사회의 동향, 학생의 경향, 새로운 연구에 의한 사고 New findings from research 등에 비추어 끊임없이 수정해나가야 하는 것이다. 수정은 계속적으로 이루어져야 하는 것이기는 하지만, 언급한 바와 같이 전 직원이 총동원하여 참가해야 하기 때문에 큰 일이 벌어지곤 한다.

교과과정 수정에 있어 당면하는 어려운 문제들은 지금까지 해내려온 방법이나 전통적 방법에 안심하고 만족하는 사람들이 완강하게 저항하는 경우가 있겠고, 커리큘럼의 실시 양과 시간 부족, 상급 기관이나 정부기관의 압력들이 문제가 되는 수도 있으나 그보다 더 심각한 문제는 '기초의 설정' 즉, 새로운 교과과정을 시작하기까지 이끌어갈 운반법이 문제라 생각된다.

무엇보다 먼저 교과과정을 수정 변경하려는 우리들의 노력을 효과적인 것으로 만들려면 우리들 자신을 변화시키는 일부터 시작해야 한다. 그런데 교육자들은 이미 부족한 것투성이의 결과를 가져온 케케묵은 태도, 지식, 기술을 쓸어 모아 교과과정을 개정하려는 반목만 시도하려 한다.[13]

외국의 교육과정을 모방해온 간호의 교과과정을 변혁해야 한다는 소신은 특히 연세대학교의 학생지도위원회의 전공별 흥미도 조사를 보며 더욱 굳어졌다. 이 조사에서 학생들의 흥미도가 제일 낮은 전공학과가 간호학과였다는 결과는 메풀에게 큰 충격이었다. 이 결과는 교과과정에 대한 변혁의 필요성을 의미함과 동시에 간호대 학장으로서 당면한 과제임을 암시하고 있었다.

메풀은 곧 교수단 회의를 소집하여 교과과정 개선을 위한 연구회

13) 전산초, '간호교육철학의 필요성', 대한간호, 제10권 2호, 1971, 32~33p

를 발족할 것을 제안하며 자신의 의견을 피력했다.

> 현재 우리의 간호 교육은 외국의 교과과정을 그대로 모방했다고 해도 과언이 아닙니다. 그러므로 이제는 우리들의 능력으로 우리 학생들에게 맞는 실질적인 대안을 갖출 때입니다. 그래야만이 학문에 대한 학생들의 흥미도 높아질 수 있습니다.
> 현 사회가 요구하는 대학교육의 교과과정을 통해 사회가 필요로 하는 교육과 유능한 인력을 길러야 합니다. 특히 건강전달체계에 발맞추어 이에 맞는 교육철학과 교과내용, 실습이 되도록 교과과정을 개선해야 합니다. 즉 내·외과 간호학, 산과 간호학과 같은 과거 의학적 모델에서 벗어나 간호학의 학문적 기반에 새로운 교과과정을 만들어야 한다는 것입니다. 간호의 대상을 소화기·순환기 등 장기臟器로 분류할 것이 아니라, 인간의 태아기부터 노인기에 이르는 과정의 연속선상 즉, 생生의 주기에 따른 교육과정을 새로 마련해야 할 것입니다.

그러나 교과과정을 개선한다는 것은 워낙 방대한 일이었다. 시간 또한 장기적인 시간이 필요했다. 무엇보다 교수들의 의지가 중요했다. 특히 교과과정 개선에 대한 교수들의 사고와 마인드가 바뀌지 않으면 안 되는 일이었다. 메풀은 교수들에게 사고를 바꾸라고 주문했다. 한국 간호학의 미래를 위해서는 교과과정을 개선해 현재의 체제를 과감히 벗어나야 한다는 것을 인식하고 모두가 한마음으로 개혁에 임해줄 것을 당부한 것이다.

메풀의 확고한 의지는 아무도 꺾을 수 없었다. 메풀은 교과과정 개선 취지를 마련하고 김모임 교수를 위원장으로 하는 '교육과정연구회'를 조직하였다. 그리고 조원정, 김조자, 김수지, 김소야자 등 간호대학 교수단 전원을 연구위원으로 위촉했다.

교과과정 개선 취지

전문직은 그 시대와 사회의 요구에 따라 개념과 철학이 변화 발전하게 된다. 간호는 전문직이므로 역시 예외일 수 없다. 간호란 사회의 요구에 반응해야 할 전문직이기 때문에 급변하는 사회 속에서 지식과 기술이 발전하는 시대에 대처하여 간호교육의 미래를 내다보며 우리들의 나아갈 새로운 방향을 모색하는 일은 바람직하고 의의 있는 일이라고 생각된다.

오늘날 건강은 기본적인 인권이며 범세계적인 사회의 목표로 주장되고 있다. 간호 또한 질병 중심에서 벗어나 대상자인 인간으로 하여금 질환으로부터 회복하도록 할 뿐 아니라 건강을 유지·증진하도록 직접적인 서비스를 통하여 돕는 활동으로 정의되고 있다. 간호의 초점인 전인全人, Whole person을 위한 안녕은 삶의 모든 과정에 있는 인간을 다루는 방향을 제시해야 하며, 인간 삶의 모든 과정에 대한 서술적이고 설명적이며 예측적인 원칙들로 특징지어지는 과학적인 지식체를 요구한다.

간호를 수행하는 데 있어서 환자, 건강인, 집단, 가족, 지역사회 등 모든 인간을 보살피고 돕기 위해서는 건강증진 및 유지, 질병 예방을 위한 실질적인 문제해결에 필요한 지식을 사용하는 기술과 방법을 발전시켜야 한다.

특히 최근에는 건강관리 사업에 종사하는 여러 종류의 전문인들에게 대상가족으로부터 양질의 서비스에 대한 요구가 증가되고 있어 전문직 간호에 종사하는 간호사는 복잡한 건강문제를 해결하기 위하여 과학적인 방법에 의하여 도출되었거나 증명된 타당성 있는 지시에 근거하여 의사결정하며 필요한 활동을 시행해야 한다. 그러므로 이제부터는 합리적이고 타당성 있는 목적 달성을 향한 간호진단과 중재에 필요한 지식을 적절히 사용하는 전문가가 되어야 한다.

이러한 시점에서 생의 주기에 따른 교육과정의 모색은 아주 중요한 문제의 제기라고 사료된다.[14)]

과거 교과과정이 의학의 관점, 외국의 모델에서 모방한 것이었다면, 새 교과과정 개발은 여러 가지 면에서 중요한 의의를 지니는 것이었다. 그것은 태아기부터 점차 성장 · 발달하여 노인기에 이르는 과정의 연속선상에 있는 인간의 질병과 건강에 대한 기본 욕구를 해결하고, 이를 충족하기 위한 수단으로 사정 · 계획 · 수행 · 평가라는

14) 연세대학교 간호대학사, 앞의 책, 241p

과학적 방법을 이용한다는 것이었다. 즉 간호수행이 단순히 의사의 지시에 의한 것이 아닌, 과학적 기술과 과정을 도입하여 적용하고 독립된 학문으로서의 새 이론을 확립한다는 것이었다.

또한 교과과정 개선사업은 간호교육의 전면적인 혁신을 의미하는 것이었다. 한국적인 간호교육의 기초를 다시 정립하는 이 사업은 그만큼 역사적 사명이 컸다.

교과과정 개선사업은 학장 취임 이후 무려 8년 동안 진행되었다. 특히 메풀이 학장으로 재직하던 1970년대는 격동의 소용돌이에 있었다. 1972년 10월 대통령 박정희는 특별선언을 발표하고 전국에 비상계엄령을 선포하여 독재체제를 굳히는 등 시국은 국내외적으로 매우 어수선했다. 그러나 메풀은 꿋꿋하게 오직 자신의 신념을 실천해나갔다. 한국 간호학을 재정립하기 위한 메풀의 열정과 신념은 결코 꺼지는 법이 없었다.

1979년, 국내 최초로 시도된 교과과정 개선사업은 마침내 기나긴 대장정 끝에 성공적으로 마무리되었다. 과거 의학적 모델에서 간호학적 모델로 교과과정을 전면 개편하기에 이른 것이다. 한국 실정에 맞는 이 새로운 교과과정은 훗날 전국 간호학과의 모델이 되었다.

1978년 1월까지 무려 24차례의 세미나와 워크숍이 수행된 교과과정 개선사업은 한마디로 강행군의 연속이었다. 메풀은 연구 과제가 나올 때마다 교수들과 함께 합숙을 하며 밤을 새워 토론을 하였으며, 워크숍은 이렇다 할 성과가 나올 때까지 며칠 동안이나 밤낮으로 진행되었다. 오가실 교수는 연세대 동창회보 중 '전산초 열전'에서 교과과정 개편 당시의 상황을 이렇게 회고하고 있다.

> 학장으로서 전 박사님의 10년은 이같이 깊이 사유하시던 간호에의 사랑과 철학, 학문정립을 위한 열정을 쏟아 간호교육의 혁신을 이룩하신 기간이었다. '간호대학 교육과정 쇄신'이라는 획기적인 계획을 마련하여 의학 모델에 의존하던 교육과정을 간호철학, 이론적 기틀에 바탕을 둔 간호학 모델의 교육과정으로 바꾸는 작업이었다.
>
> '변화'로는 안 되고 '쇄신'이라고 할 만큼 단호한 역사적 사업은 2~3년에 끝내려 하셨던 당초의 계획과는 달리 무려 8년에 걸쳐 진행됐다. 교수들의 사고의 틀을 전환시키고 간호의 개념, 이론, 교육전략을 교육하여 수많은 연찬회, 연구발표를 거치면서 변화를 시도하는 과정에서 생기는 교수들의 들끓는 부정적 분위기를 다스리시는 일도 학장으로서는 쉬운 일이 아니었을 것이다. 그러나 그분의 삶 전반을 점철하였던 긍정적 생각과 이해, 관대한 포용력은 변화에의 저항력을 약화시키기에 충분했다.

개편된 새 교과과정은 1979년부터 점진적으로 적용되었다. 그리고 1982년에 들어서는 성장발달 및 연령계층 등 생의 주기에 따른 새 교과과정이 전면 실시되었다. 그때까지 내 · 외과 간호학, 소아과 간호학, 산부인과 간호학 등으로 분류되었던 교육은 영유아 간호학,

아동 간호학, 청소년 간호학, 성인 간호학, 노인 간호학 등으로 분류되었다.

이는 메풀의 전인간호 사상에 기초한 새로운 교육과 이론이었다. 그리고 이러한 과정을 통해 전인간호는 학교 교육 과정으로 승화되었다. 메풀은 또한 새로운 교과과정이 적용되기 1년 전인 1978년 간호학 전공 박사과정을 최초로 신설하여 간호학의 학문적 발전을 위한 초석을 마련하였다.

끊임없는 개혁으로 간호발전의 기틀을 다지다

학장 재임 초기 메풀이 교과과정 개선사업과 함께 역점을 둔 사업은 '간호학연구소' 창립이었다. 간호학연구소는 에모리 대학교 유학 시절 한국의 간호연구가 다른 분야에 비해 크게 뒤떨어져 있다는 것을 깨달은 데에서 비롯되었다. 메풀은 유학 생활을 마치고 귀국한 이후 여러 기고를 통하여 간호연구의 필요성에 대해 역설하곤 하였다. 그는 활발한 연구만이 간호학을 학문으로 정립시키는 지름길이라 믿었고, 이를 위해서는 연구를 위한 환경과 여건을 시급히 마련해야 한다고 생각하고 있었다.

> 간호연구는 다른 분야에 비교할 수 없으리만치 뒤떨어져 있을 뿐 아니라, 그중에도 한국의 간호학 분야에 있어서의 연구란 거의 신천지

라 해도 과언이 아니라 생각된다.

간호연구가 다른 분야에 비하여 어느 정도 이루어지고 있는지 조사해 보는 것도 중요하지만, 그보다도 현황이야 어떻든 현재 당면한 문제가 산적한 것만은 사실이고, 연구에 박차를 가해 부지런히 당면문제 및 발전을 모색하는 학문적 연구가 이루어져야 할 절박한 시대라고 본다.

간호학이 과학의 한 분야로 독립된 역사가 우리나라의 경우 처음 대학과정이 생긴 이후라고 필자는 보기 때문에 그 역사가 몹시 짧은 데도 그 이유야 있겠지만, 간호사에 대한 사회 경제적 지위의 상대적 저하는 간호연구의 기품을 떨어뜨리는 큰 요인이 된다고도 하겠다.

… 중략 …

우리나라의 형편을 생각할 때 간호연구의 문제점은 허다하다. 연구자 준비, 연구비, 연구시설, 연구제도, 발표기관 등에 관한 준비가 간호학 분야에서 불충분하다는 것은 누구나 아는 사실이다.

물론 이러한 문제들이 앞으로 조속히 해결되어야겠고 또 이루어지리라고 믿으면서 한 가지 더 제안하고 싶은 것이 있다. 이것은 우리들 자체가 지닌 문제인 것이다. 언제나 문제는 밖에 있는 것이 아니고 그 자체 내에도 있게 마련이기 때문이다.[15)]

15) 전산초, '간호교육과 간호연구', 대한간호 제8권 6호, 1969, 23~25p

메풀이 간호학 연구와 그 환경 마련을 줄기차게 역설한 것은 한국 간호계에 새로운 인식 전환을 촉구한 것이기도 했다. 그리고 이러한 신념은 동양 최초의 간호학연구소 창립으로 이어졌다.

오랜 기간의 준비과정을 거친 간호학연구소는 메풀이 학장으로 재임하던 1973년 10월 23일 연세대학교 재단이사회의 인준을 받아 연세대학교 간호대학 내에 개소되었다. 메풀은 『간호학 논집』 창간사를 통해 간호학연구소의 창립 의의를 이렇게 정의했다.

> 오늘날 간호는 바로 이 건강사업의 주역을 담당해줄 것을 요청받고 있으며, 국민건강 인권의 옹호자로서의 역할이 막중하게 되었습니다. 간단한 기술이나 일상화된 업무만 가지고는 지역주민의 개인적 또는 공동적 건강요구의 충족이나 문제해결은 불가능한 것이고, 여기에는 반드시 연구로써 사업적·학문적 문제를 과학적으로 해결해 나아가는 데 간호의 무한대의 가능성이 전개될 것입니다.
>
> 과거의 우리 간호사업은 그 여건이 주어지지 않아 다른 분야보다는 연구에 부족하였음을 우리가 압니다. 그러므로 본 연구소는 동양의 유일한 간호학연구소로서 간호학 연구의 발상지로서 건강사업을 위한 연구에 공헌할 의무와 책임이 막중하다고 생각합니다.[16]

---

16) 전산초,"창간사", 간호학논집 1집, 1976, 1p

메풀은 초창기부터 1987년까지 14년 동안 간호학연구소 소장을 맡아 한국 간호학 연구의 발전에 지대한 영향을 끼쳤다. 연구소의 교육활동은 지역사회에 봉사한다는 의미에서 전국적인 프로그램으로 수행되었고, 간호학 각계의 전국적인 참여를 유도하여 공동의 발전을 도모하는 데 역점을 두었다. 또한 해마다 두세 차례씩 국내외적으로 유명한 학자를 초빙하여 특별강연회를 개최하였다.

선진학문을 한국의 간호계에 소개한 이 특별강연회는 간호학에 대한 새로운 학문적 분위기를 조성하는 데 큰 기여를 하였다. 또한 1975년부터는 CMBChina Medical Board의 지원을 받아 연구 및 봉사활동을 더욱 활발하게 추진해나갔다.

이처럼 간호학연구소는 한국의 간호대학 및 간호사업기관의 교과과정 발전과 간호의 질적 향상을 도모하며 한국의 간호 문제를 다각도로 연구하고 과학적으로 해결하는 데 이바지하는 등 한국 간호 발전에 지대한 공헌을 하였다.

간호학연구소의 창립으로 한국 간호 발전의 기틀을 다진 메풀은 곧 다른 사업에 착수했다. 그것은 대학원 과정의 발전이었다. 간호학이 진정한 학문으로 발전하려면 무엇보다 대학원 과정이 확립되어야 한다는 것이 메풀의 믿음이었다.

간호학 석사과정은 이미 1963년 간호학과 내에 개설되어 있었다. 그리고 1975년에는 교육대학원에 간호교육 전공 석사과정이 개설되었다. 이 과정에서 메풀은 주도적인 역할을 수행하였다. 그러나 박사

과정은 그때까지도 개설되지 않고 있었다. 박사과정 개설은 메풀이 풀어야 할 또 하나의 과제이자 사명이었다.

메풀은 대학원 과정이 설립되어야만 비로소 진정한 간호 연구가 시작된다는 굳은 믿음을 가지고 있었다. 에모리 대학교 대학원에서 자신이 공부한 것처럼 대학원에서의 연구과정을 학문의 필수 요소라 본 것이다. 그러나 당시 국내에는 간호학과 박사과정이 개설된 곳이 한 곳도 없었다. 간호사 출신으로 박사학위 소지자는 홍신영(이학박사), 전산초(이학박사), 김모임(보건학박사), 이경식(철학박사) 등 손가락으로 꼽을 정도에 불과한 것이 한국 간호계의 현실이었다.

메풀은 교수회의를 통해 박사과정 개설의 시급함을 역설하며 박사과정 설립 추진을 저돌적으로 밀어붙였다. 그 결과 1977년 학장인 자신을 위시하여 홍신영, 김모임, 김수지 박사를 중심으로 한 박사학위 교수단을 구성하였고, 이를 토대로 1978년 1월 간호학 박사학위 과정을 문교부에 정식으로 신청하여 승인을 받았다. 이로써 국내 최초로 간호학 전공 박사학위 과정이 개설되었다. 동양 최초의 간호학 연구소 개소와 함께 간호학의 학문적 발전을 위한 박사과정 개설은 교과과정 혁신과 함께 메풀이 아니었으면 결코 이루어낼 수 없는 업적이었다.

메풀은 박사과정의 정착을 위해 새로운 교육자와 임상가들을 교육 개발하는 미국의 제도를 시찰하고 돌아와 당시 연세대학교 교육대학원장인 김란수 박사와 함께 협의하여 실무에 종사하는 많은 교육자와 교수, 그리고 간호사들이 전문교육을 통해 질적인 향상을 도모할 수 있는 한국적인 박사과정의 틀을 확고하게 만들어나갔다.

이렇듯 한국 간호계의 위상 강화와 간호학 정립에 박차를 가한 메풀은 간호대학 학장, 간호학연구소 소장, 대학원 주임교수뿐만 아니라 1972년부터 대한간호협회 회장까지 맡고 있어 하루 24시간이 모자랄 정도로 쉬지 않고 일했다. 그래서 그는 교수들 사이에 일벌레 학장으로 유명했다.

그러나 한국 간호학 학문 정립에 대한 메풀의 열정은 질주하는 기관차처럼 멈추지 않았다. 대학원 박사과정의 개설에 이어 이미 수행하고 있는 학부 교과과정 개편과 함께 대학원 교과과정 또한 연구 검토에 들어간 것이다.

시대는 폭넓은 지식의 기초 아래 다양한 상황에서의 간호기술 활용과 더불어 간호학에 대한 사회과학적인 연구방법 개발 등 차원 높은 간호교육을 요구하고 있었다. 그리고 이를 위해서는 새로운 목표 설정과 그 과정과 운영을 모색해야 한다는 주장들이 제기되고 있었다.

이러한 시대적 요구를 누구보다 잘 알고 있는 메풀은 곧바로 대학원 교과과정 개편 작업에 들어갔다. 당시 대학원에서의 간호학 석사과정은 간호교육의 부족을 메우기 위한 교수의 양적 충원에만 급급하였을 뿐 자질을 갖춘 간호학 전공 교수 요원은 확보하지 못하고 있었는데, 이러한 현실을 타파하기 위해 간호학 전공 대학원 교육과정 개편을 위한 연구에 착수한 것이다.

인간을 대상으로 하는 간호에서 사회적 변화는 매우 큰 변수로 작용한다. 국민의 요구 수준이 과거의 먹고 사는 것에서 그치던 것이 아니라, 이제는 건강에 대한 요구가 크게 확대되었다. 이것은 간호사의 역할 확대와 변화가 필요하다는 의미이기도 한 것이다. 사회적 요구에 부응하기 위해서는 새로운 형태의 간호학자, 연구자, 교육행정자를 준비시키고, 대학원 교과과정의 강화와 개선이 이루어져야만 한다.

메풀의 신념은 확고했다. 메풀은 미국 연합재단United Board for Christian Education in Asia의 연구비를 지원받아 1979년부터 조원정, 김조자 교수와 함께 본격적으로 대학원 교육과정 개편을 위한 연구에 들어갔다.

대학원 교육 강화를 위한 석 · 박사과정의 교과과정을 개편하고 효율적이고 합리적인 운영방안을 모색하기 위한 이 연구는 한국 간호 연구에 긍정적인 모델링이 되었다. 그리고 메풀의 계획대로 연구가 성공적으로 마무리되어 대학원 교과과정 개편 또한 학교에 적용되어 그 빛을 발하기 시작했다.

메풀이 학부와 대학원의 교과과정 개편을 주도한 것은 실제적인 학습 현장인 임상간호 수업을 대대적으로 정비하기 위해서였다. 메풀은 학생들을 지도하면서 임상에 있지 않은 교수의 이론 강의와 임상에서 직접 부딪치며 느끼는 실제 수업과의 괴리가 너무나 크다는 것을 누구보다 절실히 느끼고 있었다. 이는 간호교육에서 가장 근본적이고도 중요한 문제였다.

이러한 문제를 해결하기 위해 메풀은 1975년 '임상간호학교실' 제도를 개설하였다. 간호교육의 실제적 발전은 임상 간호 업무의 발전에 기인한다는 확고한 이념에 입각한 것이었다. 즉, 세브란스병원 간호부서에서 자격이 준비된 간호 행정자를 간호대학의 교수직을 겸임하게 하는 대대적인 개혁 정책을 펼친 것이다. 이는 간호대학과 병원 간호부서를 유기적 관계의 네트워킹 시스템으로 강화하는 운영의 일대 혁신이었다. 간호대학 교육의 이론과 임상 현장의 실제를 하나로 연결하는 획기적인 개선책이었다.

또한 메풀은 교과과정 개편과 함께 교수들의 교육방법을 개선하기 위해 『새로운 수업전략』이라는 연구서를 발간하였다. 교수들의 교육방법이 개선되지 않고서는 교과과정 개편은 무의미하다는 판단에 따라 펴낸 이 책은 전국적으로 교수들에게 활용되는 등 큰 반향을 불러일으켰다.

메풀은 학부와 대학원 등 학교의 교육제도 정비와 더불어 지역사회 간호학습 개발과 연구사업에도 박차를 가했다. 이는 간호사의 지역사회에 대한 역할 확대를 위한 것으로, 메풀의 사상인 전인간호를 실현하는 길이기도 했다. 그리고 그 첫 사업으로 강화도에서 보다 실질적인 지역사회 실습을 도모할 목적으로 지역사회 간호학습 개발과 연구사업을 시작하였다. 그 결과 1972년 강화도에 '강화 지역사회 보건연구원'을 설치하고 지역사회 보건교육의 현장실습 개발과 더불어 한국 농촌의 보건의료 문제 해결을 위한 연구에 들어갔다.

연구는 3주간에 걸친 현장 실습으로 이루어졌다. 학생들은 그 기간 동안 강화에서 거주하며 지도교수와 함께 지역 주민을 대상으로 지역사회 간호학 실습에 임하였고, 이는 지역사회 간호 문제에 대한 연구와 분석, 해결 방안 모색 등 다양하고 실제적인 학습 결과를 낳았다. 그리고 이러한 연구는 동남아시아는 물론 세계적으로도 모범적인 지역사회 학습지도 체계로 인정을 받았다. 메풀은 이제 한국을 넘어 세계 간호학계의 주목받는 인물이 되어가고 있었다.

새로운 역사를 창조한 전인간호

학자로서의 메풀이 간호학 체계 정립에 큰 획을 그었다면, 대한간호협회 회장으로서의 메풀은 간호사업 전반에 걸쳐 또 다른 역사를 창조했다.

대한간호협회 이사와 부회장 등의 직책을 수행하며 현대간호의 새로운 개념 도입을 위해 활발한 활동을 펼치던 메풀은 1972년 4월 20일 제13대 대한간호협회 회장으로 취임하였다. 대한간호협회 회관에서 열린 취임식에서 메풀은 한국 간호의 미래 발전을 위한 4가지 지향 방향을 취임사를 통해 천명하였다.

그 첫째는 국가와 사회가 요구하는 지역사회 간호의 개발과 실천이었다. 즉 전인간호 정신으로 지역사회의 간호를 강화한다는 것이었다.

둘째는 대한간호협회 회원의 권익을 옹호하며 그 지위를 향상시키기 위해 노력한다는 것이었다. 이를 위해 메풀은 국가와 사회에 무엇을 공헌할 것인지, 그리고 사회적으로 간호와 간호사에 대한 이해를 올바르게 정립시키는 일에 전력을 다하겠다고 밝혔다. 즉 대국민 간호 이해 증진과 사회 공헌을 통하여 간호사의 권익 옹호와 지위 향상을 도모한다는 것이었다.

셋째는 회원 교육 강화 등 간호사의 지적 발전을 토대로 한국 간호계가 당면한 문제들을 연구할 수 있는 능력을 계발한다는 것이었다. 그리고 마지막으로 대한간호협회 회원의 유대 강화와 역할 분담을 제시하였다.

당시 대한간호협회는 7천여 명의 회원을 두어 여성계 단체로는 독보적인 규모를 자랑하고 있었다. 그러나 전문직으로의 위상 확립과 역할 확대, 간호교육제도의 정비, 파독간호사의 인권보호, 신설된 간호보조원 문제와 간호사 인력수급 문제 등 시급히 해결해야 할 당면과제들이 산적해 있었다. 더욱이 대한간호협회는 이듬해 창립 50주년을 앞두고 있었다. 그러므로 그 어느 때보다도 회장으로서의 책임과 임무는 막중했다.

대한간호협회 회장에 취임한 메풀은 먼저 5월 12일 국제간호협의회에서 정한 제1회 국제간호사의 날을 맞아 '간호사윤리강령'의 제정을 서둘렀다. 국제간호협의회는 그동안 국제간호사의 날 제정에 대하여 많은 논의를 해오고 있었다. 그러던 중 메풀이 대한간호협회 회장으로 취임하기 1년 전인 1971년 더블린에서 회원국 대표자 회의를 갖고 나이팅게일 탄생일인 5월 12일을 국제간호사의 날로 선포하였다.

메풀이 추진한 간호사윤리강령은 무엇보다 간호사의 책임과 의무를 명시함으로써 본연의 역할을 다하기 위해서였다. 의사 중심의 의료보조원에서 탈피하여 나이팅게일의 정신과 본질을 구현하며, 보건 및 건강 교육을 통해 인간을 돌보는 전인간호의 참 뜻을 선언하고자 했던 것이다.

또한 전국 1만 5천여 명의 간호사들을 모두 협회에 포용하여 그들의 권익을 옹호하고 지위를 향상시킨다는 목적도 있었다. 가장 성스러운 전문직업인으로서의 긍지와 자부심, 용기를 그들에게 심어줌으로써 인간의 존엄성을 수호한다는 긍지를 더욱 고취시킨다는 것이었다.

메풀은 또 국제간호사의 날을 맞아 선포한 간호사윤리강령과 더불어 이날을 기해 '응급처치 전국사업'을 발족시켰다. 지역사회 간호봉사를 목적으로 한 이 사업은 경기도 파주군 아동면 맥금2리와 자매결연을 맺음으로써 그 첫발을 내딛었다.

메풀의 대한간호협회 회장 취임은 간호계의 비상한 관심은 물론 언론의 관심 또한 뜨겁게 불러일으켰다. 간호사윤리강령 제정과 응급처치 전국사업 등 취임 초기부터 보인 열정적인 행보는 세간의 주목을 받기에 충분했다. 그러나 메풀은 여성의 지위 향상과 한국 간호학의 학문적 정립, 간호사에 대한 권익 옹호 등 그동안 몸과 마음으로 실천해왔던 모든 것들을 의연하게 역점사업으로 추진해나갔다.

메풀이 중점적으로 추진했던 간호사업의 근저에는 여성의 복지를 위한 여권신장이 깔려 있었다. 여성의 지위 향상은 곧 간호사의 지위 향상이었고, 이는 또한 대한간호협회의 사업 방향이기도 했다.

여권신장을 위해서는 근본적인 남녀평등이 이루어져야만 했다. 남자와 여자의 법적인 평등이 보장되어야만 실제적인 평등의 관계가 수립된다는 것이 메풀의 신념이었다. 그래서 메풀은 남녀평등을 위해 가족법 개정을 촉구하는 한편, 교육의 평준화를 요구했다. 교육의 기회 균등과 평준화가 정책적으로 보장되어 여성의 교육이 강화되어야 간호사업 또한 발전한다는 것이었다. 메풀의 이러한 신념은 한국 간호계에 절대적인 파장을 미쳤다.

메풀은 또한 간호법 제정의 당위성도 적극 역설하였다. 전인간호를 구현하기 위해서는 전문직 간호사들에 대한 정당한 사회적 대우와 여건들이 개선되어야 하는데, 그러자면 근본적으로 간호법부터 제정해야 한다는 것이었다. 이는 단순히 간호사들의 문제만이 아니었다. 모든 직업에서 남녀의 차별이 사라지고 전문직에 대한 특수성이 인정되어야 남녀 차별에서 오는 사회적 악순환을 극복할 수 있다는 것이 메풀의 생각이었다. 그래야만 사람에 대한 이해가 더욱 깊어져 공존 · 공생 · 공영하는 사회를 이룩할 수 있다고 확신했다.

메풀은 대한간호협회 회장으로서 언론과의 인터뷰를 통해 전문직 간호Professional Nursing와 전인간호Comprehensive nursing care 사상에 대해 설파하는 데도 많은 시간을 할애하였다. 간호사가 단순히 의사의 보조자 역할을 수행하는 것으로 알고 있는 낡은 인식을 타파하기 위해서였다. 이는 국민의 인식을 깨치는 데 많은 영향을 미쳤다. 인간을 이해하고 인간의 문제를 찾아 분석하고 해결하는 전인간호의 정신을 국민들에게 심어준 것이다.

이렇듯 메풀은 대한간호협회 취임 초기부터 지칠 줄 모르는 열정으로 모든 사업을 수행해나가며 대국민 인식 제고에도 큰 역할을 수행하였다. 그리고 세 가지 주력사업을 계획하고 실행에 옮겼다.

그 첫 번째 사업은 경기도 용인에 지역사회 보건간호 시범센터를 세우는 것이었다. 이 센터를 통해 만성질환의 간호와 재활간호에 대한 전인간호사업이 전문직 사업에 미치는 영향 등을 연구하였다.

두 번째 사업은 전국 각지의 병원과 보건소 등에서 일하고 있는 간호사들을 위해 보수교육센터를 마련하여 세미나와 강습회, 간호훈련을 실시하는 것이었다.

그리고 세 번째 사업은 대한간호협회 기관지 발간이었다. 이를 통해 간호사업을 전개하고 국민에게 적극 홍보함으로써 과학적인 지식의 토대를 쌓아 더 나은 간호환경을 조성한다는 것이었다.

전인간호의 구현과 여권신장, 대국민 인식 제고 등 메풀은 대한간호협회 회장으로서 간호사 역할의 실질적인 의미 확대에 열정과 노력을 바쳤다.

전인간호 사상을 뿌리내린 간협신보

1976년 12월 31일, 메풀은 대한간호협회 직원들과 함께 인쇄소의 윤전기輪轉機 앞에 초조하게 서 있었다. 이윽고 윤전기가 힘차게 돌아가며 인쇄물이 나오기 시작했다. 윤전기가 돌아가는 소리가 조금은 시끄러웠지만 메풀은 개의치 않고 쏟아져 나오는 인쇄물을 두근거리며 바라보았다. 잠시 후 인쇄기장이 접지되어 쌓이는 인쇄물 하나를 들고 다가왔다. 메풀은 얼른 인쇄물을 펼쳤다. 그 순간, 메풀과 함께 인쇄물을 기다리던 직원들의 입에서 벅찬 환호성이 터져 나왔다. 그들의 환호성을 조용히 듣고 있던 메풀의 입가에는 어느새 잔잔한 미소가 피어 있었다.

이날은 1977년 1월 1일자 주간 '간협신보' 창간호가 마침내 세상에 나오는 날이었다. 대한간호협회의 기관지인 간협신보는 메풀이 남다른 공력을 들인 작품이었다. 간호사의 위상을 알리고 높이는 일에 정성을 쏟은 메풀은 간호사의 입장을 대변할 주간신문 창간에 유독 많은 심혈을 기울였다. 특히 창간호가 나오기까지 숱한 난관을 극복해야만 했기에 더욱 그랬다. 창간 추진 2년 만에 세상에 나온 주간 간협신보는 그래서 메풀의 자식이나 다름없었다.

1975년 3월, 메풀은 대한간호협회 이사회를 소집했다. 당시 이사진은 강윤희 제1부회장, 이성덕 제2부회장, 김모임, 김순봉, 김순자, 김영매, 방용자, 이귀향, 조상문, 하영수, 홍영숙, 홍정혜 이사 등이었다. 이날의 주요 안건은 전국의 간호사들을 대변할 대한간호협회 기관지 창간이었다. 기관지 창간은 메풀이 회장 취임 초기부터 강력한 뜻을 가지고 있던 사업이었다. 그리고 이날의 회의에 앞서 이미 그동안 여러 차례에 걸쳐 기관지 창간에 대한 사전 준비를 하고 있었다.

그러나 의욕적으로 추진한 기관지 창간은 처음부터 난관에 부닥쳤다. 무엇보다 재정적인 부담이 너무 컸다. 협회의 전폭적인 지원만으로는 한계에 부닥치기 일쑤였고, 편집팀 등 기관지 창간에 따른 인력과 조직 등의 문제 또한 많은 어려움이 있었다. 거기에 더하여 기관지 창간에 따른 전문기술 확보와 유통망, 배포 등 해결해야 할 문제들이 수두룩했다. 그리고 창간호를 내는 순간부터 부담해야 될 비용 또한 막대했다.

그러나 메풀의 의지는 강력했다. 메풀은 기관지 창간은 간호사들의 권익을 옹호하는 또 다른 길이라고 보았다. 또한 대한간호협회의

'간협신보'를 읽고 있는 메풀
간호사의 위상을 알리고 높이는 일에 정성을 쏟은 메풀은 간호사의 입장을 대변할 주간신문 창간에 심혈을 기울였다.

활동에 대한 대국민 홍보와 더불어 전인간호의 정신을 고취시키기 위해서는 기관지를 꼭 발행해야 한다고 믿었다. 지난 반세기 묵묵히 봉사만을 해온 협회와 전국 간호사들의 위상을 이제는 소리 내어 사회에 알릴 때가 되었다고 판단한 것이다.

메풀은 창간호 발행일자를 1977년 1월 1일자로 정하고 총력을 다해 이사진과 협회를 독려했다. 메풀은 김모임 이사를 주축으로 한 준비위원회에 힘을 실어주며 재정 자립을 이룰 때까지 신문사를 별도 조직으로 두어 예산을 지원하였다. 인쇄물 발행에 관한 전문 지식과 기술은 관련 인사와 단체에 자문하였고, 내실 있는 편집팀을 구성해나갔다. 그 결과 마침내 발행 목표일에 한 치의 어긋남도 없이 창간호를 발행하였다.

창간호를 손에 든 메풀은 감격스러웠다. 숱한 우려와 고비를 넘기고 탄생한 간협신보는 간호 현장과 의료기관, 그리고 국민들에게 보이는 협회의 얼굴이었다. 그 얼굴을 모두가 일심동체가 되어 함께 만든 기쁨은 이루 말할 수 없었다.

창간호 발행과 더불어 메풀은 1977년 벽두에 창간 축하연을 성대하게 열었다. 창간 축하연에는 당시 신현확 보건사회부 장관 등 보건의료계 인사들을 비롯하여 각계의 인사들이 참석하여 새로운 길에 나서는 대한간호협회를 축하해주었다. 이날 메풀은 창간사를 통해 간협신보가 우리 사회에 직접적으로 공헌하는 신문이 되기를 희망한다고 피력했다.

내년 1978년은 대한간호협회 창립 55주년을 맞이하는 뜻 깊은 해입니다. 창립 55주년을 앞두고 우리의 염원인 간협신보가 발간된 것은 소망스러운 일이며, 이는 현재까지 우리들의 힘이 미치지 못했던 사업의 중요한 부분과 놀라운 양의 건강사업의 기능과 역할을 해낼 것을 믿어 의심치 않는 바입니다.

우리는 얼마나 오랫동안 이것을 얻기 위해 준비하고 노력했는지 알 수 없습니다. 우리는 기관지를 통해 스스로를 재평가하고, 또한 우리의 주장과 역할을 만인에게 알리고, 이를 통해 사회로 하여금 이해와 협조를 얻어가며 봉사하는 일은 지혜로운 일이라 하겠습니다. 이제 더욱 적극성을 띤 우리의 사업을 알리어 사회의 호응과 협조를 받으며, 사회계몽, 보건건강교육, 여성복지향상, 국민건강옹호사업 등을 우리 기관지를 통해 알릴 수 있게 되었습니다.

바라기는 간협신보가 앞으로 영원한 발전을 가져와 우리 사회, 우리 직업, 우리 국민에게 직접적으로 크게 공헌하는 신문이 되었으면 합니다.

간협신보(간협신보는 2009년 1월 1일부로 「간호사신문」으로 제호를 바꾸었다)는 메풀의 희망대로 한국 간호계를 대변하는 유일한 신문으로 성장하였다. 대한간호협회의 활동을 비롯하여 각 지부와 산하단체의 사업과 활동, 보건의료정책, 이슈와 기획 등 풍부한 지면으로 간호사들의 위상 강화는 물론 협회 활동에 대한 국민들의 인식을 전환시키는 등 그 사명과 역할을 충실히 수행하였다. 특히 발행 초기에는 전인간호 사상을 이 땅에 뿌리 내리는 데 지대한 기여를 하였다. 그리고 간호문화의 발전과 간호사들의 정서 함양을 목적으로 제정된 '간호문학상'은 간호사들과 국민들의 높은 관심 속에 간호문학의 질적인 발전에 크게 기여하였다.

숙원사업인 간협신보의 발행으로 대한간호협회와 간호사들의 위상을 더욱 강화한 메풀은 한국 간호계를 대표하는 어머니로서 세계무대에서도 그 사명과 역할을 훌륭하게 수행하였다. 메풀은 대한간호협회 회장으로서 2년마다 열리는 국제간호협의회ICN 총회는 물론 세계보건기구WHO와 각국의 간호대학을 수시로 방문하여 선진학문을 접하고 돌아와 한국에 적용하였다.

1972년 5월, 메풀은 대한간호협회 회장에 선출된 후 처음으로 열리는 국제간호협의회 총회에 참석했다. 그리고 멕시코에서 열린 총회에 참석한 뒤에는 모교인 에모리 대학교의 초청을 받아 미국으로 건너갔다. 에모리 대학교 방문은 유학을 마치고 귀국한 이후 처음이었다.

메풀의 에모리 대학교 방문은 연일 화젯거리가 되었다. 에모리 대학교 신문은 메풀이 석사학위를 마치고 고국으로 돌아가 한국 최초로 간호학 교재를 내고 간호대학장과 대한간호협회 회장에 오른 것을 크게 다루며 메풀이 유학 시절 총장을 만난 일과 학위 수여식에서 대표로 상을 받은 것을 빠짐없이 보도했다. 그리고 한국적인 전

국제간호협의회에 한국 대표로 참석한 메풀.
메풀은 국제간호협의회 총회는 물론 세계보건기구와 각국의 간호대학을 수시로 방문하여 선진학문을 접하고 돌아와 국내에 적용하였다.

인간호를 구현하고 있는 메풀의 모습을 상세하게 전하며 학교의 자랑이라고 소개했다.

1974년은 메풀에게 잊지 못할 뜻 깊은 한 해였다. 그해 여름 세계보건기구를 비롯하여 국제간호협의회, 국제적십자사 등 세계적인 기구를 잇따라 방문하고 '세계복음주의협의회'에까지 참석을 한 것이다. 이때 메풀은 문화와 학술교류 등 민간외교사절로서 그 역할과 사명을 다하며 한국의 간호를 세계에 널리 알렸다. 특히 국제간호협의회 본부의 총무인 허버트와의 대담에서는 우리나라 간호사업의 현황과 문제점, 간호철학과 윤리, 교육 등 다방면의 진단과 함께 해결책까지 상세히 소개해 존경과 찬사를 한 몸에 받았다.

메풀은 재미한인간호협회의 창립에도 적극적인 지지를 보냈다. 메풀은 1976년 LA 미주한국일보 강당에서 열린 재미한인간호협회 창립총회에 참석하여 격려를 아끼지 않았다. 특히 재미한인간호협회에서 헌신하고 있는 제자들과 후배들과의 오랜만의 만남을 통해 앞으로도 지속적인 성원을 보내겠다는 약속과 함께 해외에서 어려운 난관을 헤쳐 가며 외화를 벌고 있는 그들에게 아낌없는 사랑과 찬사를 보냈다.

메풀은 세계에서 활약하고 있는 한국인 간호사들을 만날 때마다 언제나 당당한 전문직업인으로서의 긍지와 사명을 잊지 말 것을 당부하곤 했다. 국적을 초월한 숭고한 간호정신으로 참된 인간애를 발휘하고, 이를 통해 한국인의 사랑과 긍지를 널리 알려 세계에 한국간호사의 이미지를 새롭게 각인시킬 것을 주문한 것이다. 그리고 이는 곧 한국 사회에서의 간호사의 위상 정립에 큰 몫을 할 것이라는 격려 또한 빼놓지 않았다.

간호사의 지위 향상으로 국민의 삶의 질을 높이다

메풀이 대한간호협회장으로서 그 소임을 다하며 한국 간호의 발전을 위해 열정을 바쳤던 1970년대는 간호사업 전반에 걸쳐 새로운 역사를 만들어야 하는 시기였다. 특히 간호교육제도는 시급히 정비해야 할 오랜 과제였다.

1960년대를 넘어서 1970년대 중반까지의 간호교육제도는 3원화 시스템으로 이루어져 있었다. 즉 4년제 대학의 간호학과와 고등학교 졸업생에게 입학 자격이 주어지는 3년제 간호학교, 중학교 졸업생에게 입학 자격이 주어지는 간호고등기술학교가 나란히 공존하고 있었던 것이다. 이러한 비합리적인 간호교육제도는 메풀이 간호학을 학문으로 정립하기 위한 노력들에 걸림돌이 되었다.

1971년 11월, 대한간호협회는 '현행 간호학교제도가 9개 정규대학 내의 간호학과와 26개 3년제 간호학교 및 중학교 졸업자를 입학 대상자로 하는 간호고등기술학교 등 3분되어 있어 학제상의 모순은 물론 3자의 동등한 면허자격, 기타 연령적인 격차 등의 불합리성이 많아 이를 시정'하기 위해 문교부현재의 교육과학기술부 등 정부에 간호고등기술학교를 간호학교로 승격시켜 달라는 내용을 건의한 바 있었다.

그 이유로는 첫째, 간호고등기술학교 출신은 연령이나 지식 면으로 보아 보건지도자의 역할을 담당할 수 없고, 둘째, 시설이 미비한 간호고등기술학교 출신자가 간호학교 학생의 임상지도를 할 경우 어려움이 많다는 등의 이유에서였다. 이러한 주장은 '간호보조원'의 등장으로 더욱 설득력이 있었다.

이러한 노력에 힘입어 간호교육제도는 메풀이 대한간호협회장으로 있던 1973년 문교부와 보건사회부의 합의에 따라 마침내 해결되었다. 즉 중학교 졸업생에게 입학 자격이 주어지는 간호고등기술학교의 설립인가가 폐지되었던 것이다. 이에 따라 간호고등기술학교는 재학생들이 모두 졸업하는 1976년 폐지되었고, 대부분 간호전문학교로 승격인가를 받게 되었다. 이는 1970년대 간호교육제도 개선 분야에서 가장 큰 성과였다.

간호교육제도의 개선은 대한간호협회의 역할과 활동이 두드러지게 영향을 미친 결과물이었다. 또한 이와 같은 활동은 국가적 간호인력 수급이라는 거시적인 차원에서 추진되었다는 점에서 공익단체로서 대한간호협회의 성격이 크게 부각되었다.

그러나 메풀에게는 또 다른 짐이 하나 있었다. 당시 병 · 의원과 보건소 등 각종 보건의료기관에서는 정규간호사RN와 간호보조원 외에도 무자격자 고용을 일반화하고 있었다. 생명을 다루는 의료 현장에 무자격자가 있다는 것은 심각한 일이었다. 그리고 이는 정규 간호사의 역할을 축소하는 것이기도 했다.

당시 간호인력은 정규 간호사만 놓고 보아도 결코 부족함이 없었다. 그리고 정부는 간호보조원 제도를 신설하여 간호보조원을 대량으로 양산하고 있었다. 이런 상황에서 무자격자를 고용한다는 것은 정식 면허를 가진 간호사의 설 자리를 빼앗는 것이었다. 이런 심각한 사태는 실제로 곳곳에서 벌어지고 있었다. 이 같은 현실을 직시한 정부는 무자격자를 일정 기한 내에 자격자로 대체할 것을 권고하고, 이를 이행치 않을 때에는 개설자는 물론 무면허 종사자들까지 엄중 조치하겠다고 경고하였다. 그러나 이 같은 조치는 의협을 중심으로 한 의사집단의 즉각적인 반발을 불러왔다.

'국민건강'과 '개업의開業醫의 현실'은 양자 한 치의 양보도 없이 첨예하게 대립했다. 그러던 중 1972년 6월 의협醫協의 한 이사가 보건신보에 발표한 '무자격 간호사 정비문제'라는 제목의 글은 무자격자에 대한 논쟁에 불을 붙였다.

그의 주장은 간단했다. 그는 일반 개인의원에서의 간호사라 함은 의원 자체 내에서 자기 의원의 생리에 맞도록 양성된 간호사를 말한다며 무자격 간호사에 대한 정의를 내리고, 그들이 오랫동안 해당 의사의 의료교육과 훈련을 통해 단련을 해왔기 때문에 의사의 수족으로서 매우 효율적인 구실을 하고 있다는 주장을 폈다. 그리고 개인의원에서는 정규 간호사를 채용하는 것보다 무자격 간호사가 필요하다는 억지 논리를 폈다. 그는 또 무자격 간호사에게 국가시험의 기회를 주어 개업의원 원장의 추천으로 3년 이상의 경력을 가진 자에게는 소정의 교육을 받게 하여 자격을 획득하게 하는 방안이 필요하다고 주장했다.

메풀은 분개했다. 국가시험으로 무자격자를 양성해야 한다는 주장을 도저히 받아들일 수 없었던 것이다. 메풀은 긴급 이사회를 열고 이 사안을 안건으로 부쳤다.

이사들은 현재의 간호교육 시스템과 면허제도 등을 깡그리 무시한 주장에 대해 한 목소리로 성토했다. 그리고 간호사 양성을 개인의원에서 한다는 이해할 수 없는 발상에 대해 분개했다. 불과 몇 년 전만 해도 의사 부족으로 의과대학을 신설하려는 움직임에 강경하게 반대하고 나선 의협이었다. 그런 그들이 인간의 생명을 다루는 의료요원의 교육을 경시한다는 것은 있을 수 없는 일이었다.

메풀은 즉각 총무에게 지시를 내렸다. 전국의 모든 회원과 병원 간호과에 무자격자를 찾아내는 공문을 띄우고, 무자격자의 의료행위를 고발하는 과정에서 관계법령을 이해하지 못하는 사례가 발생하고 있으니 전국 시도 경찰국에 협조 요청을 하라는 것이었다.

무자격자의 의료행위를 금지시키는 것은 정규 간호사의 취업확대라는 미시적 관점과 함께 국민건강권 보호라는 거시적인 목적에 직접 관련되어 있으므로 한 치의 양보도 있을 수 없었다. 이와 함께 무자격자가 일선에서 물러나면 그 대안으로 정규 간호사의 유휴 인력을 확보하여 투입하는 것 또한 메풀을 위시한 협회의 크나큰 역할로 부각되었다.

유휴 인력을 일선으로 끌어내기 위해서는 무엇보다 열악한 간호사의 처우를 개선하고 영역을 확대하는 것이 급선무였다. 이에 메풀은 1974년 새해 벽두부터 정규 간호사에 대한 처우와 복지 문제 해결을 위해 분주하게 움직였다.

메풀은 먼저 정규 간호사들의 취업률부터 파악했다. 총 면허자 19,700명 중 국내취업자 8,000명, 해외체류자 4,000명, 취업불가능자 1,000명을 제외한 미취업자는 6,700명이었다. 미취업자가 많은 이유는 각종 보건의료기관에서 정규 간호사를 채용하기보다는 간호보조원 또는 무자격자를 채용하는 것이 일반화되어 있기 때문이었다.

조사 결과를 보고받은 메풀은 의료법에 규정된 정원 확보와 함께 여러 영역에서 간호사 정원을 확보해야 한다는 판단을 내렸다. 양호교사(보건교사)를 비롯하여 교련교사, 가족보건 · 모자보건 · 결핵요원, 그리고 산업장 간호사 등 여러 영역에서 간호사 정원을 확보하는 한편, 보건의료기관에서 필요한 인원을 즉시 공급할 수 있는 간호인력 풀 제도를 마련해야 한다는 것이었다. 그것만이 무자격자 양산 시스템에 대응할 수 있는 대안이었다.

메풀은 즉시 결단을 내리고 간호사의 취업 확장에 본격적으로 나섰다. 메풀은 먼저 산업장을 개척하기로 하고 그해 7월 12일 노동청장에게 산업장 보건관리의 필요성과 간호사의 역할에 대한 제의를 하였다. 이와 함께 9월에는 문교부에 양호교사 정원을 확보하기 위한 제도적 건의를 하는 한편, 12개 지부에 도교육위원회와 협의를 하라는 지침을 내렸다. 그리고 양호교사 정규직제 확보, 양호교사를 위한 장학사 직제 확보, 양호실 비품 정비, 기관장 보수교육, 문교부 주최 양호교사 보수교육 등 양호교사들의 요망사항을 6개 항목으로 간추려 문교부에 건의하였다.

메풀은 청와대를 비롯한 관련기관을 방문하며 간호사 권익 옹호에 적극 나섰다.

간호인력 풀 제도를 구축하기 위한 작업은 1975년에도 지속적으로 추진되었다. 메풀은 지부별로 양호교사 정원 확보를 추진하고, 산업장 간호사에 관한 법

규를 개정토록 하며, 간호대학 졸업과 동시에 교련교사 자격증을 갖기를 원하는 학교를 체크한다는 방침을 세우고 이를 활발히 추진해 나갔다. 그리고 1976년 들어서는 "유자격자를 양호교사로 고용하여 과잉 배출된 간호인력을 농어촌 학교로 흡수되도록 하며, 보건소와 산업장, 모자보건요원, 가족계획요원 등의 비정규 보건요원을 간호사로 대체해야 한다"는 내용의 간호인력 수급과 간호사의 처우개선에 관련한 건의문을 정부에 제출하였다.

당시 보건소와 산업장 등의 의무실은 상당수를 간호보조원이나 무자격자로 충원하고 있었다. 이 같은 현상은 지역사회 주민의 건강뿐 아니라 효율적인 인력구조의 근간을 이루는 지도감독체제의 수립을 저해하는 요소로 작용하고 있었다.

이로 인해 매년 배출되는 3천여 명의 유자격자를 유휴 인력으로 만들고 있었다. 심지어는 양호교사 순위고사에 합격을 하고도 발령을 받지 못하고 대기 상태에 있는 유자격자도 상당수에 이르고 있었다. 이는 전문교육을 받은 고급 인력의 방치는 물론이고 내일의 국가의 주인이 될 700만 명 학생들의 건강을 위협할 수도 있는 심대한 국가적 문제였다. 특히 국민건강사업의 일선 현장인 보건소와 보건지소에 근무하는 보건요원은 유자격자가 단 15.2%로 나머지 84.8%는 간호보조원이나 무자격자들이었다.

이러한 상황을 직시한 메풀은 더욱 강도 높게 정부 당국의 결단을 촉구하였다. 전국의 보건 분야에서 종사하고 있는 무자격 보건요원들을 하루 속히 유자격자로 대체하고 정규 간호사들을 확보함으로써 국가건강사업의 질적 수준과 효율을 높여야 한다고 주장한 것이다.

이러한 메풀의 노력과 활약은 의료계뿐 아니라 국민건강 보호 차원에서도 지극히 정당한 것이었다. 그리고 이 같은 끈질긴 노력은 마침내 정부를 움직였다.

1977년 문교부는 각 시도 교육위원회에 양호교사를 확보하라는 내용의 지침서를 발송하고, 증원 수에 대해서는 구체적인 계획을 추진하겠다고 밝혔다. 내무부 또한 2차 진료기관의 간호사 정원을 증원키로 결정하였으며, 보사부는 각 시도 보사국장 회의를 주재하고 시도 보건과장 및 의약계장 회의에서 법정 간호사 수를 확보토록 지시하였다. 그리고 노동청은 전국 노동사업소를 통해 산업장 의무실에 면허를 소지한 간호사를 보건관리요원으로 채용하라는 내용의 공문을 발송하였다.

무자격자 논쟁으로 촉발된 정규 간호사의 처우 개선과 간호인력의 적절한 공급 체제 마련은 메풀을 위시하여 대한간호협회가 줄기차게 포기하지 않고 문제를 삼은 결과였다. 특히 모자보건요원 993명 중 간호사 정원 393명을 새로이 확보한 것은 모자보건요원으로의 진입이라는 측면에서 간호사의 역할을 확대하였다는 점에서 매우 큰 의의를 남겼다. 그러나 메풀은 한시도 쉴 틈 없이 다시 분주하게 움직였다. 이제는 국민건강 실현을 위한 간호인력 확보가 당면과

제로 떠오른 것이다.

메풀은 1976년 4월 전국의 간호계 학교에 보건소 및 보건지소의 모자보건요원 취업희망자 명단을 확보토록 지침을 내리고 이듬해인 1977년에는 모자보건요원뿐 아니라 취업희망자 전원에 대한 명단을 작성토록 하였다. 그리고 이를 바탕으로 '간호인력자원의 풀 제도'를 검토 시행하는 등 간호사 영역 확대에 박차를 가했다.

간호인력자원의 풀 제도는 전국에 산재해 있는 간호인력자원의 효율적인 수급 증대에 따른 대안으로, 필요한 부분에 인력자원을 적정 배치함으로써 국민건강 향상에 보다 효과적으로 이바지한다는 목적으로 추진되었다. 그 결과 전국에 걸쳐 유휴 간호인력 409명의 명단을 확보할 수 있었다.

파독간호사의 권익을 향상시키다

대한간호협회장으로 재임하던 1970년대 메풀은 한국 간호사看護史에 기록될 많은 업적을 남겼다. 그중에서도 파독간호사들의 권익을 지키려는 노력은 눈물겨운 것이었다.

1963년경부터 시작된 간호사의 해외취업은 1970년대 들어서도 지속적으로 추진되었다. 특히 독일에 한국 간호사를 파견한 일은 1960년대부터 시작된 한국 경제발전의 원동력이 되었다는 점에서 큰 의의를 갖는다. 파독 간호사들의 3년치 월급을 독일에 묶어두는 조건으로 무려 1억 5천만 마르크(약 4천만 달러)의 상업차관을 독일로부터 받을 수 있었기 때문이다.

1960년대 한국의 경제는 1인당 GNP 87달러, 외화보유고 2,300만 달러, 연간 물가상승률 42%, 실업률 23%, 민간저축률 3% 등 빈곤국가 대열에서 벗어나지 못하고 있었다. 이를 타개하기 위해 박정희 대통령은 1964년 12월 서독을 방문하였는데, 뤼브케 대통령과 에르하르트 수상의 환대 속에 전폭적인 경제협력을 약속받았다. 박 대통령이 이처럼 기대 이상의 환대를 받은 것은 독일에 파견된 간호사들이 현지에서 성실하게 일하고 있는 덕이었다.

당시 서독 언론들은 한국 간호사들의 성실한 모습을 연일 보도할 정도로 이역만리 타국에서 헌신하고 있는 우리 젊은 간호사들의 근무태도를 격찬했다. 이국의 낯선 곳에서 환자들을 가족처럼 정성껏 간호하는 젊은 간호사들의 헌신적인 간호활동은 모든 독일 국민의 가슴속에 따스한 정을 심어주기에 충분했다.

간호사의 서독 파견은 국가적으로 매우 중요한 역할을 수행하였다. 그리고 간호사 인력 진출은 사업 시작 10여 년 만에 6,000여 명이 파독되는 등 절정에 이르렀다.

그러나 이때부터 눈에 보이지 않던 여러 가지 문제들이 드러나기 시작했다. 그 문제들은 대부분 가족과 고국으로부터 멀리 떨어져 언어와 문화, 사회제도 및 간호제도가 다른 이국에서 일하며 살아가면서 파생한 것들이었다. 이는 국가 전체가 모두 경제발전에만 주력했을 뿐 그 희생양이 되었던 파독 간호사들의 권리와 복지에는 관심을 두지 않았던 당연한 결과였다.

상황이 이에 이르자 메풀은 연세대학교 간호대학 김조자 교수를 위임해 1973년부터 1974년까지 2년 동안 이들의 현황을 조사하였다. 결과는 메풀의 예상대로였다. 응답자의 3분의 1이 서독에 온 것에 불만족을 표시한 것이다. 가장 큰 원인은 언어소통의 장애 문제였다. 그리고 대인관계와 간호활동의 차이, 외국인 간호사에 대한 환자의 불신임 등 임상에서의 문제를 비롯하여 독일인과의 사회적 교제 문제, 기후 · 환경 · 심리적 갈등으로 인한 건강문제 등을 떠안고 있었다. 응답자의 대다수인 78.9%는 자신들의 권익과 여러 가지 문제를 상담하고 해결해줄 수 있는 상담기관의 서독 주재를 원하고 있었다.[17]

메풀은 이 같은 연구 보고를 받고는 언론 등을 통해 파독 간호사들의 문제를 적극 알리기 시작했다.

> 본 협회에선 해외파견 간호사의 문제에 관해 몇 가지 점을 강력하게 지적해두고자 한다.
> 첫째, 파견간호사를 엄선해야 한다. 파견 나라의 언어를 익히고 역사와 사회 풍습에 대한 교육을 시켜야 한다. 언어가 통하지 않으면 낯선 외국에선 고도에 갇혀 있는 로빈슨 크루소처럼 고독감과 소외감을 느끼게 마련이며, 아무리 윤리의식에 철저해도 견디기 어려운 것이다.
> 둘째로, 그와 같은 실정 하에서 파견되는 경우 최소한도 상대국의 언어에 능통한 경험이 풍부한 간호감독관을 파견하여 그 사회에 익숙

17) 김조자, '서독주재 한국간호요원의 발전을 위한 취업실태 조사연구', 대한간호 제14권 3호, 1975, 22p

할 때까지 감독 보호를 철저히 해야 한다. 서독 파견 광부의 수보다 몇 배나 되는, 더구나 남성 근로자와는 달리 어린 여성들로 구성된 파독 간호사에 대해선 전문적인 간호 감독관이 단 한 명도 파견되어 있지 않다는 것은 모순이요, 수차에 걸쳐 본 협회에서는 모순을 즉각 시정하여야 한다고 건의를 했지만 이번에야말로 시정되길 바란다.

셋째로는 '인력수출'을 목적으로 한 간호보조원의 제도나 교육방법을 재검토해야 하고, 특히 외국과의 계약관계나 근로조건에 있어서 인력 수출에만 급급한 나머지 저자세를 취할 것이 아니라 신분보장면과 보수 면에서 한국 간호사의 권익을 최대한으로 지킬 수 있는 입장에 서야 하는 것이다.[18]

1974년 12월, 메풀은 '간호사의 해외취업과 전망'이라는 주제로 세미나를 개최하였다. 이때 메풀은 직접 주제 강연에 나서서 정부의 대책을 촉구했다.

1960년대 초부터 활발하게 이루어지고 있는 간호사의 해외진출이 많은 문제점을 안고 있다는 사실을 알고 느끼면서 지켜보기만 했던 사실에 비추어, 우리들의 가장 중요한 문제 중의 하나를 들추어 분석하고 해결점을 찾고 건의할 수 있다는 점에서 이 세미나의 의의는 크다

18) 동아일보, 1974년 6월 15일자

고 생각합니다.

실제로 파독간호는 국내에 무자격 간호사를 계속 양성시키고 있다는 사실에 주목해야 합니다. 이것은 새로이 충원된 간호사들의 경험 부족이 대두되어 환자에게 주어지는 간호의 질이 저하되고 있는 현실을 간과해선 안 되며, 또한 서독에 파견된 이들이 해외취업 계약을 만료하고 귀국한 후의 사후 대책이 중요하다는 것을 잊어서는 안 됩니다.[19]

파독 간호를 간호학적 견지에서, 정치적 견지에서, 사회적 견지에서 각각의 전문가를 패널로 초청해 분석했던 이날의 세미나는 국민의 관심을 끌기에 충분했다. 이 자리에서 메풀은 파독 간호에 대한 근본적인 문제점을 지적하고 그 해결책을 모색하였다.

당시 파독 간호사를 위한 노무관은 이미 1973년에 노동청 아동부녀과에서 파견을 보낸 상태였다. 그러나 간호사가 아닌 일반 노무관이었다. 그런 까닭으로 간호업무 분야에 어두울 뿐만 아니라 현지 공관의 여러 가지 복잡한 업무에 매달려 간호사들에게는 큰 도움이 되지 못하고 있는 실정이었다.

메풀은 간호사의 자격증을 가지고 있는 전문적인 능력을 갖춘 사람을 노무관으로 선정하여 현지에서의 문제를 해결하고, 그들의 권

19) 전산초, '간호사의 해외취업과 전망', 대한간호 제14권 1호, 1975, 9p

익을 위하여 사후관리까지도 철저하게 처리해야 한다고 역설하였다. 이는 간호사들의 파독이 국가경제 발전의 극대화에만 초점이 맞추어져 있을 뿐 정작 당사자인 그들의 권익 증진이나 고충 해소 등에는 구조적으로 매우 미약한 문제점을 안고 있음을 지적한 것이었다.

이와 같은 활동은 근본적인 문제들을 하나씩 해결하는 단초가 되었다. 그리고 대한간호협회는 1976년 간호사 노무관을 자체적으로 파견하기 시작했다. 간호사의 노무관 파견은 그동안 관계당국과의 끊임없는 교섭과 건의 끝에 이루어진 큰 성과였다.

간호사 노무관 파견을 시작으로 대한간호협회는 파독 간호사들을 위한 활동들을 줄기차게 펼쳐 그 결실을 하나씩 거두기 시작했다. 해외취업 알선, 어학연수 프로그램 도입, 자격시험 실시 등이 그것이었다. 그리고 이를 바탕으로 대한간호협회는 이전보다 훨씬 더 중심적인 위치에서 간호사의 해외취업을 지원하였다. 또한 해외취업에서 발생하는 문제의 해결을 위해 정부와 해외개발공사 등과 공동조사단을 구성하여 현지에 파견하는 등 더욱 활발한 활동을 전개하였다.

제7장

또 다른 역사를 쓰다

- 생의 마지막까지 무한한 사랑을 펼치리라
- 연세인, 그리고 새로운 동산인
- 지역사회 간호발전에 바친 숭고한 열정
- 슬픔으로 떠나보낸 하늘이 내려준 선물
- 간호사의 힘은 스스로 키워야 한다
- 꿈이 있는 생은 외롭지 않다

* 1978년 싱가폴에서 메풀이 그린 그림

생의 마지막까지 무한한 사랑을 펼치리라

"선생님, 아주 먼 훗날 할머니가 되어 일선에서 물러나시면 무얼 하고 싶으세요?"

"글쎄…… 뭘 하고 있을까? 아마도 병원이 없는 시골에서 보건진료소를 운영하며 마을 주민들과 더불어 사는 늙은 간호사가 되어 있지 않을까?"

어느 날 서울대학교 특강 자리에서 만난 김화중 교수와 메풀의 대화다. 메풀의 제자인 김화중 교수는 메풀을 스승이자 언니처럼 따르며 스스럼없이 지내는 사이였다. 그래서 이런 질문도 허물없이 던지곤 했다.

메풀은 평소 은퇴를 하면 한적한 시골로 내려가 보건진료소를 운영하며 지역사회 주민들과 함께 건강교실을 하고 싶다는 바람을 갖고 있었다. 은퇴를 생각하기엔 아직도 할 일이 많았지만 흐르는 세월을 이길 수는 없는 것, 바쁜 일상 속에서도 사색에 잠길 때면 훗날 자신의 모습을 그려보고는 했다.

연세대학교 간호대 학장, 간호학연구소장, 대한간호협회 회장, 간협신보 사장, 대한가족협회 부회장, 국가보건정책협의회 부회장 등 1970년대 메풀이 걸어온 길은 한국 간호의 역사를 새로 쓴 대장정이었다. 또한 삶의 질을 높이는 데 많은 업적을 남기며 국가와 사회에 크나큰 기여를 했다. 그 공로로 정부는 1978년 국민훈장 목련장, 1987년 국민훈장 동백장을 수여했다. 이는 간호학 연구와 전인간호 정착에 헌신한 메풀의 열정에 대한 국가적인 보답이었다.

연세대학교 간호대 학장으로서의 가장 큰 업적은 교과과정의 개편을 통한 간호 교육의 재정립이었다. 이는 한국 간호 교육 체계를 근본적으로 다시 수립하는 위대한 업적이었다. 또한 대한간호협회 회장으로 재임하는 동안 전인간호 사상을 정착시키고 간호사의 권익 향상과 더불어 위상을 강화한 것은 메풀이 아니고서는 이룰 수 없는 업적이었다.

특히 메풀은 지역사회의 간호 활동에 대해 남다른 신념과 열정을 가지고 있었다. 그것은 메풀이 처음 간호계에 입문했을 때 보았던 소외된 이웃들의 삶 때문이었다. 의료를 가장 필요로 하는 소외된 이웃에 대한 사랑이야말로 진정 간호사가 지녀야 할 덕목이라고 메풀은 생각했다. 그리고 메풀은 이를 실천으로 옮겨 그들을 위해 헌신했다.

대한간호협회 회장 재임 시절 메풀은 무의촌 의료 봉사 등 지역사회 간호에 특히 많은 관심을 기울였다. 제자들의 임상 교육이나 봉사활동은 보건소조차도 없는 지역을 권유했고, 그 자신도 직접 제자들과 함께 지역사회로 내려가 무의촌 봉사활동을 펼쳤다.

메풀이 펼친 지역 봉사는 단순한 의료 활동에만 국한하지 않았다. 어린이들의 공부에서부터 노인들의 경로잔치, 주일 예배까지 일상생활을 늘 그들과 함께했다. 진료는 물론 온갖 궂은일도 솔선하여 나서는 메풀의 모습은 한국 간호 역사를 새로 쓴 여걸이 아닌 생의 희로애락을 함께하는 동반자로서의 평범한 어머니였다. 그 모습은 제자들과 지역민들에게 잊히지 않는 살가운 감동이었다.

이름 없는 지역에 내려가 노후를 그들과 함께하고 싶다는 메풀의 생각은 이러한 활동에서 비롯되었다. 그것은 자신의 삶이 다하는 날까지 간호의 손길이 필요한 곳에 있고 싶다는 아름다운 꿈이었다. 그리고 이를 위해서는 더 많은 연구와 연륜을 쌓아야 한다고 생각했다.

1983년 2월, 메풀은 연세대학교 간호대 학장직에서 물러났다. 1978년 대한간호협회 회장에서 퇴임한 이후에도 5년을 더 학장으로 재임한 메풀은 남다른 감회에 젖었다. 학장 퇴임은 그에게 평안한 안식의 시간을 안겨주었다. 그러나 메풀은 그 시간에 안주하지 않고 곧 미국으로 날아갔다. 간호철학과 간호리더십을 더 깊이 연구하기 위해서였다. 비록 한국의 간호 환경이 나날이 발전을 거듭하고는 있지만 선진 간호를 구현하기 위해서는 자신이 더 헌신해야 한다는 소신 때문이었다. 그리고 이는 오래 전부터 품어왔던 계획이었다.

미국으로 건너간 메풀은 미국의 예일 대학교를 비롯하여 워싱턴 대학교, 콜럼비아 대학교 등에서 연구 활동에 매진하였다. 연구는 메풀에게 없어서는 안 될 소중한 기쁨이었다. 연구를 마치고 한국으로 돌아가 다시 강단에 서는 자신의 모습을 그려볼 때마다 절로 희망이 샘솟았다.

그러던 어느 봄날이었다. 메풀은 한국의 후배 교수로부터 뜻밖의 전화를 받았다. 그것은 메풀이 나이팅게일 기장 수상자로 선정되었다는 소식이었다.

전 세계 모든 간호사가 꿈꾸는 플로렌스 나이팅게일 기장은 한 개인의 영예를 넘어 국가 전체의 영예인 최고의 상이다. 크리미아 전쟁 당시 국적과 인종을 초월하여 부상자들을 간호하며 헌신한 나이팅게일의 위대한 업적을 기리기 위해 1912년 국제적십자사에서 제정하여 1920년부터 2년마다 한 번씩 전 세계 각국의 우수한 간호사를 수상자로 선정하는 이 상은 특히 공중보건과 간호교육 분야에서 모범적인 활동과 창조적 · 개척적 정신을 함양한 사람에게 수여되는 간호사 최고의 영예이다. 이러한 상에 메풀이 29회 수상자로 선정된 것이다.

오래 전부터 한국 간호계는 메풀이 나이팅게일 기장을 수상할 것이라는 예상을 하고 그날이 오기만을 고대하고 있었다. 한국 간호에 전인간호 이론을 정립해 새로운 간호사 상像을 제시하고, 나아가 동

1983년 메풀은 나이팅게일 기장을 받았다. 나이팅게일 기장은 나이팅게일 정신을 기리기 위해 국제적십자사가 제정한 간호사 최고의 상이다.

양 최초로 간호학연구소를 설립하여 간호학 발전의 기틀을 만들고, 간호사의 권익 향상을 위해 모든 열정을 바친 메풀이야말로 나이팅게일 기장을 수상할 충분한 자격이 있었던 것이다.

시상식은 한국적십자사 제78돌 기념행사와 함께 당시 성동구 마장동에 위치한 대한적십자사 서울특별시지사에서 거행되었다. 시상식에 참석한 메풀은 흰 가운을 입고 머리에 캡을 쓴 평범한 간호사의 모습이었다. 이는 나이팅게일 기장 수상자들이 관례처럼 지켜온 전통이었다. 이윽고 '전산초'란 이름이 호명되자 우레와 같은 함성과 박수가 터져 나왔다. 그 함성에 메풀의 얼굴에 잔잔한 미소가 피어올랐다. 그 미소는 숱한 고난의 세월을 개척한 사람만이 가질 수 있는 미소였다.

수많은 보도진과 간호계 선후배들이 지켜보는 가운데 나이팅게일 기장을 가슴에 단 메풀은 차분하게 수상 소감을 밝혔다.

> 제게 나이팅게일이라는 이름을 쓸 수 있게 허락을 해주시다니, 감개무량합니다. 나이팅게일은 명예와 권력을 극구 사양했던, 인류를 위한 참된 정신의 소유자였으며, 어떤 문제를 발견하면 뿌리까지 도려내는 날카롭고 철저한 성격이었습니다. 저는 나이팅게일의 이런 면을 좋아하고 주시하면서 꾸준히 따라왔던 것 같습니다.
>
> 어렸을 적 간호사가 되겠다던 나를 말없이 지지해주셨던 나의 아버지 늘봄 전영택 목사님과 손옥순·홍신영 선생님, 다시 한 번 감사의 말씀 올립니다. 앞으로 더 열심히 후학 양성과 간호학 연구에 매진하겠습니다.

어느새 메풀의 눈가에는 촉촉한 이슬이 맺혀 있었다. 아버지 늘봄이 바로 자신의 앞에서 나이팅게일 기장을 수여받는 모습을 바라보며 환하게 웃고 있는 것만 같았기 때문이었다.

메풀은 아버지가 쓴 나이팅게일에 관한 글을 읽고 열다섯 살 어린 나이에 세브란스간호학교 입학을 결심했던 때를 떠올렸다. 자신을 나이팅게일의 후예로 이끈 아버지 늘봄, 메풀은 잠시 눈을 감고 그렇게 늘봄과 마주 서 있었다.

시상식을 마친 후 메풀은 기쁨이 채 가시지도 않은 상태에서 다시 비행기에 몸을 실었다. 워싱턴 대학교에서의 연구 일정이 기다리고 있기 때문이었다.

비행기에 올라 홀로 앉은 메풀은 나이팅게일 기장을 꺼내 들었다. 메풀은 메달에 새겨진 나이팅게일의 초상을 한동안 말없이 내려다보았다. 그리고 '박애의 공덕을 찬양하고 이를 영원히 전한다'는 문구를 오랫동안 가슴에 새겼다.

'처음 뜻했던 다짐을 생의 마지막 순간까지 잊지 않으리라. 인간을 향한 무한한 사랑을 펼치리라.'

메풀은 나직하게 자신의 소명을 되뇌었다.

연세인, 그리고 새로운 동산인

1938년 세브란스 시절부터 연세인으로 함께한 간호의 길을 걸은 지 어느덧 50년이 되었습니다. 그리고 이렇게 퇴임식이라는 행사의 주인공이 되고 나니 그 긴 세월의 고된 시간들이 주마등처럼 스쳐지나갑니다. 지금 여기 계시는 여러분들은 저와 함께했던 제자이자 후배이자 동료들입니다. 여러분들이 아니었다면 오늘의 저는 없었을 것입니다.
이 자리에 서서 여러분 앞에 퇴임의 인사를 할 수 있도록 50년 세월을 도와주신 모든 분들께 진심으로 감사드립니다. 저는 비록 이 정든 모교를 떠나기는 하지만 영원히 떠나는 것이 아닙니다. 연세대학교와 세브란스병원은 제 가슴속에 영원토록 남아있을 것입니다.
여러분이 부르신다면 언제라도 달려오겠습니다. 저는 연세와 연세인을 가슴에 담고 잠시 떠납니다. 그리고 저 또한 여러분 가슴에 남기를 바랍니다.

1987년 3월 6일, 메풀은 연세대학교 정년퇴임식에서 담담히 자신의 소회를 낭독했다. 제자들과 후배들, 동료 교수들은 퇴임사를 마치고 연단을 내려오는 현대 한국 간호의 어머니 메풀 전산초 박사를 둘러싸며 감사의 마음과 꽃을 전했다. 그들은 만면에 미소를 가득 담은 메풀을 보며 나이를 잊고 늘 새로운 일에 도전하는 거목에 대한 존경과 경의의 마음을 표했다. 그런 그들의 얼굴에는 언제든지 믿고 따르리라는 의지가 새겨 있었다.

메풀의 정년퇴임식은 또 다른 시작의 장이었다. 퇴임식 이틀 전인 3월 4일 메풀은 지금의 계명대학교 간호대학의 전신인 동산간호전문대학 학장으로 취임식을 가졌던 것이다.

1899년 10월 재단법인 미국 예수교 북장로교 대한선교회 유지재단에서 단과병원 '제중원'을 설립하면서 창립된 동산간호전문대학은 1924년 5월 제중원 내에 간호부양성소를 설립하여 간호교육을 시작한 이래 메풀이 학장으로 취임하기 전까지 60여 년이 넘는 역사와 전통을 자랑하고 있었다.

그러나 1980년대에 들어서면서 전국의 임상 현장에서 높은 능력을 인정을 받을 정도로 명성이 높았음에도 불구하고 3년제 간호전문대학이라는 체제로 인해 학교 발전은 기로에 처해있었다. 학교의 발전을 위해서는 반드시 4년제 대학으로의 승격을 실현해야 한다는 바람이 교수들과 학생들, 그리고 동문들 사이에서 한 목소리로 터져 나오고 있었다. 그러나 4년제 대학 승격은 별다른 성과 없이 시간만 흐르는 채 답보 상태에 빠져 있었다.

학교가 3년제에서 4년제로 승격하기 위해서는 수많은 절차를 밟아야 했다. 그중 하나는 학교법인 이사회의 승인이었다. 그러나 해결의 칼자루를 쥐고 있는 학교법인 이사회는 동문들의 바람에도 불구하고 4년제 승격에 대해 전혀 공감하지 않았다.

동산간호전문대학은 1979년 계명기독대학과 합병을 하였다. 이는 동문들에게 4년제 대학 승격의 꿈을 안겨다 주었다. 그러나 이사회는 동산간호전문대학은 별도로 유지한 채 오히려 계명대 내에 4년제 간호학과를 신설하려는 논의를 진행하였다. 3년제 교육으로도 좋은 성과를 내고 있는 동산간호전문대학을 승격시키는 것보다, 동산은 그대로 두고 계명대학교 내에 간호학과를 신설하는 것이 더 바람직하다는 입장이었다. 이는 같은 학교법인에 2원화된 간호교육 시스템이 존재하는 결과를 초래할 뿐이었고, 결국 동산간호전문대학의 4년제 승격을 기대하기란 사실상 불가능한 일이었다.

시간이 흐를수록 동문들과 교수진들의 4년제 대학 승격 염원은 멀어져만 가고 있었다. 이때 떠오른 인물이 바로 메풀이었다. 메풀만큼 현재 직면한 상황을 극복하고 4년제 승격의 당위성과 필요성에 대해 논리적으로 설득해갈 인물은 없다고 판단한 것이다.

메풀이 학장으로 거론되기 시작한 것은 1984년 무렵부터였다. 동산간호전문대학의 교수들과 동문들은 메풀을 만날 기회가 있을 때마다 한마음으로 동산의 상황을 알리고 도움을 요청했다. 그리고 메풀의 퇴임을 손꼽아 기다렸다.

메풀은 동산간호전문대학의 학장으로 와달라는 그들의 요청에 안타까움을 표시하면서 아직은 정년이 남았다며 그때까지는 아무런 결정도 내릴 수 없다고 고사했다. 그러나 메풀을 학장으로 초빙하려는 그들의 요청은 정중하고도 간곡했다. 이는 메풀이 연세대학교를 정년퇴임하기까지 2년 동안이나 계속되었다.

메풀이 정년퇴임을 1년 앞둔 1986년, 동산간호전문대학의 교수들과 동문들은 메풀을 학장으로 추대하기 위한 움직임을 조직적으로 본격화하였다. 동산간호전문대학의 교수들은 틈만 나면 메풀의 연구실을 방문하였고, 동문회에서도 동문회장을 비롯한 뜻있는 이들이 멀리 대구에서 서울까지 올라와 '전산초 박사 모시기' 작전을 폈다. 특히 동산간호전문대학 교수로 연세대학교에서 박사 과정을 밟고 있던 박정숙 교수는 '간절히 바라면 안 되는 일이 없다'는 신념으로 모교 교수들과 함께 최일선에서 '전산초 박사 모시기'에 나섰다.

메풀은 이들의 간곡한 청을 더 이상 외면하고 있을 수만은 없었다. 그리고 4년제 간호대학으로 승격하려는 이들의 바람을 메풀이 모를 리 없었다. 메풀 자신도 연세대학교 간호대학을 성장시키기 위해 고군분투하지 않았던가. 지역사회의 간호 발전을 누구보다 간절히 원하는 메풀이었다. 그러나 퇴임 후 거취에 대해서는 여러 가지 계획이 있었기 때문에 선뜻 학장직을 수락할 수 없었다.

메풀은 퇴임 후 자신의 계획을 당분간 미뤄두기로 결정했다. 지방에 있는 유망한 학교를 전국 최고 수준의 대학으로 성장시키는 일 또한 그가 꼭 해야 할 일이었다. 거취를 결심한 메풀은 정년이 6개월 정도 남았을 무렵 동산간호전문대학 교수들과 동문들을 만나 대구로 내려가겠다는 의사를 밝혔다.

그 후 학장 추대는 일사천리로 진행되었다. 4년제 승격을 외면해왔던 이사회도 간호계의 지도자인 메풀이 지방의 전문대학 학장으로 오는 것에는 환영 일색이었다.

1987년 3월 4일, 메풀은 동산간호전문대학 제4대 학장으로 공식 취임을 하였다. 취임사를 통해 메풀은 동산간호전문대학의 염원인 4년제 대학 승격을 반드시 실현해보이겠다고 선언했다. 연세대학교 간호대학의 성장을 주도한 메풀의 이 선언은 새로운 변화의 시작이었다.

지역사회 간호발전에 바친 숭고한 열정

메풀은 동산간호전문대학의 자랑이자 상징적인 존재였다. 한국 간호계의 거목인 메풀이 동산간호전문대학의 학장으로 부임했다는 소식은 대구뿐만 아니라 인근 지역의 병원과 관련 보건단체를 들뜨게 했다. 하루가 멀다 하고 강의 요청이 쇄도하였는가 하면 대구시 간호사회와 경상북도 간호사회 등 각종 기관과 단체에서 어려운 일이 있을 때마다 조언을 구하기 위하여 찾아왔다. 이러한 과정 속에서 메풀은 자연스럽게 영남지역 간호인들의 구심점이 되었다.

영남지역의 간호인들의 진솔한 의견을 수렴하며 지역 상황을 파악한 메풀은 곧 동산간호전문대학의 현안인 4년제 승격을 위한 계획 수립에 들어갔다. 4년제 승격은 동산간호전문대학에만 국한된 목표가 아니었다. 3년제 간호전문대학을 4년제로 승격시키는 것은 간호계의 오랜 숙원사업이기도 했다. 그래서 메풀은 4년제 승격을 위해 모든 역량을 총동원하였다.

동산간호전문대학의 4년제 승격에는 두 가지 방법이 있었다. '동산간호대학'이라는 독립적인 4년제 단과대학 형태를 설립하는 것과 같은 학교법인인 계명대학교 내에 간호학과가 되는 것이었다. 동산간호전문대학은 이중 전자의 방법을 원하고 있었다. 그러나 이사회는 이와 반대로 계명대학교 내에 간호학과의 개설을 원하고 있었다.

메풀은 동문들의 염원과 목표가 같았다. 동산간호전문대학의 4년제 승격, 그것이 메풀이 대구로 내려온 이유였다. 그러나 메풀은 다른 방법을 생각하고 있었다. 그것은 작은 울타리보다는 큰 울타리를 만들겠다는 생각이었다. 동산간호전문대학을 계명이라는 울타리로 흡수하여 보다 큰 울타리를 만들어 다른 학문과 교류하며 더욱 폭넓게 발전시키겠다는 구상이었다. 그래야만 미래지향적으로 더욱 큰 성장을 이룰 수 있다고 확신했다.

학교 발전의 방법을 결정한 메풀은 곧 계획을 수립하고 동산간호전문대학의 동의부터 구했다. 미래를 내다보며 지금부터 준비하는 마음으로 더욱 큰 성장의 발판을 놓아야 한다는 메풀의 의지에 동산간호전문대학의 교수들과 동문들은 환영의 뜻을 나타냈다. 동산을 계명대학교 간호대학으로 승격시킨다는 메풀의 계획을 반대할 이유가 없었던 것이다.

동산간호전문대학의 동의를 얻은 메풀은 바로 이사회의 이사들을 만나 설득에 들어갔다. 그러나 4년제 승격의 열쇠를 쥐고 있는 이사회를 설득하는 것은 쉽지 않았다. 간호계 인사가 단 한 명도 없는 이사들의 생각은 대부분 비슷했다. 좋은 평가를 받고 있는 동산간호전문대학의 외형을 굳이 변화시킬 필요가 있느냐는 것이었다.

메풀은 완고한 이사들의 판단을 존중해주었다. 간호교육의 실상에 대해 정확히 알고 있지 않은 그들의 생각이 무리가 아니라고 판단했기 때문이었다. 메풀은 이사들을 만날 때면 언제나 그들을 존중하며 절대로 자신의 주장을 앞세우지 않았다. 그들의 의견을 차분하게 다 청취한 뒤 간호교육의 현실에 대해 알기 쉽게 설명하고는 3년제 간호대학의 한계와 4년제 변화의 의미에 대해 설득해나갔다.

동산간호전문대학처럼 유서 깊은 대학은 3년제 전문대학이라는 틀을 과감히 청산하고 명성과 위상에 맞는 새로운 시스템을 구축하지 않으면 발전할 수 없다는 메풀의 주장은 설득력이 충분했다. 그리고 동산간호전문대학을 4년제 간호대학으로 승격시켜 간호계의 자랑스러운 지도자를 발굴하고 키워내 학교의 위상을 높여야 한다는 메풀의 주장은 날이 갈수록 힘을 얻어갔다. 차분하고도 논리 정연한 메풀의 주장에 이사들이 하나씩 마음을 연 것이다.

메풀이 이사들의 마음을 열기까지는 고난의 연속이었다. 이사들은 얼굴만 맞대면 학교 문제를 거론하는 메풀을 피하기 일쑤였다. 아예 만남 자체를 거절하는 이도 있었고, 어렵게 약속이 성사되어 나가보면 약속을 지키지 않고 나타나지 않는 경우도 허다했다. 그러나 메풀은 이사들의 집까지 찾아다니며 그들을 설득했다. 이러한 열정과 간호교육에 대한 절절한 애정은 마침내 1989년 10월, 그토록 바라던 4년제 승격이라는 열매를 맺게 했다. 학장 취임 2년 만에 이루어낸 값진 결실이었다.

전문대학의 4년제 승격이라는 꿈이 이루어지자 메풀은 이후 모든 업무가 원활하게 연결되도록 하는 일에 총력을 기울였다. 동산간호전문대 교수들이 계명대 교수로 옮겨가고, 모든 서류와 재산이 원활하게 연계되고, 동산간호전문대 동창회와 계명대 동창회가 잘 통합되도록 애썼다.

이런 일들은 말로는 쉬워 보이지만 실제로는 엄청난 노력과 열정이 필요한 일이었다. 메풀은 후배 교수들에게 모든 일을 할 때 주도면밀하게 기획하고 누가 그 일을 되게 하는 핵심인물Key Person인지 확인해야 하며, 일을 진행할

1989년도 11월 2일 (매주 목요일 발행) 제 610 호

발행겸 편집인 金慕妊 인쇄인 鄭玉煥
발행소 사단법인 대한간호협회
1976. 12. 21 등록번호 다-295
1976. 3. 21 제3종우편물(가)급인가
우편번호 100-400 서울특별시 중구 쌍림동 88-7
무료배포(주간)

The Korean Nurses A

간협

본지는 신문윤리강령및 주간신문윤리

동산간호전문대학 계명의대 간호학과로 승격

90학년도부터 신입생 60명선발

동산간호전문대학이 계명의대 간호학과로 승격, 개편되어 90학년도부터 4년제대학과정으로서 신입생을 선발하게 됐다.

지난달 28일 문교부가 발표한 「90년도 대학별 학생정원조정내역」에 따르면 동산간전대는 계명의대 간호학과로 승격됨과 동시에 입학정원은 80명에서 60명으로 축소조정됐다.

따라서 문교부의 이번 조치로 4년제 대학과정 간호교육기관은 국군간호사관학교를 포함 총19개교가 된다.

문교부는 지난 84년 동일구내에있는 대학과 전문대는 대학과정으로 통합시킨다는방침을 세우고 자격을 갖춘전문대를 우선적으로 대학과정에 통합, 승격시켜왔다.

간호계교육기관중에서는 이 방침에따라 84년 경남간전대가 경상의대 간호학과로 개편되고 전북의대부속간전대는 전북의대 간호학과로 또 전남의대부속간전대는 전남의대 간호학과로 흡수·통합된바있다.

4년제로의 간호교육제도일원화를 적극 추진해오고있는 간호계에서는 대한간호협회와 대한간호학회를 중심으로 자격을 갖춘 3년제전문대학의 4년제승격을 판계부처에 건의하는등 활발한 활동을 벌여오고 있다.

이같은 간호계의 활동은지난해 부산간전대가 고신의대 간호학과로 승격한데 이어올해 동산간전대가 계명의대간호학과로 승격돼 차차 결실을 맺어가고있다.

1924년 미국 예수교 북장로파 클라라 헷벗여사에 의해 동산기독병원 간호원양성소로 출발, 1979년 동산간전대로개편인가되어 현재에 이르기까지 66년의 역사와 전통을가지고 있는 동산간전대는 그동안 1천5백여명의 졸업생을 배출, 그들중 상당수가국내외 간호계 요직에서 활발한 활동을 벌이고 있기도하다.

7백병상규모의 동산병원에서 충실하게 실습과정을 이수하며 계명대학교를 배경으로 교양파목에서도 실력을쌓아온 동산간전대는 제4대학장으로 전산초박사가 부임한 1987년부터 지속적으로 4년제승격을 추진, 이번에 결실을 맺게됐다.

동산간호전문대학의 계명대 간호학과 승격기사를 톱기사로 다룬 신문

메풀이 모범을 보인 간호학제 일원화는 간호계 숙원사업이기도 하다. 1993년 9월 1일, 계명대학교 의과대학 간호학과는 단과대학인 간호대학으로 승격되었다.

때는 항상 웃으면서 하라고 충고하였다.

1990년 3월, 동산간호전문대학은 4년제인 계명대학교 의과대학 간호학과로 이름을 달리하여 첫 신입생을 받아들였다. 그러나 메풀은 여기에 만족하지 않았다. 간호학과를 간호대학으로 승격시키는 다음 과제를 눈앞에 두고 있었던 것이다.

동산간호전문대학을 4년제 간호학과로 올려놓은 메풀은 긴장감을 놓지 않고 향후 모든 업무가 원활히 진행될 수 있도록 총력을 기울였다. 그리고 4년제 대학에 맞는 내실을 다지기 위해 모든 역량을 집중했다. 메풀은 일주일에 한 번씩 세미나를 통해 교수들과 함께 간호학 연구에 박차를 가했고, 학생들에게는 직접 강단에 서서 간호철학과 전인간호사상, 그리고 비전을 심어주었다.

메풀은 1987년 학장 취임과 동시에 '교수임상지도자 학술대회'를 개최하였었다. 이는 매년 거르지 않고 개최되었는데, 학술대회에서 논의된 결과들은 병원의 간호행정과 학교의 학생지도에 반영되곤 했다. 그래서 메풀이 학장으로 재임할 당시 동산간호전문대학의 임상과 대학 간 교류는 그 어느 대학보다 활발하기로 정평이 나있었다. 그리고 이러한 교류와 활발한 연구 활동은 간호대학으로 승격하는 데 밑거름이 되었다.

1993년 9월 1일, 마침내 계명대학교 의과대학 간호학과는 단과대학인 간호대학으로 승격되었다. 한강 이남 지방 최초의 간호대학이 탄생하는 순간이자 동산간호전문대학의 새 역사가 기록된 것이다. 학장 취임 6년여만의 일이다.

동산간호전문대학의 간호대학 승격은 서울이 아닌 대구라는 중부지역에서 전인간호의 확산에 기여했다는 점에서 높은 평가를 받는다. 학장 취임 당시 65세의 고령에도 불구하고 동산의료원 사택에서 가족과 떨어져 홀로 외롭게 생활하며 전문대학을 4년제 간호대학으로 승격시킴으로써 간호학제 일원화를 위해 바친 혼과 열정은 한국 간호사에 빛나는 크나큰 업적이다.

당시 메풀은 개인적으로는 말 못할 고통에 시달리고 있었다. 서울에 떨어져 있는 남편의 병세가 날로 악화되어 홀로 가슴앓이를 해야 했던 것이다. 집안의 우환을 속으로만 짊어진 채 동산간호전문대학의 성장과 한국 간호의 발전을 위해 혼신의 힘을 다했던 메풀의 정신은 그래서 아름답다.

슬픔으로 떠나보낸 하늘이 내려준 선물

1987년 동산간호전문대학 학장 취임 이후 1992년까지 대구에서 홀로 생활하며 동산의 역사를 바꾼 메풀과 함께한 교수들은 메풀을 단지 학교를 위해 헌신한 학장으로만 기억하지 않았다. 그들에게 메풀은 학문적 성숙의 길로 안내한 스승이자 인격적 성숙을 깨우쳐준 어머니와 같은 존재였다. 메풀은 교수들과 한 가족이나 다름없이 생활하며 동고동락을 함께했다.

교수들은 언제나 자애로운 메풀과 함께하기를 좋아했다. 그래서 메풀은 딸같이 아꼈던 권영숙, 김정남, 박정숙 교수 등과 함께 대구의 명산 팔공산으로 나들이를 가기도 하고, 가끔은 가수 김추자의 공연을 하는 나이트클럽에 가는 등 허물없이 어울렸다. 그럴 때마다 메풀은 누구보다 정력적으로 시간을 즐겼다. 나이트클럽에 갔을 때는 어느 누구의 시선도 개의치 않고 무대를 활보하며 춤을 추기도 했다. 슬플 때는 함께 울고, 기쁠 때는 함께 웃는 메풀의 인간적인 모습을 보는 것을 그들은 마냥 좋아했다. 그리고 자신들의 간곡한 요청을 수락하고 혈혈단신 대구에 내려온 메풀을 위해 행여 외롭고 힘든 기색이 있을까 늘 가까이에서 안부를 살피곤 하였다.

메풀은 자신을 위해 마음을 쓰는 그들을 존중하며 늘 감사의 마음을 표현하곤 했다. 메풀은 언제나 '당신이 최고야', '당신 같은 사람이 없어', '세계 어딜 가도 이런 동창회는 없을 거야' 등 상대방에게 최고의 찬사와 격려를 아끼지 않았다. 이러한 메풀의 인간적인 면모는 서로의 친밀감을 한껏 높이는 중요한 역할을 하였다. 또한 메풀의 생각과 반대의 의견을 가진 사람이라 해도 자기편으로 만들어 버리는 마법 같은 힘을 발휘했다.

어려운 산을 넘기 위해서는 함께 일하는 이들과의 호흡과 신뢰가 절대적으로 중요하다고 믿는 메풀의 변함없는 인간애는 한 치의 흐트러짐도 없는 강력한 팀워크를 만들어냈다. 그리고 이는 동산간호전문대학의 4년제 승격과 학문 발전, 간호교육의 위상을 높이는 밑알 같은 힘이었다.

그러나 이 무렵 메풀에게는 예고된 불행이 스며들고 있었다. 그것은 남편의 건강 문제였다. 메풀이 유학을 마치고 귀국하던 해부터 이미 여러 차례 쓰러진 바 있는 전태홍은 메풀이 대구에 머무르고 있을 당시 회복할 수 없을 정도로 건강이 악화되어 있었다. 재활이 되는가 하면 또다시 몸을 아끼지 않고 일에 파묻혔던 전태흥은 실패한 사업을 일으키려는 욕심에 몸을 혹사한 나머지 번번이 무너지곤 하였다.

전태흥에게 두 번째 뇌졸중이 찾아온 것은 처음 쓰러진 후 6개월 만이었다. 일제시대 일본 유학까지 다녀온 그는 최고의 지성인이었다. 그래서 그의 주위에는 늘 사람들이 북적였고, 더불어 신경 쓰는 일도 많았다. 천성이 선하고 남의 말을 곧이곧대로 믿는 성격인 그는 거듭된 사업 실패에도 불구하고 모든 것을 자신의 책임으로 돌렸다. 이로 인해 떠안는 것은 막대한 경제적 손실뿐이었다. 그리고 이 모든 부담은 메풀이 감당해야 할 몫이었다.

그러나 첫째 아들 우영을 비롯한 네 아들은 이 같은 사정을 까맣게 모르고 있었다. 아버지의 사업이 예전만큼은 안 되고 있으며, 건강이 조금 안 좋다는 정도만 알고 있을 뿐이었다. 그것은 메풀이 자식들에게는 언급하지 않았기 때문이다. 후에 사정을 알게 된 아들들은 그 까닭이 행여 아버지의 위신이 떨어질까 우려한 어머니의 속 깊은 마음이라는 것을, 그것이 곧 아버지에 대한 어머니의 깊은 사랑이라는 것을 뒤늦게야 깨달았을 뿐이다.

그렇게 투병과 재기를 거듭하던 전태흥은 1987년 결국 뇌졸중으로 쓰러지고 말았다. 메풀은 남편을 세브란스병원에 입원시키고 최선의 치료를 다했다. 그러나 이미 남편의 몸은 회복할 수 없을 정도로 무력화되어 있었다. 메풀과 아들들은 무의식 상태로 누워 있는 전태흥을 지극정성으로 간호했다. 그렇게 병원과 집을 번갈아 다니며 치료하기를 2년, 그는 끝내 1989년 5월 16일 눈을 감고 말았다.

메풀의 나이 스물하나에 전태흥과 결혼하여 해로했던 세월은 47년이다. 최고의 지성인 남녀가 만나 사랑을 키우고 결혼을 하고, 그 와중에 영영 이별을 겪을 뻔하기도 했던 해방과 한국전쟁을 온몸으로 치러냈던 부부였다. 아낙들이 부엌에서 벗어나면 큰일이라도 날 것 같은 시절 선뜻 메풀을 미국에 유학 보내고 자식들을 도맡았고, 한국에 돌아온 메풀이 학교와 간호 현장에서 중책을 맡아 눈코 뜰

메풀은 1989년 7월 둘째아들과 함께 로잔선교대회에 참석해 세계적 신학자 존 스토트John R. Stott 박사 등과 교류를 갖고 돌아왔다. 메풀은 남편을 잃은 슬픔을 신앙심으로 극복하고자 했다.

새 없이 바쁠 때에는 가장 든든한 외조자가 되었던 전태홍이었다. 그런 남편을 떠나보내는 것은 쉽지 않았다.

남편의 죽음을 현실로 직면한 메풀의 마음은 무너지고 말았다. 이미 마음의 준비를 단단히 하고 있던 메풀이었으나 추운 겨울 김장 준비에 손이 곱은 새색시 메풀을 불러내 몰래 쉬게 하던 남편을 그렇게 허무하게 떠나보낼 수는 없었다. 메풀에게 남편 전태홍은 흔치 않은 격동의 세월을 함께 살아온 인생의 동반자요, 하늘이 내려준 선물이었다.

그러나 언제까지 슬픔에 젖어 있을 수만은 없었다. 메풀은 곧 심신을 추스르고 대구로 내려갔다. 그에게는 아직도 가야 할 길이 멀었다. 자신을 위해 누구보다 든든한 후원자로 고귀한 사랑을 쏟았던 남편을 위해서라도 메풀은 한국 간호의 발전에 정열을 바쳐야 했다. 동산간호전문대학의 4년제 간호대학 승격은 더 넓은 바다로 나아가기 위한 새로운 항해의 시작이라고 그는 생각했다.

간호사의 힘은 스스로 키워야 한다

동산간호전문대학 학장 임기가 1년 정도 남았을 무렵인 1991년 2월, 겨울방학을 이용하여 서울 여의도 자택에 올라와 있던 메풀에게 서울대 교수 출신의 대한간호협회 박정호 회장과 서울대학교 김화중 교수가 찾아왔다. '대한간호정우회' 회장을 맡아달라는 요청을 하기 위해서였다.

이 무렵 간호계에서는 간호사들의 파워를 키우기 위한 새로운 단체의 구상을 모색하고 있었다. 집단의 사회적 파워를 형성하기 위해서는 무엇보다 정치적 역량을 키우는 일이 급선무였다. 간호계에서는 이미 메풀의 제자인 김모임이 11대 국회의원을 역임하기는 하였으나 새로운 정치적 지도자를 배출하는 일은 역부족이었다. 따라서 이를 실현하기 위한 단체의 구성이 절대적으로 필요했고, 간호정우회는 그렇게 태동을 맞고 있었다.

그러나 메풀은 간호정우회 회장을 맡아달라는 그들의 요청을 간곡히 사양했다. 뒤에서 묵묵히 후원하는 것이 자신의 역할이라는 이유에서였다. 간호계의 의견은 달랐다. 간호계의 어머니인 메풀이 대표를 맡아야 더 많은 사람들이 참여하고 조직도 탄력을 받는다는 것이었다.

메풀은 간호정우회의 조직을 적극 지지하는 입장이었다. 그리고 간호 정치인 육성의 필요성을 누구보다 절감하고 있었다.

전문의료인으로서의 간호사가 사회적 책임을 다하고 간호사업 발전을 위해서는 간호계의 정치 참여가 무엇보다도 절실하다는 총의는 이미 1986년 대한간호협회 총회에서 공론화된 일이었다. 그래서 여성의 정치 참여와 간호사의 여성 지도자 역할 수행은 간호계의 새로운 숙원사업으로 떠올라 있었다. 이는 국민의 건강권 보장에 앞장서기 위해서라도 간호사의 힘을 바탕으로 역량 있는 간호계의 지도자가 보건의료정책 결정에 참여하여 간호와 관련된 올바른 정책 수립에 기여해야 한다는 논리를 기반으로 하고 있었다.

간호정우회 창립을 주도적으로 이끌었던 박정호 회장과 김화중 교수는 단체를 결집할 힘을 가진 사람은 오직 메풀밖에 없다고 믿었다. 그들은 젊은 리더십을 가진 인물이 적임이라며 한사코 고사하는 메풀을 끈질기게 설득했다. 메풀 같은 지도자가 아니면 아무도 할 수 없다는 것이었다.

결국 메풀은 승낙할 수밖에 없었다. 후배들의 간곡한 요청을 거절할 수 없었던 것이다. 그리고 1991년 2월 28일 '대한간호정우회' 창립식에서 메풀은 2년 임기의 초대 회장으로 취임하였다.

대한간호정우회는 창립식을 통해 간호사업 발전 및 간호정책 구현을 위하여 정치활동을 지원함을 목적으로 하며, 이 목적에 따라 대정부 · 대정당 활동을 통해 국민건강과 관련된 정책 수립과 결정에 적극 참여할 뿐만 아니라 간호사 정치인 육성과 이들의 정치활동을 적극 후원한다는 창립 목표를 공식 선언하였다. 또한 메풀은 취임사를 통해 간호사의 힘은 스스로 키워야 한다고 강조했다.

대한간호정우회의 창립은 간호계 인사의 중앙정계 및 지방의회 진출을 위한 지원활동과 간호정책 구현에 필요한 전략개발 등 대한간호협회의 목적과 사업을 측면 지원하는 대외적 활동을 전담한다는 면에서 간호계는 물론 각계의 주목을 받았다.

또한 지방자치시대를 맞아 그 활동 폭을 한층 넓혀 광역의회 선거는 물론 국회의원, 대통령 선거 등에서 간호계를 대변할 수 있는 인물을 지원하여 대한간호협회의 사업 달성을 위한 대정부 · 대국회 활동 등에서 막중한 역할을 담당할 것이라는 기대를 한 몸에 받았다. 이러한 간호계의 기대에 대한간호정우회는 어긋남이 없이 그 역할을 다해나갔다.

대한간호정우회는 먼저 첫 사업으로 1991년 광역지방의회 선거에서 후보 공천을 받은 2명의 간호사 후보에 대한 측면 지원 활동을 펼쳤다. 이는 보건의료계와 여성계를 대변할 인물을 지원하는, 대한간호정우회의 목적에 부합하는 매우 중요한 사업이었다. 그 결과 광주광역시 의회 의원 선거에서 안성례 간호사를 당선시키는 쾌거를 이루었다. 이는 간호사 최초의 지방의회 의원 탄생이었다.

이러한 기세를 몰아 대한간호정우회는 1992년 말 대선을 앞두고 민주자유당, 민주당, 국민당 대통령 후보를 초청하여 정책세미나를 개최하였다. 대선주자들의 행보에 언론의 관심이 집중되어 있던 시기에 개최된 정책세미나는 언론의 집중 조명을 받음으로써 간호사의 힘과 역량을 과시하는 계기가 되었다. 그리고 메풀은 이러한 정책세미나를 통해 대선 후보들과 자리를 같이 하여 간호계의 현안과 의견을 대선공약과 정책에 적극 반영해줄 것을 강력히 피력했다.

대한간호정우회의 창립과 활약은 간호계의 성숙한 정치적 역량을 보여준 단적인 예였다. 이를 바탕으로 현재 대한간호정우회는 간호계 각계각층의 자발적이고 적극적인 참여 속에 간호의 더 나은 미래를 창출하기 위해 간호인의 정치적 역량을 무한히 펼쳐 나가고 있다. 그리고 각종 간호 관련 정책을 구현하기 위한 활동을 비롯하여 간호사의 권익 옹호와 사회 · 경제적 복지 증진을 위한 활동 등 대외적 활동을 지속적으로 추진하고 있다.

꿈이 있는 생은 외롭지 않다

1991년 겨울학기를 마친 메풀은 그동안 정들었던 대구 생활을 하나씩 정리하기 시작했다. 이제 해를 넘겨 새해를 맞으면 졸업식과 함께 퇴임식이 거행될 예정이었다.

대구 생활을 정리하던 어느 날이었다. 메풀은 늘 그랬던 것처럼 학장실에 홀로 앉아 예전에 졸업한 제자에게 보냈던 글을 회고해보았다.

'꿈, 이것은 네가 갖고 있는 무엇보다도 가장 귀한 보물이다. 더욱이 저 먼 장래를 위해 모든 것에 실망하는 일이 있다 하더라도 꿈이 있는 인생은 외롭지 않고 소망이 있고 기쁨과 보람이 있게 마련이다.'

그랬다. 꿈은 세상에서 그 무엇과도 바꿀 수 없는 소중한 아름다움이었다. 꿈이 있기에 외롭지 않고 기쁨과 보람이 있었다. 백의의 천사 나이팅게일을 꿈꾸며 메풀 또한 그렇게 생을 지나왔다. 그리고 이제 그 생의 대장정을 마무리하기 위해 또 다른 희망을 그려나가고 있다.

메풀의 또 다른 희망은 한국 간호사看護史를 집필하는 일이었다. 이는 오래 전부터 품어왔던 계획이었다.

메풀은 대구에 내려와 있는 동안 거의 모든 시간을 자신의 연구실에서 보냈다. 교수들과 제자들, 동문들과 함께하는 시간을 제외하고는 모든 시간을 연구실에서 생활했다.

메풀의 하루 일과는 매우 규칙적이었다. 새벽에 일어나 홀로 기도를 하고 아침 식사 후 출근을 하면 밤늦도록 행정업무와 강의를 하며 학교에서 살았다. 마치 '일 중독자'로 보일 만큼 그는 일에 열심이었다. 그러나 이는 그를 모르는 사람의 시선일 뿐이었다. 메풀을 조금이라도 아는 사람이라면 그가 얼마나 일을 즐기고 사랑하는지, 그리고 얼마나 시간을 귀하게 쓰는지 금방 알게 된다.

간호 역사 집필은 메풀이 사랑하는 일의 완결판이라 할 정도로 일생의 숙원 사업이었다. 이를 위해 메풀은 오래 전부터 시간을 할애하여 수많은 자료를 수집하고 기록하고 있었다. 그리고 틈틈이 시간이 날 때마다 집필을 어떻게 접근할 것인지 틀을 잡곤 했다. 일제 강점기 간호사의 위상에서부터 현재에 이르기까지 정리를 하며 메풀은 미래 간호사가 나아가야 할 방향을 찾고 있었던 것이다.

이처럼 자신의 구상과 계획을 하나씩 정리하던 메풀은 마침내

1992년 2월 22일 퇴임식을 맞게 되었다. 이날 메풀은 졸업생들과 똑같이 학사모를 쓴 모습으로 참석하였다.

"20여 년 전 학장님을 처음 뵈었을 때의 모습이 아직도 기억에 선합니다. 저는 이 어른께 학자로서의 마음가짐과 활동을 배웠습니다. 존경받는 학자, 행정가를 넘어 우리 같은 사람은 학문한답시고 감히 흉내도 내지 못하는 차원이었습니다. 비록 학장님이 떠나셔도 저는 슬프지 않습니다. 이곳에 계시거나 계시지 않거나 항상 우리와 함께 있을 것이고, 인간답게 살 수 있게 지도해주시리라 믿기 때문입니다."

감사패를 전달하는 계명대학교 신일희申一熙 총장의 목소리에는 이별의 아쉬움이 가득 묻어 있었다. 그는 메풀을 가리켜 '학문 연구를 넘어 사람을 키우는 일을 위해 애쓰신 분'으로 표현하며 존경의 마음을 전했다. 이금옥 동문회장 또한 동문회를 대표하여 동산인들이 마음으로 준비한 선물을 전하며 감사를 표했다.

메풀은 퇴임사를 통해 동산에서의 생활을 회고하고, 동산의 성장을 이끈 학교와 동문들에게 감사의 마음을 전했다.

> 저는 이런 치하를 받을 자격이 없습니다. 제가 작은 일이라도 하였다면 모두 하나님의 말씀에 순종한 것뿐입니다. 또한 오늘날 학교의 성장은 동산의 모든 분들이 도와주신 결과입니다. 저는 동산의 동창회가 한국에서 제일 훌륭한 동창회라고 생각합니다. 모교와 후배를 위한 일이라면 정성을 다하는 모습에 저는 늘 감격하곤 했습니다.

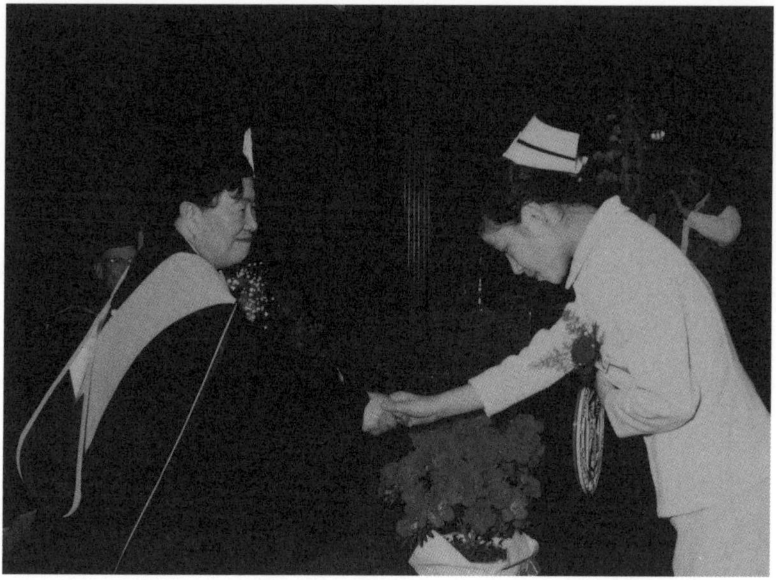

1992년 2월 계명대학교 졸업식, 이날 메풀 퇴임식도 함께 열렸다.

그리고 메풀은 고린도 후서 4장 16절의 성경구절을 암송하였다.

그러므로 우리는 낙심하지 않습니다. 우리의 겉사람은 점점 낡아지지만 우리의 속사람은 날마다 새로워지고 있습니다.

이는 '나이가 들면 후퇴할까, 라는 생각은 하지 말라'는 메시지였다.

퇴임사를 마친 메풀은 감회에 젖은 모습으로 퇴임식에 참석한 제자들과 동산인들을 둘러보았다. 대구에 내려와 만났던 사람들의 얼굴이 하나둘씩 선명하게 그려지면서 교정의 산책길과 밤늦게 집으로 향하던 골목길 등이 따뜻한 기억으로 떠올랐다. 그런 메풀을 보며 동산인들은 사랑과 존경의 마음을 담아 기립박수를 보냈다. 그들은 메풀이 학교를 떠난다고 생각지 않았다. 메풀은 언제나 그들 마음속 깊이 자리하고 있기 때문이었다.

계명대학교는 메풀의 숭고한 헌신을 기리기 위해 그를 학교 최고의 명예인 특임교수特任敎授로 추대했다. 당시 계명대학교의 특임교수로는 미국 하버드대학교의 라이샤워Edwin O. Reischauer 교수가 있었는데, 메풀은 한국인으로서는 최초로 특임교수가 되었다.

메풀은 학교의 초청이 있으면 한결같은 마음으로 달려가 특강을 하곤 했다. 혹여 신문과 방송에서 계명대학교 관련 기사나 보도가 나오면 바로 전화를 해 격려를 아끼지 않았고, 총장을 비롯한 교수들 역시 중요한 일이 있을 때마다 메풀에게 자문하였다. 계명대학교 간호대학은 이렇듯 메풀의 마음속에서 항상 숨 쉬고 있었다.

제8장

꺼지지 않는 영원한 등불

- 좋은 간호사가 되기 전에 좋은 인간이 되어라
- 위대한 어머니 메플
- 생명이 다하는 날까지 어둠을 밝히다

* 1978년 싱가폴에서 메풀이 그린 그림

좋은 간호사가 되기 전에 좋은 인간이 되어라

"선생님은 일복을 타고나셨나 봐요."

이 말은 메풀이 사람들에게서 가장 많이 들었던 말이다. 1954년 강단에 선 이후 잠시도 쉬어본 적이 없으니 당연한 말이기도 하다. 실제로 메풀이 하루에 취하는 수면시간은 고작 서너 시간에 불과했다.

이럴 때 메풀의 대답은 언제나 한결같았다.

"나를 필요로 하고 또 할일이 있는데 감사히 따라야지요."

평생을 강의와 연구 활동으로 동분서주해온 메풀에게 그나마 여유가 찾아온 것은 계명대학교를 떠나 서울로 올라온 후였다. 메풀은 아들들이 마련해준 한강변 여의도 오피스텔의 간호연구실에 주로 머물렀다.

그러나 메풀은 강의를 멈추지 않았다. 메풀은 학교에서 강의를 하는 순간에 가장 힘이 넘쳤고, 학생들과 함께하는 시간에 가장 행복해했다. 이런 모습을 지켜보는 네 아들들은 그 모습이 자랑스럽고 존경스러웠지만 어머니의 건강을 염려해 활동을 줄일 것을 당부하기도 했다. 이제는 손자들의 재롱을 보며 조금은 편안히 지내기를 원했던 것이다.

장성한 네 아들은 훌륭하게 성장하여 사회의 주축이 되어 있었다. 첫째 아들 우영은 미국 캘리포니아 주에 있는 미국 연합감리교회의 담임목사로 재임하고 있었고, 둘째 인영은 이화여대 교수, 셋째 희영은 한국자원연구소 수석연구원, 넷째 문영은 기업의 대표로 일하고 있었다. 그래서 메풀은 늘 주변 사람들의 부러움을 사곤 했다.

메풀은 자신의 뜻대로 잘 자라준 자식들을 바라볼 때마다 힘이 솟았다. 하지만 메풀은 자신의 건강을 염려하는 자식들의 마음은 흐뭇했지만 결코 일을 줄이지는 않았다. 오히려 더 많은 일로 잠시도 쉴 틈이 없었다. 국제 NGO단체인 한국국제기아대책기구Korea food for the hungry international의 복지사업과 해외 선교활동 등으로 국제 활동도 늘어나 있었고, 연구작업 또한 왕성하게 계속했다. 이를 본 후배 교수들도 메풀의 건강을 걱정하며 일을 줄일 것을 당부했지만 그때마다 메풀은 손사래를 쳤다.

학장 재임 시에도 강의만은 소홀히 하지 않았던 메풀이었다. 장차 간호계를 이끌어나갈 꿈나무들에게 확고한 간호철학을 심어주어야 한다는 사명감 때문이었다. 그래서 메풀은 언제나 처음 교단에 설

때의 마음으로 학생들과 많은 시간을 보내려고 노력했다. 체육대회는 물론 학예회와 축제 등 학생들 행사에는 빠지지 않고 참석을 했고, 더불어 많은 지원도 아끼지 않았다.

> 좋은 간호사가 되기 전에 좋은 인간이 되어야 합니다. 좋은 사람이 되는 일은 절대로 누구나 할 수 있는 일이 아니에요. 전공인 간호에 열중하면서도 예술을 흠모하고, 사람 사귀기를 좋아하고, 남을 돕는 일에 동참하는 기쁨도 알아야 해요.

학생들과 스스럼없이 어울리며 메풀은 늘 이 말을 빼놓지 않고 당부했다. 이는 메풀이 나이팅게일을 존경했던 것과도 일맥상통한다. 사람들은 대부분 나이팅게일의 업적을 높이 평가하지만 메풀은 나이팅게일이 좋은 친구를 많이 가졌다는 데에 더욱 큰 존경심을 품고 있었다. 나이팅게일의 성품과 아름다운 정서를 흠모했던 것이다.

메풀은 또한 사회 활동에도 적극 참여하였다. 그리고 제자들과 간호인들의 정치 참여에도 큰 지지와 성원을 보냈다. 왜곡된 간호 현실을 바로잡는 데는 정치의 힘이 필요하다는 소신에서였다. 훗날 연세대 김모임 교수와 서울대 김화중 교수가 보건복지부 장관에 올랐을 때 가장 기뻐하고 격려를 보냈던 이가 바로 메풀이었다. 메풀은 그들과 함께 고민하고 격려하며 물심양면으로 지원을 아끼지 않았다.

사회 활동은 일상적인 생활의 하나였다. '신사회공동선운동연합'

과 '한국국제기아대책기구' 활동은 그 대표적인 것이었다. 아버지 늘 봄과 함께했던 흥사단 활동도 멈추지 않았다.

당시 신사회공동선운동연합은 훗날 대한적십자사 총재를 역임한 서영훈 총재가 이끌고 있었다. 이 단체는 물질적 풍요에 비해 무너져 가는 인간성을 회복하고 모두가 함께 잘 살 수 있는 미래지향적인 윤리를 만든다는 목적으로 설립되어 활발한 활동을 전개하고 있었다.

서영훈 총재와는 오랜 인연을 맺어오고 있었다. 메풀은 1990년대 초반 서영훈 총재가 이끌던 '한모음회'와 '나라를 걱정하는 모임'에

메풀은 간호계 외 사회적으로도 명망이 높아 신사회공동선운동연합 주최 고마우신 스승님을 기리는 사은의 밤에서 감사패를 받기도 했다.

참여하여 활동을 함께했다. 그리고 이러한 단체 활동을 통해 대선을 앞두고는 '국민여러분께 드리는 글' 등을 일간지에 게재하는 등 사회의 원로로서 그 역할을 충실히 수행했다.

메풀은 신사회공동선운동연합의 공동대표 중 유일한 여성이었다. 메풀은 강연회와 세미나, 조찬회동 등 단체의 모임과 행사에 한 차례도 빠지는 법 없이 참석하여 어머니 역할을 수행하였다. 서영훈 총재에게 메풀은 귀감이 되는 드문 여성이었다. 그는 메풀을 자신이 감히 따르지 못할 어른이라 생각했다.

한국국제기아대책기구 역시 오래 전부터 인연을 맺고 있던 단체였다. 메풀은 이 기구의 국제이사를 맡아 1994년 10월 말부터 베트남, 네팔, 태국 등 아시아의 개발도상국을 방문하여 국제지원 활동을 펼친 것을 비롯하여 해외복지 및 의료선교 활동을 열정적으로 전개하였다.

이 활동은 일종의 선교 형식을 띠고 있었다. 메풀은 현지에 체류중인 목회자들의 도움을 받아 학교 등을 방문하여 필요한 물품을 전달하고, 또 그들에게 가장 필요한 것들을 점검하기도 하였다. 특히 베트남의 '휴먼직업기술학교'에는 지역사회 개발사업의 일환으로 필요 학습 기자재 및 재봉틀 20대 등을 전달하기도 하였다.

미국 유학과 국제간호협의회 활동 등 해외 활동에 경험이 풍부한 메풀은 늘 일행의 리더 역할을 수행하였다. 그리고 가는 곳마다 온정의 손길을 전하며 사랑과 봉사의 간호정신을 실천했다.

위대한 어머니 메풀

1991년 5월 30일, 이화학원은 이화여고 창립 105주년을 맞아 메풀에게 이화기장梨花紀章을 수여했다. 이화여고 졸업생에게 수여하는 최고의 상인 이화기장은 김대중 전 대통령의 부인 이희호 여사를 비롯하여 전숙희 국제펜클럽 한국본부 회장, 정의숙 전 이화여대 총장 등 사회적으로 많은 공적을 세워 명망이 높은 졸업생을 기리는 상이다. 메풀은 전 이화여대 총장 김활란(제1호), 인덕학원 설립자 박인덕(제2호), 이화여대 초대 사범대학장 김애마(제3호) 등에 이어 다섯 번째로 이화기장을 수상하였다.

메풀은 말년에 들어 자신의 성장기에서 가장 중요한 시기였던 이화여고 시절을 회상하곤 했다. 그 시절 메풀은 문학소녀의 꿈을 접고 간호사의 길을 선택했고, 졸업 후 일생을 간호에 바치면서 온 세상에 나이팅게일 정신을 구현하리라 품었던 이화 시절의 첫 마음을 잃지 않았다. 이화학원은 이러한 메풀의 정신과 한국 간호의 발전을 위해 헌신해온 공적을 이화기장을 수여함으로써 숭고하게 기린 것이다.

칠순이 넘어서도 왕성한 사회활동을 멈추지 않았던 메풀은 이화여자고등보통학교 시절의 친구들을 만나는 것을 즐거워했다. 이화여자고등보통학교 20기 졸업생인 강명숙과 이영희와의 만남은 특히 각별했다. 강명숙은 학교법인 유하학원을 설립하고 초대 재단 이사장을 지낸 강의영 씨의 둘째 딸이고, 이영희는 고등학교를 졸업하고 피아노 수학을 위해 일본 유학 후 이화여대 음대 교수를 역임한 엘리트였다. 메풀은 어릴 적 친구들과 함께 매월 20일마다 있는 동기들 모임에 참석하기도 하고, 매주 월요일이면 야트막한 북한산 언덕으로 소풍을 가기도 했다. 비록 몸은 할머니였지만 마음만은 풋풋한 여고생이었다.

교수, 학장, 회장 등 항상 책임자 입장에 서서 그 역할에 충실했던 메풀에게 친구들과 보내는 시간은 더없는 기쁨이었다. 그러나 한 가지 낯선 것이 있었다. 그것은 친구들이 부르는 호칭이었다. 일제시대 소학교 입학 당시 한글 이름을 쓸 수 없어 '산초'라는 이름으로 입학을 하여 친구들은 '메풀'이라는 이름 대신 '산초'라고 불렀다. 이 무렵 메풀은 잦은 요통으로 치료를 받고 있었다. 그러나 걱정할 만한 요인은 크게 없었다. 그러던 어느 날 오랜만에 만난 친구가 깜짝 놀라는 것이었다. 안색이 많이 안 좋아 보인다는 것이었다.

친구의 걱정은 어느 일요일 현실로 나타났다.

그날 메풀은 여느 주일 오전처럼 아침 일찍 삼청교회로 향했다. 문희수 목사 부부를 비롯한 교인들과 반갑게 인사했다. 그런데 예배를 드리는 가운데 자리에서 일어나 찬송가를 부르던 중 손에 든 찬송가를 떨어뜨리고 말았다. 메풀의 손을 떠난 찬송가는 불행을 암시하는 전조처럼 투둑, 힘없이 바닥에 뒹굴었다. '세상 즐거움 다 버리고 세상 자랑 다 버렸네. 주 예수보다 더 귀한 것은 없네…….' 찬송가는 계속 흐르고 있었다.

교회에서 돌아온 메풀은 곰곰이 자신을 돌아보았다. 1994년에 받은 건강검진 결과 폐에 점 같은 것이 발견되었었다. 그러나 이는 골다공증으로 인해 생긴 것으로 밝혀졌고, 그 후로 별다른 이상이 없어 그 사실을 까맣게 잊고 있던 터였다. 한 가지 달라진 것이 있다면 부쩍 허리와 등이 아파 보조기를 이용하고 있다는 것뿐이었다. 하지만 이런 증상은 칠십대의 나이라면 누구나 겪는 증상이었다. 메풀은 며칠 후에 있을 골다공증 정기검진을 기다려 보기로 했다.

며칠 후 메풀은 둘째 아들과 함께 병원을 찾았다. 통증과 골다공증에 대한 보다 세밀한 검사를 받기 위해서였다. 평소 자기 관리가 철저하여 주위 사람들이 혀를 내두를 정도로 건강한 메풀이었다. 그래서 별다른 걱정은 크게 하지 않았다.

그러나 결과는 충격적이었다. 인영과 함께 세브란스병원을 방문한 메풀에게 주치의 이규창 박사는 폐에서 이상종양세포가 발견되었다는 검사 결과를 전한 것이다. 주치의는 요통과 관련된 이상세포가 폐로 전이된 것인지, 폐에서 원발적인 이상이 생성된 것인지 아직은 알 길이 없다고 했다.

그 충격에 인영은 당황할 수밖에 없었다. 그러나 메풀은 미동도 하지 않고 주치의의 말을 차분히 경청했다. 충격은 거기서 끝나지 않았다. 진료실을 나서는 인영을 주치의가 따로 불러서는 현재 진행 상태로 보아 말기 암이 분명하다며 속히 입원을 해야 한다고 통고한 것이다. 항암치료를 받아도 1년을 넘기지 못할 것 같다는 말도 덧붙였다.

청천벽력 같은 선고에 인영은 아무런 말도 할 수 없었다. 그동안 정기검진을 빠지지 않고 받아왔지만 그때마다 결과는 나이보다 건강하다는 것이었다. 그것이 인영에게는 가장 큰 위안이자 기쁨이었다.

인영은 무엇보다 어머니 메풀에게 사실을 어떻게 전해야 할지 걱정이었다. 자신이 받은 충격보다 어머니가 받을 충격이 더 클 것을 생각하니 눈앞이 캄캄했다.

고민 끝에 인영은 주치의의 소견을 사실 그대로 전달했다. 그것은 인영의 아내 이계숙의 생각이었다. 메풀의 제자이자 당시 영동세브란스현 강남세브란스병원에서 간호과장으로 있던 이계숙은 증상을 이야기하면 어머니가 충분히 모든 것을 이해하실 거라고 판단했다.

아들 내외로부터 결과를 전해들은 메풀은 미동도 하지 않았다. 단지 모든 이야기를 조용히 듣고는 치료를 받겠으니 걱정하지 말라며 오히려 위로의 말을 건넸다.

“병은 이겨내라고 있는 거란다. 이겨낼 수 없다면 받아들여야 하지 않겠니?”

목소리는 낮았지만 메풀의 모습은 평소와 전혀 다르지 않았다. 그 모습이 아들 내외를 더욱 마음 아프게 했다.

메풀은 자신의 병을 외부에 알리기를 원치 않았다. 다만 조용히 치료에 적응할 뿐이었다. 메풀은 항암치료를 받으면 병원에 있지 않고 곧바로 집으로 돌아왔다. 병원에서 보내는 시간이 길수록 사람들이 자신의 건강에 대해 걱정하고 말이 많아질 것을 우려한 때문이었다.

메풀은 치료에 적극적이었다. 부작용에도 긍정적으로 대처했다. 그러던 어느 날이었다. 아침에 인영이 출근 준비를 막 마치고 방을 나서는데 메풀이 놀란 모습으로 욕실에서 뛰어나오는 것이었다. 메풀은 깜짝 놀란 인영에게 손을 내밀어보였다. 거기에는 머리카락 한 움큼이 쥐어져 있었다. 머리카락이 갑자기 많이 빠진 것에 몹시 놀란 표정이었다.

인영은 어떤 말을 해야 할지 난감하기만 했다. 주치의의 소견을 처음 전한 날 분명 어머니는 모든 것을 받아들인 모습이었다. 그런데 막상 흉하게 빠진 머리카락을 보자 그것이 병 때문이라는 생각에 앞서 본능적으로 가슴이 서늘해진 모양이었다. 그런 어머니의 모습을 지켜봐야 하는 인영은 목이 메었다. 하지만 어머니 앞에서 약한 모습을 보일 수는 없었다.

치료를 받으면 부작용으로 머리카락이 빠질 수도 있다고 인영은 차분히 설명했다. 메풀은 그제야 안심을 하는 듯했다.

그날 저녁이었다. 어머니 걱정에 서둘러 집으로 돌아온 인영을 메풀이 밝은 표정으로 맞았다. 소파에 앉아 아들을 맞는 메풀은 그 어느 때보다 자세가 바르고 머리에는 가발을 쓰고 있었다.

"인영아, 모처럼 오늘 낮에 명동에 나가서 가발을 샀단다. 어떠니, 보기 좋으니? 난 참 마음에 드는데."

인영은 속으로만 울었다.

"네, 참 보기 좋아요. 더 젊어 보이세요, 어머니!"

화사하게 웃는 어머니의 모습을 보며 인영은 함께 웃었다. 그러나 마음속에서는 이렇게 말하고 있었다.

'어머니. 오늘처럼 어머니가 위대해 보인 적은 없습니다. 이런 어머니가 너무 자랑스럽습니다. 어머니의 치유를 위해 하나님께 정성을 다해 열심히 기도하겠습니다!'

암 선고를 받은 이후에도 메풀의 생활은 변함이 없었다. 평소에도 종합적인 인문 교양을 위해 광범위한 독서를 즐겨 하던 메풀은 마지막까지 손에서 책을 놓지 않았다. 집에서건 병원에서건 메풀은 정신이 깨어 있는 한 머리맡의 스탠드 불을 켜놓고 잠들기 전까지 독서를 했다.

사회활동도 멈추지 않았다. 대한간호협회와 대한간호정우회 등 간호계 행사는 물론이고 이화학원 이사회와 대한성서공회 이사회,

진우회 모임, 친구들과의 정기 모임 등 언제나 메풀은 평소와 다름없는 모습으로 함께했다.

병을 인정하고 받아들이면서 일상생활은 전혀 환자처럼 행동하지 않는 모습, 이것이 병을 대하는 메풀의 자세였다. 이런 모습은 오히려 가족들에게 위안을 주었다.

메풀이 단 한 가지 중단한 것이 있다면 친구들과 산에 오르는 일이었다. 대신 매주 월요일 친구들이 메풀을 찾아와 이야기꽃을 피우곤 했다. 그러나 메풀이 말기 암 환자라는 사실을 눈치 챈 사람은 거의 없었다. 그만큼 메풀은 밝은 모습이었다. 그리고 마지막 순간까지 메풀도, 가족도 '암'이라는 단어는 사용하지 않았다.

메풀은 성경읽기와 기도에 더욱 정진했다. 그리고 흩어져 살고 있는 가족들이 모이는 날은 함께 예배를 보며 자신의 바람을 기도로 표현했다. 평소 메풀은 유언을 따로 남기지 않겠다고 말해왔었다. 다만 가장 경건한 모습으로 늘 같은 기도를 드리며 그것을 대신했다.

하나님.

사랑하는 제 자녀들이 자신을 위해서가 아니라 남을 위해 살도록 해주십시오. 그리하여 다른 이로부터 항상 존경받는 사람이 되는 것이 제 첫째 바람입니다.

또한 다른 무엇보다 자녀 교육에 열중하게 해주십시오. 교육만이 희망이라고 믿으며 가르치는 일에 소홀함이 없도록 해주십시오.

> 그리고 마지막으로 항상 이 말을 가슴속에 품고 살게 해주십시오.
>
> 항상 기뻐하라. 쉬지 말고 기도하라. 범사에 감사하라. 이것이 그리스도 예수 안에서 너희를 향하신 하나님의 뜻이니라.

메풀은 자식들 앞에서 결코 눈물을 보이지 않았다. 그러나 1월 16일 아버지 늘봄의 기일만은 예외였다.

말기 암 진단을 받고 처음으로 맞은 늘봄의 기일에는 일가친척의 모든 가족이 함께 모였다. 늘 그래왔던 것처럼 이날도 모두 정성된 마음으로 추모예배를 드렸다. 기도를 드리는 메풀의 목소리는 평소와 다름없었다. 그러던 어느 순간, 메풀의 목소리가 잦아들더니 어느새 울음으로 변하고 말았다. 가족들도 모두 울고 말았다. 예배는 중단될 수밖에 없었다. 그 순간 메풀은 아버지 늘봄과 함께했던, 자신의 가장 행복한 시절로 돌아가 있었는지도 모른다. "메풀아" 하고 부르며 다정한 모습으로 두 손을 내밀던 아버지의 손이 그리웠는지도 모른다.

그 일이 있고 난 얼마 후, 메풀은 둘째 아들 인영을 조용히 불러 무언가를 내밀었다.

"이게 내가 가진 전부다. 인영아, 얼마 안 되지만 이제부턴 네가 보관해다오."

메풀이 내민 것은 통장과 몇몇 중요한 서류들이었다. 그 순간 인영은 모든 걸 알 수 있었다. 어머니 메풀은 자기 생명이 얼마 안 남았다는 것을 이미 알고 계시다는 것을. 단지 자식들의 걱정을 덜어주기 위해 고통을 참아가며 내색하지 않고 계시다는 것을.

인영은 어머니가 참으로 자랑스럽고 위대해보였다. 메풀은 그렇게 투병 중이었다.

생명이 다하는 날까지 어둠을 밝히다

귀하는 평생을 우리나라 간호사업 발전과 국민보건 향상을 위해 헌신하여 왔으며, 폭넓은 활동을 통한 간호정신 구현으로 간호사의 사회적 위상 정립에 기여한 공적이 탁월하므로 이를 높이 기리고 간호인의 귀감으로 삼고자 제5회 전국대회를 맞이하여 간호사 최고의 영예인 간호대상을 드립니다.

1999년 5월 3일, 이화여고 류관순 기념관에서는 대한간호협회 창립76주년 전국간호사대회가 열렸다. 간호대상 시상식을 겸한 이날 행사에는 2천여 명의 간호사를 비롯하여 키르스텐 슈탈크네히트 국제간호협의회 회장, 김모임 보건복지부 장관, 김화중 대한간호협회 회장 등이 배석했다. 연한 옥색 한복을 곱게 차려입은 메풀은 셋

한국 간호 역사를 새로 쓴 메풀의 숭고한 열정과 정신은 간호대상 수상으로 더욱 빛을 발했다.

째와 막내 아들 희영과 문영의 부축을 받으며 간호대상을 수상했다.

대한민국 간호사 최고의 영예인 간호대상은 간호계에 공이 가장 많은, 모든 간호사의 귀감이 되는 동시에 한국 간호 역사에 큰 공적을 남긴 사람에게 수여하는 가장 영예로운 명예이다. 오직 간호의 한 길을 걸어오며 한국 간호의 역사를 재창조한 메풀의 숭고한 열정과

정신은 간호대상 수상으로 더욱 그 빛을 발했다.

간호계 원로의 자격으로 단상 위에 앉아 있던 메풀이 수상을 위해 무대 중앙으로 걸어 나오는 동안 객석의 모든 간호사들은 기립하여 뜨거운 박수를 보냈다. 박수소리는 짧게 끝나지 않았다. 메풀이 무대 중앙까지 걸어 나오는 시간이 길었기 때문이었다. 그만큼 메풀은 투병으로 인해 쇠약해질 대로 쇠약해진 상태였다. 5일 뒤엔 연세대학교 창립기념식에서 '연세를 빛낸 자랑스런 동문상'을 수상했다.

시상식이 모두 끝난 후, 메풀은 곧장 세브란스병원 심혈관센터 병동으로 향했다. 병원에 입원한 메풀은 눈을 뜨고 있는 시간보다 감고 있는 시간이 많았지만 정신을 놓지 않으려 안간힘을 썼다. 임종을 눈앞에 둔 가족들은 어머니 메풀의 곁을 떠나지 않고 평상시처럼 자연스럽게 이야기를 나누었고, 손자 손녀들은 할머니에게 매니큐어를 발라주며 재롱을 피웠다. 또한 매일 저녁 7시를 전후해서는 가족예배를 올렸다. 병실에 기타와 전자오르간을 갖다 놓고 메풀이 평소 좋아하던 「사철에 봄바람 불어 잇고」, 「나 같은 죄인 살리신」, 「주 예수보다 더 귀한 것은 없네」, 「내 진정 사모하는」, 「예수 사랑하심은」 같은 찬송을 불렀다.

"단지 생명을 연장시키기 위한 심폐소생술은 하지 마라."

말기 암과 투병하며 메풀은 언젠가 인영 내외에게 이렇게 당부를 했다. 그리고 수의는 절대 입히지 말라고 했다. 미국에서는 망자에게 평상시 좋아하는 옷을 입히기도 한다고 말해왔었다. 그것은 자신의 바람이자 유언이기도 했다.

병문안을 온 삼청교회 박웅천 원로목사에게는 어떠한 일이 있어도 몸에 칼을 대지 말 것을 자식들에게 전해달라는 당부도 잊지 않았다. 이런 생각은 이미 메풀이 고희연을 하였을 당시 가졌던 것이었다. 메풀은 자신의 고희연 때 박웅천 목사에게 혹시 나중에 수술을 하게 되는 병에 걸리더라도 절대로 몸에 칼을 대지 말라고 부탁을 했었다. 자식들이 설령 더 많은 시간을 갖기 위해 그런 결정을 내리면 꼭 막아줄 것을 부탁한 것이다. 그것은 맑은 영혼으로 세상을 떠나고 싶다는 메풀의 희망인 동시에, 그의 간호철학을 자신의 삶을 정리하는 모습을 통해 몸소 보여준 것이었다.

메풀의 생이 얼마 남지 않았다는 소식이 전해지면서 병실에는 방문객들이 줄을 이었다. 그중 대한간호협회 김화중 회장과 이순남 사무총장은 『한국간호 100년사』를 만드는 데 결정적인 기여를 한 메풀의 노고에 감사를 표했다. 오래 전부터 한국 간호사를 정리하여 집필하겠다는 계획을 품어왔던 메풀은 『한국간호 100년사』 발간에 맞추어 그동안 수집한 자료들과 자신이 정리한 원고를 보내 책 발간에 공헌하였다. 특히 메풀은 책자 제작을 돕기 위해 일천만 원의 격려금도 희사했다.

메풀이 보낸 자료들은 한국 간호사를 정리하는 데 없어서는 안 될 진귀한 자료들이었다. 누구보다 격동의 역사를 살아온 메풀에게 『한국간호 100년사』는 참으로 소중한 것이었다. 그리고 이는 메풀의 생에 있어 마지막 일이었다.

메풀의 생은 이제 그 시간이 다하고 있었다. 더위가 한 풀 꺾일 무렵인 1999년 9월, 주치의는 가족들에게 메풀의 임종이 다가왔음을 알렸다. 소식은 곧 미국에 살고 있는 큰아들 우영을 비롯한 모든 가족들에게 전해졌고, 가족들은 임종을 지키기 위해 어머니에게 달려왔다.

1999년 9월 12일 일요일 저녁, 마침내 메풀은 고요히 눈을 감았다. 가족예배가 끝나갈 무렵 메풀은 자손들이 부르는 찬송을 들으며 아버지 늘봄과 어머니 채혜수, 남편 전태홍이 기다리고 있는 하늘로 올랐다.

그 시간, 메풀을 보기 위해 잠시 한국에 나왔다가 미국에 들어간 우영의 큰딸 미선은 공항에 도착하여 LA 집으로 가는 차 안에서 설핏 잠이 들어 있었다. 그리고 꿈을 꾸었다. 꿈속에서 미선은 놀랍게도 메풀을 만났다.

"미선아, 네가 와주어서 너무 즐거웠어. 미국으로 돌아가기 전 네가 내 손을 꼭 잡고 '아이 러브 유'라고 속삭이던 소리도 나는 다 들었단다. 고맙다, 미선아."

미선과 함께 미국으로 돌아간 우영의 처에게 메풀의 임종을 알리는 전화가 걸려온 것은 미선이 꿈을 깬 바로 직후였다.

빈소는 세브란스병원 영안실에 마련되었다. 간호계를 비롯한 각계각층의 조문 행렬은 끝없이 이어졌다. 그들 중에는 아무도 모르게

메풀의 영결식은 아버지 늘봄 전영택 목사와 어머니 채혜수 장로의 장례예배가 있었고, 둘째 아들이 장로로 헌신하고 있는 정동제일교회에서 연세대 간호대학장으로 치러졌다.

메풀의 도움을 받은 이들도 적지 않았다. 어려운 형편을 알고 쌀을 보내주고, 일자리가 없을 때 마땅한 자리를 알아봐주고, 어려움에 처했을 때 자문에 응해준 메풀의 발자취는 세상을 뜬 후에야 영정 앞에서 회자되었다.

'오른손이 하는 일을 왼손이 모르게 하시고 가신 선생님, 부디 평안하게 가소서.'

사람들은 모두 마음속으로 이렇게 메풀을 추억하며 고인의 넋을 위로했다.

메풀의 영결식은 아버지인 늘봄 전영택 목사와 어머니 채혜수 장로의 장례 예배가 있었고, 둘째 아들이 장로로 헌신하고 있는 정동제일교회에서 연세대학교 간호대학장으로 치러졌다. 발 디딜 틈 없이 교회 안팎을 가득 메운 추모객들은 저마다 메풀을 추억하며 그의 삶을 이야기했다. 그런 사람들을 메풀은 영정 속에서 마치 눈앞에 있는 듯 환한 미소로 바라보고 있었다.

> 항상 누님같이 정답고 너그러우며, 우리 모두의 훌륭한 스승이셨던 전산초 선생님, 명복을 빕니다. 이제 선생님께서는 그 아버님이 먼저 가 계시는 하늘나라로 가셨으니, 묘향산보다 더 아름답고 장엄한 그곳에서 그 훌륭하신 아버님도 만나시고 주님도 만나시겠군요.
> 전산초 선생님, 그곳에서 영원한 복락을 누리시며 이 세상에 남겨두고 가신 사랑하는 자손들과 우리 모두를 굽어 살펴주소서.

평소 메풀을 존경해왔던 서영훈 대한적십자사 총재의 조사는 장례식장을 눈물바다로 만들었다. 그리고 이어진 대한간호협회 김화중 회장과 김모임 보건복지부 장관의 조사는 이 땅의 간호사 모두의 마음을 대변했다.

> 이른 아침 스치는 바람 사이로 어느새 가을빛이 가득합니다. 무심한 계절은 이렇듯 어김없이 제자리를 찾아오건만 어찌 선생님은 저희 곁에 아니 계십니까. 선생님을 흠모하고 따르는 저희들 가슴에 너무나

많은 추억과 깊은 사랑을 남기신 채 홀연히 떠나시다니요. 끝 모를 슬픔과 애달픈 심정을 감히 짧은 말로 다할 수 없어 새삼 하늘이 야속해집니다.

스승님은 1998년 경주호텔에서 열린 국제보건기구 컬라베리센터 총회 때 제가 보건복지부 장관이 되었다는 소식을 듣고는 당신의 소원을 이루었다며 눈물로 기뻐하셨습니다. 늘 가까이에서 제자, 후배, 동료 간호사들의 힘이 되어주셨던 당신의 모습이 새록새록 되살아납니다.
스승님 정녕 이대로 가시는 겁니까? 스승님, 저희에게 꺼지지 않는 등불이 되어 주십시오. 미흡하지만 저희들이 한마음 한뜻이 되어 선생님의 뜻을 이어가도록 하겠습니다.

사람들을 위해 언제라도 도울 수 있는 자리에 있는 간호사란 참으로 좋은 천직이라 늘 말해왔던 메풀 전산초. 그는 생명이 끊어지는 날까지 일하게 해달라는 기도로 일생을 살았다.

간호는 '인간을 만드는 학문'이라 정의한 그는 어려서부터 사랑과 성실의 기독교적 신념으로 자라나 그 신념을 실천할 수 있는 간호학을 선택하고, 일제 강점기와 해방, 한국전쟁 등 격동의 시대를 건너오며 이 땅에 전인간호를 주창하였다. 질병완화 중심에서 환자의 마음을 들여다보는 관점으로 간호의 새로운 패러다임을 제시한 그의 전인간호 사상과 철학은 혁명적인 간호이론이었다.

한국 현대간호의 역사를 홀로 썼다고 해도 과언이 아닌 메풀의 업적은 일일이 열거하기도 벅차다. 1954년 이래 1992년까지 총 38년의 교수직과 10년의 학장직을 통하여 그는 오직 간호교육에 헌신하며 간호학의 이론 개발과 학문적 발전, 그리고 성장을 이끌었다. 또한 당시에는 아무도 생각할 수 없었던 간호학연구소를 동양 최초로 설립하여 과학적 자료를 근거로 한 간호학을 정립하였고, 동산간호전문대학의 종합대학교 간호대학으로의 승격을 주도하여 지역사회의 간호 발전과 간호학제 일원화를 위한 초석을 다지는 데 공헌을 하였다.

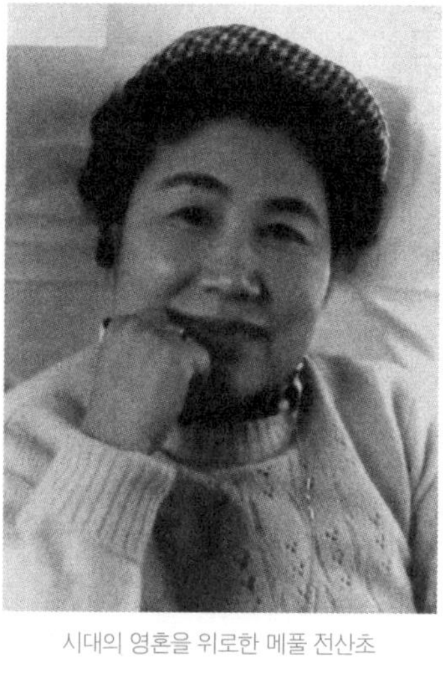

시대의 영혼을 위로한 메풀 전산초

한국 간호 교육사에 길이 남을 업적을 남긴 메풀은 또한 변혁의 시대에 대한간호협회장 등 각종 사회 보건단체의 수장으로서 간호학의 위상 확립과 권익 향상에 지대한 공헌을 하였다.

이처럼 메풀은 간호교육자로, 행정가로, 사회봉사활동가로 다양한 삶을 살면서 현대 한국 간호학의 어머니로서 빛을 발하였다.

다 내게로 오라!

그 어떤 어려움과 고통 속에서도 늘 감사하며 그렇게 미소를 지었던 메풀 전산초. 비록 그 몸은 이 세상에 없지만 그의 마음은 사람들의 가슴속에 어둠을 밝히는 등불로 살아있다. 그리고 그가 세상에 전한 빛은 영원히 꺼지지 않는 빛으로 사람들과 함께 숨 쉬고 있다.

부 록

- **부록 1** 헌정시 - 영원의 약속
- **부록 2** 메풀 전산초 어록
- **부록 3** 메풀 전산초 연표
- **부록 4** 메풀 전산초 박사 장례예배 순서지

영원의 약속

– 제자(안황란 1977년 2월 졸, 경상대 간호학과 교수)가 전산초 선생님께 드리는 글

히말라야의 만년설이 녹아
갠지즈강이 되듯이
님의 애달픈 영혼이 녹아
우리*들 생명의 강이 되어 흐릅니다.

신성하고 신비한 영혼의 꽃
브라마까말**처럼 언제나
푸르른 님의 단아한 모습
학문에 대한 열정과 헌신 속에
님은 따뜻한 햇살이 되어
언제 어느 장소에서나
우리들을 비추어 줍니다.

놀라운 님의 은총
얼마나 밝고 따스한가

우리들의 나아갈 길이 너무 힘들어
고통과 방황으로 헤매일 때마다
영혼의 등대가 되어
영원토록 우리들을 지켜주신 님
들국화가 연보라 꽃을 피우는 것은
장미가 붉은 꽃을 피우는 것과 마찬가지로
소중하다고 가르쳐 주시었던 님
심어진 자리에서 우리 나름의 꽃을
마음껏 피울 용기를 주시었던 님

부족함이 많은 우리인데도
채찍질 대신에
가없는 사랑과 헌신만을 주시었던 님
님께서 원하시는 대로
님의 불꽃이 미래를 향해
힘차게 타오르도록
우리들
영원의 약속을 드립니다.

* 우리 : 간호학, 간호학 학자, 제자, 스승님을 사랑하는 모든 사람을 의미합니다.
** 브라마까말 : 히말라야의 고산에서만 피는 초록빛 꽃, 신성하고 신비한 영혼의 꽃

메풀 전산초 어록

진정으로 인간의 존엄성을 인식하고 무한대의 봉사를 할 수 있는 간호사가 되어야 한다.

– 대한간호협회장으로 피선된 후 후학들에게 당부하신 말.
(1974년 대한간호협회 회장 피선 소감에서)

남을 위해 언제라도 도울 수 있는 자리에 있는 간호사란 참으로 좋은 천직.

– 간호사 직업에 대한 소명의식을 갖고 남을 위해 봉사하는 마음으로 간호를 실천해온 메풀의 모습이 깃들어 있다. (1983년 「주간여성」 인터뷰에서)

인간을 간호의 대상으로 삼으면 그의 정신적, 심리적, 환경적, 가족적, 교육적인 면에서 다 돌봐주어야 하는 것이다. 그 환자가 사회의 일원으로 돌아갔을 때 나쁜 환경을 다시 만들지 않도록 만드는 것이 바로 간호이다.

– 환자만이 아닌 간호 대상으로서 인간 전체를 염두하며 전인간호의 기본을 피력
(1983년 「주간여성」 인터뷰에서)

간호사업을 하는 사람은 인간을 사랑하지 않고서는 도저히 할 수 없다. 이 세상에서 제일 귀한 인간을 간호한다는 철학을 가지면 이 직업이 그렇게 기쁠 수가 없는 것이다. 또 전문직업인이라는 긍지를 가져서 모든 행위를 과학적, 합리적으로 할 때 언젠가 사회가 그것을 인정해준다.

– 전인간호의 바탕이 되는 인간사랑, 전문직업인으로서 긍지를 가진 행위를 강조.
(1983년 「주간여성」 인터뷰에서)

간호진단을 하고 계획을 하며 목적을 세우고 마지막에 가서 평가를 하는 과학적인 이론에 입각한 간호가 참 간호다.

– 간호학은 과학적 사유를 바탕으로 한 간호가 참 간호임을 역설함.
(1983년 「주간여성」 인터뷰에서)

간호는 인간을 위하는 데 근원을 두고 있다. 간호사를 기다리는 사람들 곁을 우리 스스로 떠나고 있지는 않은지 생각해보라. 전문직에 몸담은 간호사는 자율적으로 생각하고 판단해 봉사할 줄 알아야 한다. 그렇지 않다면 심부름꾼에 불과하다.

– 21세기 간호를 이끌어갈 후배들에게 전문직 간호사로서 행동 방향을 전하는 메시지
(1999년 간호대상 수상 후 「간협신보」 인터뷰에서)

간호는 기술이요 예술이지만 그 효과는 간호사의 온유, 겸손, 친절, 근면으로 이루어진다.

– 지인들에게 전해준 간호에 대한 이해와 정의를 통해 메풀의 간호철학을 엿볼 수 있다.
(백낙중 님이 「전산초 님의 모습」이란 글에서 메풀의 간호철학이 담긴 말을 회고)

간호란 고통의 자리를 같이 하는 심오한 인간학이며 철학이다. 또 간호는 인간의 삶을 함께 나누고, 귀 기울이고, 자리를 같이하는 사랑과 봉사이다.

– 메풀이 집필한 '크리스마스와 간호의 의미' 중에서

간호란 개인의 신체적 질병뿐만 아니라, 정신적, 심리적, 사회적, 영적인 모든 면을 돌보아주어 개인 스스로 자신이 귀한 존재임을 인식하고 삶의 의미를 깨우치도록 도와주는 것이어야 한다.

– '전인간호'에 대한 설명

2천년대의 전문직 간호사는 사물보다 인간의 의미를 중시하며, 사람의 외면보다 내적인 동기를 중요시하며, 인간을 자기 지향적이며 자아완성을 추구할 존재로 보는 사람이다.

– 미래 전문직 간호사가 지녀야 할 자세.

간호는 인간을 만드는 학문이다.
이젠 종전처럼 남이 가는 길을 답습한다면 후진을 면치 못한다. 우리 나름대로 지름길을 찾아 학문적, 철학적 이론을 정립시켜야 할 것이다. 내가 말하는 지름길이란 우수한 학자들이 독창적으로 연구해서 간호학의 이론을 종횡으로 확립하고 이를 활용케 하는 데 투신해야 할 자세를 갖추는 길이다. 한국에서 내 것을 찾아내는 간호철학의 정립이 시급하다.

– 메풀의 인생에 결정적 영향을 끼친 손옥순 은사의 가르침을 되새기며 한 말.

이 세상에서 가장 중요한 것은 바로 인간이며 그 인간에게는 건강과 복지를 누릴 권한이 있다. 그 권한은 국가와 지역사회에서 보장되어야 한다. 아울러 각 개인은 스스로 건강하게 살 줄 아는 국민이 될 의무가 있다.

– 항상 남에게 베풀어 줄 수 있는 역할을 확대하고자 했던 메풀의 전인간호에 대한 실천의지를 표명한 것이다.

오늘날 온 세계는 세계화의 시대로 돌입하고 있다. 이 개념은 국제화보다는 더 광의의 의미로서 보다 포괄적이며 적극적이고 외향적, 또한 진취적인 개념으로 정의할 수 있을 것이다. 세계화를 위한 우리의 과제는 세계건강관리과학계의 주도적 역할을 담당할 수 있는 능력을 배양해 나가는 것이다.

– ΣΘΓ Lambda Alpha Chapter-At-Large(1995. 4. 20)에서

우리의 사업은 인류의 '삶의 질'을 더 높이는 간호학이요 간호 사업이

라는 긍지를 가져야 한다. 21세기는 삶의 질이 양보다 더 중요해지는 시대가 올 것이고 삶의 질은 건강관리 사업을 통해서만 향상되기 때문이다. 우리는 건강복지 기능을 담당한다는 사실을 자랑스럽게 생각해야 할 것이다.

– ΣΘΓ Lambda Alpha Chapter-At-Large(1995. 4. 20)에서

이제 우리들은 자신에 대해 자신감과 자존의식을 가져야 한다. 소외된 학문은 전문직이 아니다. 이를 극복한 전문직업인이어야 한다. 우리는 건강문제 해결에 있어 변두리 직업인이 아니다. 중심부의 학문인人이요 전문직업인이다. 과거의 한恨에 매달려 있는 직업이 아니라 미래를 창조하는 세계화를 향한 건강관리 전문직업인임을 새롭게 깨달아야 한다. 건강관리사업이라는 공동체를 통하여 인간의 삶과 질을 향상시키고 우리들과 우리 사회의 꿈과 희망을 우리 직업을 통하여 실현, 전파하고 이를 현실로 구체화시키는 주인임을 자각하자. 우리 사업은 새 시대를 선도하고 개혁하는 일에 앞장서야 한다.

– ΣΘΓ Lambda Alpha Chapter-At-Large(1995. 4. 20)에서

나는 자녀가 엘리트가 아닌 선한 시민이 될 수 있도록 노력했다.

– 아이들과 많은 활동을 같이하면서 서로 협조하는 것을 가르치고 겸손하고 선한 시민이 될 수 있도록 노력했다는 메풀의 자녀교육철학이 담긴 말.
(1991년 KBS TV 김모임 박사와의 대담에서)

관용하고 이해하며 모든 것을 긍정적으로 바라보라.

- 아름다운 마음을 갖고 미소를 지을 수 있도록 후배들의 가슴에
간호사상을 심어주려고 노력하는 메풀의 말.
(1983년 나이팅게일 기장 수상 소감을 전하는 연세의료원 소식 인터뷰에서)

저의 기도는 생명이 끊어지게 되는 날까지 일하게 해달라는 것입니다.

- 1983년 나이팅게일 기장 수상 소감을 전하는 연세의료원 소식 인터뷰에서

항시 높이 차라.

- 그 목표를 다 실현시키지 못 해도 어느 정도의 단계까지 성취하는 것은 의미 있는 것.
그러므로 일상적인 것부터 학문에 이르기까지 목표를 높이 세우고 실천할 것을 강조.
(대구 동산간호대 학장으로 재직 당시 제자들과 교수들에게)

사람은 혼자가 아닌 어울려 사는 삶에서 많은 배움을 얻을 수 있다.

- 사람들과 조화로운 삶을 살면 그 속에서 많은 지혜를 얻을 수 있음을 강조.
(대구 동산간호대 학장으로 재직 당시 제자들과 교수들에게)

언제나 긍정적으로 대처하는 신념을 갖고, 큰 눈으로 바라보자.

- 대의적인 발전을 위해 움직일 때, '잘 될 것이다'라는 긍정적인 사고를 갖고
행동하며 다양한 시각에서 생각해보자는 의미.
(대구 동산간호대 학장으로 재직 당시 제자들과 교수들에게)

아름다운 여인은 거울 앞에서 스스로를 비추며 잘못된 자세를 고친다. 지혜로운 사람은 때때로, 자신의 마음 자세를 비추어보고 뉘우치며 시정하고 또 새로운 다짐과 계획을 세운다. 이 계기를 통해 그는 발전하며 자기의 학문과 직업의 긍지와 보람을 찾는다.

– 아름다운 지혜를 지닌 여인이 되려고 노력하는 제자들에게 당부하는 말.
(메풀의 수필, 「지혜로운 女人」 중에서)

책임이 증가될 때 자유도 증가한다.

– 자유와 책임은 분리할 수 없는 것이며 자유와 책임이 함께 있는 곳에 참 자유를 누릴 권리도 부여된다.(메풀의 수필 「더 많은 자유를」 중에서)

멋이 깃 든 인생을 향유하자.

– 졸업을 앞둔 학생들에게 자신의 일에 충실함과 동시에 개인의 삶을 책임질 수 있는 풍치를 지녀야 함을 강조.(메풀이 쓴 편지 「졸업을 앞둔 학생들에게」 중에서)

밑지는 삶을 살아라.

– 남들에게 베풀어 주는 삶을 살면 인생의 참 맛, 가치를 알게 된다.
(후진들에게 기회 있는 대로 강조한 메풀의 말)

꿈은 우리가 가진 무엇보다 귀한 보물이다. 어떤 일에 실망한다 할지라도 꿈이 있는 인생은 외롭지 않고 기쁨과 보람이 있기 마련이다.

나는 하루에 한 가지 선한 일을 하려고 늘 노력하면서 산다.

– 선행이란 우연히 이루어지는 것이 아니라 노력하며 찾아서 실천해야 한다는 주체적인 메풀의 모습이 엿보인다.

네 몸은 너 혼자의 몸이 아니고, 부모의 몸이며, 하나님의 몸이다. 그러므로 아껴야 한다.

– 계단에서 떨어져 무릎을 다친 아들에게
사람은 혼자 사는 것이 아니라 공동체의 일원으로 맡은 바 사명을 충실히 다해야 한다.
그러기 위해 자신을 스스로 잘 지켜야 한다는 메풀의 마음이 담겨져 있다.

여자가 리더십을 가지려면 아름다워야 한다.

– 사람은 깔끔하고 단정한 사람에게 호감이 가며 믿음이 간다. 그에 따라 자신의 모습도 항상 곱게 가꾸며 후학들을 격려하는 메풀의 모습을 대변한다.

지도자는 화분에 꽃을 키우듯이 후배를 사랑해야 한다.

– 대학원 강의에서 존경받는 지도자의 자세를 일러주던 말.
(서울대학교 보건대학원 강의에서)

사람이 들고 나는 자리는 하늘이 정해주는 것이며 나는 순리대로 최선을 다했을 뿐이다.

– 1999년 9월 14일 김화중 대한간호협회장의 조사弔詞에서)

메풀 전산초 연표

약력

1921. 11. 4	아버지 늘봄 전영택 목사와 어머니 채혜수 장로 사이에 7남매의 장녀로 평양에서 태어남
1938	이화여고 졸업
1941	세브란스 간호학교 졸업
1961	국제대학 영문학과 졸업
1963. 4.	삼청감리교회 장로 취임
1966. 6.	미국 에모리대학교 대학원(이학석사-간호학 전공)
1973. 9. 17	연세대 대학원(이학박사)
1954. 8~ 1987. 2. 28	연세대 간호대학 교수
1972. 4. 20~1978. 4	대한간호협회 회장
1973. 3. 1~1983. 2. 28	연세대 간호대학장
1973~1979	한일여성친선협회 이사
1973~1979	여성단체협의회 이사
1973. 10. 23~1987. 2. 28	연세대 간호학 연구소장
1976. 12~1978. 4	간협신보 사장(1976. 12. 31 간협신보 창간)
1972~1976	대한가족협회 이사
1976~1980	대한가족협회 부회장
1976~1984	국가보건정책협의회 부회장
1982~1999	학교법인 이화학원 이사
1983~1988	국제간호협의회(ICN) 서울총회 조직위원
1983~1984	풀브라이트(예일대, 워싱턴대, 컬럼비아대, 케이스웨스턴대) 연구교수
1985~	한국국제기아대책기구 이사
1985~	대한성서공회 감사
1987. 3. 1~	연세대학교 명예교수
1987. 3. 1~1992. 8. 31	동산간호대학(현 대구계명대 간호대학) 학장
1988~1992	학교법인 이화예술학원 이사
1991~	풀브라이트 한미교육재단 이사
1992~	계명대학교 특임교수
1991. 2. 28~1993. 2. 23	대한간호정우회 초대 회장
1992~	한우리 나라사랑모임 공동대표
1999. 9. 12	타계

상훈

1973. 5.	이화를 빛낸 분 표창(이화여고)
1973. 7.	문교부장관 감사패
1978. 4.	국민훈장 목련장 수훈
1980. 9.	육군참모총장 감사패
1983. 10.	나이팅게일기장 수상(국제적십자사)
1985. 5.	연세대학교 30년 근속 표창
1985. 5.	서울특별시 문화상 본상(교육부문) 수상
1987. 2.	국민훈장 동백장 수훈
1990.	국제간호협의회(ICN) 서울총회 조직위원 표창
1991. 5. 30	이화학원 이화기장 수상(이화여고 105주년 기념)
1999. 5. 3	대한간호협회 간호대상 수상
1999. 5. 8	연세를 빛낸 자랑스런 동문상 수상

주요저서 및 논문

〈가정간호〉 대한기독교서회, 1968

〈외과간호학〉 대한간호협회출판부, 1969

〈간호의학사전〉 수문사, 1970

〈내외과간호학〉 수문사, 1972

〈임상간호학의 이론과 실제〉 연세대출판부, 1978

〈독자적 업무를 수행하는 건강간호사〉 대한간호협회출판부, 1978

〈간호철학, 윤리〉 수문사, 1979

〈성인간호학〉 수문사, 1980

〈간호과정과 기초이론〉 대한간호협회출판부, 1981

〈노인간호학〉 수문사, 1985

〈성인간호학〉(공저) 수문사, 1992

논문 : **「전인간호의 임상학적 분석과 실행에 관한 연구」** 외 50여 편

메풀 전산초 박사 장례 예배

1999년 9월 14일(화요일) 오전 10시
정동제일교회 예배당

연세대학교 간호대학장 위원회

| 전산초 박사의 기도 |

찬송하게 하소서!

[illegible]

"인자의 온 것은 섬김을 받으려 함이 아니라 도리어 섬기려 하고 자기 목숨을 많은 사람의 대속물로 주려 함이니라."(막 10: 45)

[illegible]

일생동안 찬송하며, 감사하며, 또 찬송하게 하소서.(1960년 10월 17일)

● 전산초 박사 회갑 기념 문집 『자애로운 여인』(1981), 97쪽에서

장례예배순서

집례: 박용천 목사

전 주 ········ 윤양희 교수
묵 도 ········ 다같이
찬 송 ········ 28장 ········ 다같이

· 복의 근원 강림하사 ·

1. 복의 근원 강림하사 찬송하게 하소서. [illegible]
2. [illegible]
3. [illegible]

기 도 ········ 문희수 목사(삼청교회)
성경 봉독 ········ 요 19:30 ········ 집례자
특별찬송 ········ 나 기쁨 넘치는 것이 있고 ········ 소프라노 · 권예리 교수 / 피아노 · 김신영 교수
말씀의 증거 ········ 다 이루었도다 ········ 조영준 목사(정동제일교회)
추모의 말씀 ········ 김모임 연세대 교수 / 김화중 대한간호협회회장 / 장병훈 학교법인 이화학원이사장 / 서명희 한우리나이사랑모임 공동대표
특별연주 ········ 연세대 간호대학 콰이어
인사 말씀 ········ 김조자 연세대 간호대학장 (장례위원장)
축 도 ········ 박대선 감독

후 주 ········ 윤양희 교수
헌 화 ········ 다같이

(가족헌화와 기도회)

● 전산초 장로를 모실 곳은 경기도 파주시 탄현면의 '기독교 실로암 공원 묘원' 입니다.

탄현동산에서

집례: 박용천 목사

찬 송 ········ 495장 ········ 다같이

· 나 이제 주님의 새 생명 얻은 몸 ·

1. [illegible]
2. [illegible]
3. [illegible]
4. [illegible]

기 도 ········ 집례자
성 경 ········ 고전 15:51~58 ········ 집례자
특별찬송 ········ 사철에 봄바람 불어잇고 ········ 가족성가단
선 고 ········ 집례자
기 도 ········ 집례자
축 도 ········ 집례자
취 토 ········ 유족과 함께

● [illegible]

| 전산초 박사의 약력 |

● 1921년 11월 4일, 부천 [illegible] 목사와 모친 [illegible] 장로의 3남 4[illegible]
서울 충정로의 감리교신학대학 사택에서 출생
● 1999년 9월 12일(주일), 연세대학교 신촌세브란스 병원에서 [illegible]

● 학력

[illegible]

● 주요경력

[illegible]

● 수상

[illegible]

● 주요저서

[illegible]

● 유족

장남 [illegible](미국 캘리포니아주의 Trinity United Methodist Church [illegible]
자부 [illegible], 손녀 [illegible], 손자 [illegible]
차남 [illegible](이화여자대학교 교수)
자부 [illegible](영동세브란스병원 간호과장), 손녀 [illegible]
3남 [illegible](한국지질연구소 책임연구원)
자부 [illegible], 손자 [illegible]
4남 [illegible](육간상사 대표)
자부 [illegible], 손녀 [illegible]

초판 편집자 후기

이보다 더 훌륭할 수 있을까?

가슴이 떨려온다. 드디어 대장정의 끝이 보인다. 얼마나 긴 시간이었던가. 지난 2002년 평전 논의가 처음 시작된 그때부터 지금까지 준비해 온 시간만도 무려 만 7년이다.

기획편집자인 내가 '메풀'이란 인물을 알게 된 것은 9년 전이다. 그러니까 메풀이 세상을 떠난 바로 다음 해에 나는 그를 알게 되었다. 물론 나는 그 전까지 단 한 번도 메풀을 만난 적이 없다. 하지만 나는 그를 잘 안다.

나는 그가 마지막까지 집필의 집념을 불태웠던 『한국 간호 100년사』를 정리하며 간호사看護史 곳곳에서 메풀을 만날 수 있었다. 그리고 그가 남긴 발자취를 좇으며 자연스럽게 존경하게 되었다. 나는 간호사의 대명사인 영국의 플로렌스 나이팅게일보다 한국의 메풀이 더 훌륭하다고 감히 말한다.

평전 작업을 하면서 나는 많은 사람들을 만났다. 그들로부터 나는 메풀에 대해 생생하게 들을 수 있었다. 그들은 모두가 '다 내게로 오라'며 푸근한 미소를 지어 보였던 메풀을 그리워했다. 인간 중심의 전인간호를 주창하고 간호학문을 정립한 현대 한국 간호학의 어머니인 그를 흠모하고 있었던 것이다.

그동안 나는 메풀의 삶을 더욱 생생하게 그리기 위해 30여 명에 이르는 인물을 취재하고 인터뷰했다. 원고 작업을 함께한 사람도 3명이나 된다. 그런데도 많은 아쉬움이 따른다. 메풀의 훌륭한 업적과 인품을 다 보여드리지 못한 것 같아 마음 한편 죄송하고 안타깝다. 메풀의 수많은 업적과 인품을 제대로 그려내지 못한 나의 능력 부족을 탓할 따름이다.

메풀은 위대하다. 그는 과거 질병 중심의 간호를 타파하고 인간 중심의 전인간호를 주창하여 인간의 존엄성을 확립하였다. 의사의 보조자 정도로만 인식되어 왔던 간호사의 영역을 확대한 간호학자로서의 업적과, 인간을 사랑하며 의료 현장에서 주체적인 보건의료인으로 우뚝 설 수 있도록 가르친 교육자로서의 업적, 간호사의 권익을 향상시킨 간호 지도자로서의 업적, 국가보건과 국민건강 증진 등 국가에 헌신한 업적, 국제사회 봉사자로서의 업적, 선한 시민을 훈육한 어머니로서의 업적, 모든 이들의 모범이 되었던 종교인으로서의 업적 등등 아직도 다 풀어내지 못한 모습은 헤아릴 수 없을 정도로 많다.

그러나 나는 최소한 이 책에 그려진 모습만으로도 세상 사람들이 메풀의 숭고한 사랑과 위대함을 인정하리라 기대한다.

한 가정의 어머니로서, 간호 현장의 뛰어난 전문직 여성으로서, 모범적인 공인으로서 수많은 공적을 남긴 '위대한 간호사 메풀'은 '시대를 앞서간 20세기 최고의 여성'이었다. 그러한 메풀이 세상 사람들에게 소개되고 위인의 반열에 오르기를 바라는 지금, 나는 가슴이 떨린다.

2009년 6월 메풀 타계 10주기를 맞으며
기획편집자 박 종 면